c

발견의 책읽기

발견의 책읽기

나와 공동체,
역사와 세계를 읽어내는
독서 에세이

이권우 지음

odos

서문

두려워할 구懼.

배병삼 교수가 쓴 『맹자, 마음의 정치학』을 읽으며 '발견'한 낱말입니다. 이야기인즉 이러합니다. 공도자가 맹자에게 선생님은 논쟁을 좋아한다는 게 중론이던데요 라고 했더니, 맹자가 말하기를 내가 논쟁 자체를 좋아하겠느냐며 '부득이'해 그랬노라고 합니다. 그리고 나서는 그럴 수밖에 없던 상황을 말하지요. 여기서 그 유명한 일치일란一治一亂이라는 말이 나옵니다. 한때는 평화롭고, 한때는 혼란스러운 게 역사법칙이고, 그 한때가 대충 500년이더라는 설명은 나중에 나옵니다. 아무튼 평화로운 시기와 고통스러운 혼란의 시기가 갈마드는 게 역사라는 건데, 그러면서 춘추시대가 일대 혼란기라 "임금을 시해하는 신하와 아비를 해치는 자식이 생겼다"라고 하면서 공자께서 이 사태를 두려워하여孔子懼 『춘추』를 지었다고 말했습니다.

그러면서 맹자는 자신이 사는 전국시대도 역시 난亂의 시대인 바, "짐승을 몰아 사람을 잡아먹다가 끝내 사람이 사람을 잡아먹게 되리라"라며 분노했습니다. 그리고 바로 다음 구절에 "나는 이 사태가 두렵다"吾爲此懼라며 비통한 속내를 드러냈습니다. 공자와 맹자를 사상적으로 하나의 맥으로 이어준 것은 바로 두렵다懼는 단 하나의 낱말이었습니다.

남의 책이나 읽고 글을 쓰는 사람이지만, 어떤 책을 읽고 무슨 말을 하고 싶었냐면, 감히 공맹과 비교할 수는 없지만, 두려움懼이라 할 수 있을 듯싶습니다. 제 살을 파먹는 에리직톤적 욕망에 사로잡혀 스스로 공멸의 길로 가는 신자유주의

체제, 여섯 번째 멸종을 가시화하는 기후위기에서 느낀 두려운 마음을 공유하고, 이 위기에서 벗어나는 길을 함께 찾고자 했습니다. 고작 책을 읽고, 이를 공유하는 것으로 이 두려움에서 벗어날 수 있을런지요? 늘 자신을 괴롭혔던 질문이지만 한낱 책벌레가 할 수 있는 최대치의 일이라 여기며 살아왔습니다.

이제 그 역할은 여기서 끝난 듯합니다. 2001년 『어느 게으름뱅이의 책읽기』를 펴내면서 스스로 도서평론가라 칭하며 한 시절을 보냈습니다. 이어서 서평집으로 『각주와 이크의 책읽기』『책과 더불어 배우며 살아가다』『죽도록 책만 읽는』『책, 휘어진 그래서 지키는』『여행자의 서재』를 펴냈습니다. 다 읽어준 분들 덕에 누린 복된 삶이었습니다. 한 생애 책만 읽으며 살아왔는데, 세상은 더 나아지지 않았고, 책의 세계는 무척 위축되어 있습니다. 인류가 자신에게 붙여진 학명을 제대로 입증하여 이 위기에서 잘 벗어날 수 있기를 간절히 기원합니다.

삶의 황혼에 이르는 시점에 책 읽고 쓴 글을 모아 한 권의 책을 펴낼 수 있게 된 데는 오도스의 김하늘 님과 맺은 각별한 인연 덕이기도 하고, 중소출판사 출판콘텐츠 창작 지원 사업에 선정되었기 때문이기도 합니다. 늘 신세만 지는 삶입니다. 여러모로 부족한 책이지만 읽는 이들도 두려움懼을 '발견'하고 이를 넘어설 지혜를 '발견'하길 바랄 뿐입니다.

2024년 1월

이권우

목차

2장 ─────────
공동체에서 발견하기

3장 ─────
역사에서 발견하기

4장

세계에서 발견하기

1장

삶에서 발견하기

삶을 긍정하는
'받아들이기'의 힘

『구원의 미술관』

한 저자의 책을 계속 찾아 읽다 보면 부작용을 겪기도
한다. 이미 다른 책에서 한 말을 되풀이하는지라 지루해지는 일
이 있다는 말이다. 나는 강상중의 책을 꾸준히 읽어왔다. 그러
다 보니 그의 개인사나 가치관의 변화도 잘 이해하는 편이다.
물론, 반복하는 대목을 만나면 인상을 찌푸리며 건너뛰는 일도
잦다. 강상중의 미술에세이 『구원의 미술관』을 보면서도 같은
일을 겪었다. 맨 앞에 자리한 뒤러의 자화상을 해설한 대목은
여러 책에서 확인했던 내용이다. 그럼에도 강상중 책을 읽는 것
은, 그가 펼치는 문화적 세련미와 웅숭깊은 통찰력 때문이다.

이번 책에도 가슴이 아파 오면서 무릎을 치며 마치 한소식

한 듯 읽은 대목이 있다. 책 말미에 있는 도예가의 삶과 예술을 다룬 〈받아들이는 힘〉이었다. 잘 몰랐는데 오랫동안 도예는 회화나 조각보다는 한 수 아래로 쳐 왔다고 한다. 감상하기보다는 실용적인 목적에서 빚었고, 최종적인 완성을 불의 힘에 맡길 수밖에 없어서였다고 한다. 그럼에도 도예를 예술의 경지로 이끈 이들을 이 장에서 소개했다. 먼저 나온 이는 루시 리. 그녀는 빈에서 유대계의 딸로 태어났다. 좋은 집안 출신이었으나 나치의 박해를 받으며 불행해졌다. 영국으로 망명했고 이혼했다. 작품활동을 할 수 없어 도기로 단추를 만들어 연명했다. 다행히 단추가 선풍적인 인기를 끌어 공방을 운영할 수 있었다. "장식이 별로 없는 깔끔한 형태 속에 소녀의 섬세한 감수성 같은 것이 숨 쉬고" 있는 도자를 빚었다.

　루시 리의 제자 격이였던 한스 코퍼의 삶은 더 기구했다. 사업하던 아버지는 그의 나이 16세 때 자살했다. 어머니가 유대인이 아니었던지라 가족을 지키기 위해서였다. 나치의 박해를 피해 그는 영국으로 건너갔지만 독일 국적이 밝혀져 캐나다의 한 수용소에 갇혀 있어야 했다. 영국으로 가려고 영국군에 지원했는데 병약한 몸인지라 숱한 고통을 겪어야만 했다. 도예를 전공한 루시 리와 달리 그는 문외한이었다. 타고난 재능에 루시 리의 도움을 보태 자기만의 도예 세계를 열었다.

임진왜란 때 심수관 일족이 일본으로 끌려간 사실은 널리 알려져 있다. 이들은 번주의 비호 아래 녹봉을 받으며 새로운 도예 세계를 펼쳤다. 그런데 12대 심수관에 이르러서 큰 위기를 맞이했다. 막번 체계가 무너지면서 민간 장인으로 살아야 했다. 13대에는 조선이 식민지가 되면서 창씨개명을 하라는 압력도 받았다. 그러나 이들은 시장에서도 살아남았고 이름도 지켰다.

서로 다른 이들을 하나로 묶은 이유를 눈치챘을 테다. 이들은 다 디아스포라다. 본토와 아비 집을 떠날 수밖에 없는 가혹한 운명을 겪었다. 또 하나의 공통점은 도예이다. 아무리 온 힘을 다해 도자를 빚었다 하더라도 최종적인 완성은 불에 맡겨야 하는 독특한 미술 갈래가 바로 도예다. 재일 조선인 강상중이 아니고서는 결코 찾아낼 수 없을 공통분모다. 우리 삶에는 어쩔 수 없는 그 무엇이 있는 법이다. 이를 흔히 운명이라 부르잖던가. 유대인이나 재일 조선인으로 태어난 것은 어쩔 수 없는 일이다. 그러나 부서진 운명에 무릎 꿇지 않고 자신만의 길을 간다. 도자기를 불가마에 넣은 다음에는 기다려야 한다.

만약 가마에서 꺼낸 작품이 성에 차지 않는다면 어떻게 할까? 익히 알듯 작가는 그 자기를 부숴 버린다. 그러면 좌절해서 포기하고 마는가. 그럴 리가 있겠는가. 예술혼을 불태우며 새로운 자기를 빚고 다시 불에 맡긴다. 할 도리를 다하고 하늘의 뜻에 맡기는 자세. 그러니, 이들의 삶과 도예는 상동성이 있을 수밖에. 강상중은 "그들의 인생에는 산산이 부서진 희망이나 이룰 수 없었던 꿈과 함께 불의 축복을 받지 못한 작품의 파편이 산처럼 쌓여 있겠지요. 그러나 인생의 파편과 창작의 파편이라는 이중의 아픔을 받아들인 위에 그들의 예술이 성립되었다고 생각합니다"라고 말한다.

자이니치로 청년 시절 자신의 장래를 암담하게 느끼고, 은퇴한 다음 낭만적인 삶을 그리고 있을 때 아들이 자살하고, 근대성의 상징인 일본에서 원자력발전소가 쓰나미를 버텨내지 못하고 대참사를 빚었다. 어찌할 수 없는 그 무엇이다. 그러나 좌절하고 포기할 일이 아니다. 다시 일어나서 걸어가야 하는 게 인생이다. 강상중의 사상은 이런 가혹한 운명을 거름 삼아 꽃피었다. 누가 우리를 구원해줄까? 진인사하고 대천명하는, 받아들이는 자세, 그리고 다시 진인사하는 나 자신이다. 강상중은 이를 받아들이는 힘의 감동이라 불렀다.

내 정신의
무기고

『다이너마이트 니체』

니체만큼 문제적인 철학자도 없는 듯싶다. 개인적으로는 어릴 적 멋모르고 읽으면서 귀신 씻나락 까먹는 듯한 소리하는 철학자로 인이 박혔다. 대학에 들어와서 읽은 한 철학사에는 니체가 나치즘의 원류인 양 소개하며 비판 일색의 내용으로 가득 차 있었다. 상대할 철학자가 아니구나 싶었다. 이해도 못하는 데다 오해까지 했으니, 남들이 아무리 좋다 해도 한동안 읽지 않았다. 그러다, 어라 싶었던 일이 벌어졌다. 푸코나 들뢰즈가 니체를 입에 침이 마르도록 떠벌였다.

프랑스의 후기구조주의 철학이라는 게 따지고 보면 독일철학의 현대적 재해석이라는 면이 있다. 라캉은 프로이트를, 부르

디외는 마르크스를 비판적으로 계승한 면이 강하다. 푸코와 들뢰즈는 니체 철학을 바탕으로 현란한 철학적 수사의 향연을 벌였다. 그래서 다시 본 니체는, 여전히 이해하기 어려웠다. 잠언 형식의 글을 논리적으로 이해한다는 것은 쉬운 일이 아니었다. 그럴 즈음, 니체 철학을 알아먹게 해준 구원투수가 있었으니, 바로 고병권이었다. 나는 그가 쓴 『니체의 위험한 책, 차라투스트라는 이렇게 말했다』를 읽고서야 비로소 니체 철학의 대강을 이해할 수 있었다.

『다이너마이트 니체』는 그 고병권이 쓴, 『선악의 저편』을 강독한 책이다. 『서광』을 강독한 책이 『언더그라운드 니체』이니 책 제목이 뜻하는 바를 어림짐작할 터이다. 이 책을 읽으며 새삼 곱씹어 본 것이 두 가지 있다.

그 하나는 철학하는 자세는 어떠해야 하는가, 하는 점이다. 니체는 "때로는 바보처럼, 때로는 악마처럼 보일지라도, 철학자에게는 불신해야 할 의무가 있으며, 의심의 심연에서 가장 악의적인 곁눈질을 해야 할 의무가 있다"라고 말했다. 압도적이고 지배적인 진리 체계를 의심하는 것에 머물러서는 안 된다. 지지하거나 스스로 생성한 진리는 어떤 회유나 강압이 있더라도 지켜내야 한다. 이 과정에서 인식하는 자의 파멸이 벌어지게 마련이다. 이는 "진리를 견디어 가면서 자신을 끊임없이 극복해 가는 것이다 … 이것은 자기극복과 자기변형의 힘이 자기 안에 있음을 긍정하는 데서 나온다"라는 뜻이다. 이 대목을 보며 공부의 목적을 잊어버리고 자꾸 안일해지는 나 자신을 반성했다. 궁극에는 나를 죽여 나를 이겨 내야 하는 데 이르러야 하거늘, 지적 허영심에 빠진 듯해서다.

니체가 플라톤을 비판한 대목에서도 생각할 거리를 많이 얻었다. 니체가 보건대, 플라톤은 독단주의자다. "자기 진리를 모두에게 해당하는 진리라 믿는 … 무모한 일반화를 감행한 탓"이다. 이에 비하면 니체는 독특성의 철학자다. 니체는 보편적인 눈, 보편적인 조명을 인정하지 않았다. 모든 생명체마다 자기만의 눈이 있고, 어떤 조명 아래 사물을 본다. "우리는 동일한 현상을 전혀 다른 시각으로 읽어낼 수도 있고, 똑같이 필연적인 법칙을 그 다른 시각에서 도출해낼 수도" 있는 법이다. 니체의 후예들이 상대적 가치에 집요하게 매달렸던 근거를 여기에서 확인했다.

이번 책에서 고병권은 니체가 도덕의 위계 문제를 제기했다고 여러 차례 강조했다. 말하자면 주인의 도덕과 노예의 도덕, 강자의 도덕과 약자의 도덕, 건강한 자의 도덕과 병든 자의 도덕으로 나눈다는 말이다. 오해하지 말 것은 앞엣 것이 지배적인 유형은 아니라는 점이다. 이 부분을 이해하면 그 유명한 '힘에의 의지'가 뜻하는 바가 무엇인지 파악할 수 있다. "어떤 적나라함, 즉 성장하고 번식하며 스스로를 지배자로 느끼고자 하는" 것으로, 그 목적은 고귀한 인간이 되려는 것이다.

플라톤 철학과 기독교적 가치관에 맞서서 새로운 철학을 꿈꾼 니체는 철학사의 다이너마이트였다. 어찌 니체만 그러했겠는가. 한 시대의 지배 담론을 뒤엎었던 사유는 늘 불온했다. 철학 또는 인문학을 한낱 교양거리로만 읽어서는 안 되는 이유다. 니체를 읽으며 다시, 내 정신의 무기고를 살펴보자. 혹여 불발탄만 그득하지 않은지 말이다.

책 속에
피가 흐른다

『뜨거운 피』

오랜만에 손에 땀을 쥐며 소설 한 권을 읽었다. 정말, 흥미로웠다. 이 작가가 왜 이런 변신을 했는지는 모르겠다. 눈에 보이는 것이 다인 듯한 세상에 과연 그렇겠냐고 물었던 작가다. 상상하게 했고, 음미하게 했고, 고민하게 했다. 소설 제목도 그래서 인상 깊었다. 『캐비닛』, 『설계자들』. 그런데 이번에는 안 그랬다. 한번 손에 잡았으면 절대 놓지 않게 하겠다는 게 소설을 쓴 목적인 양 독자를 마구 몰아간다. 아마도 이런 기획이었다면 그는 성공했다. 무슨 소설이길래 호들갑을 떨며 소개하는가 궁금할 터. 김언수의 장편소설 『뜨거운 피』를 읽고 하는 소리다.

김언수는 한국문학의 지도책에 부산과 그 항구를 확실하

게 등재한다. 전작에도 그랬듯 이번에도 부산의 항구가 배경이다. 이 부산 사나이는 그 항구에 얽힌 욕망과 허전함을 거푸 토해내지 않고서는 못배기는 모양이다. 건달 이야기다, 아니 조폭 이야기다. 그래서 느와르를 떠올리게 한다. 사내들의 이야기이다 보니 뜨겁다.

전쟁미망인을 구호하는 모자원에서 자랐다. 이탈리아에서 온 신부가 실수했다. 이곳 아이들에게 권투를 가르쳐 주었던 것. 먹고살려고 어린 나이에 부산의 건달이 되었다. 희수. 나이 마흔에 지난날을 회한에 차 되돌아보고 앞날에 두려움을 느끼고 있는 주인공. 그가 소속한 건달 세계는 구암의 손영감을 우두머리로 삼는다. 여기서 구암은 가상 공간이니 소설 읽다가 갑자기 부산 지도를 펴보지는 말 것. 손영감은 특유의 처신으로 구암 바닷가를 장악해 배를 불리고 있다. 바둑도 혼자 두고 보트 타고 섬에 가 혼자 낚시를 즐긴다. 능구렁인 데다 책사다. 뒷칸방에 밀려난 노인네 같지만, 그의 머리는 비상하다. 그의 지론은 단순하다. "건달은 그저 쥐 죽은 듯이 조용히 지내는 게 성숙하고 아름다운 자태라고."

구암의 대척점에 영도파가 있다. 구암이 먹을 게 별로 없는 지역구라면 영도는 탐욕스러운 전국구의 조폭이다. 여기는 남가주 회장이 우두머리다. 공산당에 밀려 만주부터 떠내려와 부산에서 일가를 이루었다고 자부한다. 탐욕스럽고 무자비하다. 노골적이고 공격적이다. 돈 버는 규모가 구암과는 다르다. 용강이나 천달호 같은 이를 휘하에 거느린다. 처음에 두 세계는 공존하는 듯싶다. 작은 마찰이 있었으나 쉽게 봉합될 거라 예측하게 했다. 그러나 김언수는 그 예측을 깬다. 피가 낭자하다. 죽고 배신하고 차지하고 다시 배신하고 결론이 어디로 갈지 종잡을 수 없다.

문제는 항구였다. 영도가 밀수에 이용했던 항구를 더는 쓸 수 없었다. 그래서 구암의 항구를 뺏어야 했다. 손영감과 남가주 회장의 대결에 아랫것들이 희생된다. 건달 세계에 의리는 없다. 돈이면 다 되었다. 건달을 다룬 소설에 이토록 배신이 많이 나오는 것은 처음 보는 듯하다. 무게 잡고 화려하고 있어 보이지만, 알고 보면 다 찌질이이다. 한방에 돈 벌어 그 세계를 벗어나려 하지만, 그 한방은 늘 유예되고, 그 한방에 대한 미련 탓에 목숨을 잃는다.

소설 말미에 희수, 양동, 용강, 철진, 천달호, 남가주 회장이 멍텅구리 배에 모인다. 희수가 항복을 선언하는 줄 알았다. 그런데 일대 반전이 일어난다. 정말, 끝날 때까지 끝난 게 아니었

다. 희수는 손영감의 뒤를 이어 구암의 우두머리가 된다. 첫사
랑이었던 창녀 인숙과 결혼했지만 떠났다. 인숙의 아들 아미는
죽었다. 아무것도 남지 않았다. 다시, 혼자다. 회장 자리에 오르
기 직전, 희수는 바닷가에서 걷잡을 수 없는 울음을 운다. 그리
고 출렁거리는 바닷물에 얼굴을 씻는다. 인생의 대전환점이다.

김언수의 문장은 날렵한 칼잡이의 솜씨를 닮았다. 짧게 끊
어쳐 쓰나 가슴에 팍 박혀 들어온다. 구성은 단단하고 반전의
묘미가 있다. 흥미롭고 재미있다. 그런데 그렇기만 하다. 다 읽
고 나서 음미하고 고민하고 되살펴 보아야 할 바가 없다. 그전
작품을 좋아하던 이로써 당혹스럽다. 왜 이런 변신을 했을까?
소설이란 본디 시정잡배들이 살아가는 이야기면 족하다 여겨서
일까? 철학자인 양 넋두리 늘어놓는 소설에 구역질이 나서일까?
모르겠다. 그래도 소설이 재미를 되찾은 점은 상찬할 만하다.
책을 덮은 지 꽤 되었건만, 아직도 피가 뜨겁게 흐르는 듯하다.

여전히 희망의 자리를
지킨다는 것

『양의 노래』

　　가토 슈이치의 자서전 『양의 노래』를 읽으며 무척 당황했다. 책 띠지에 실린 "그는 이 책에서 일본에는 드문 '저항하는 휴머니즘'이 어떻게 태어나 자라났는지 이야기해 주고 있다"라는, 서경식의 글이 주는 기대를 저버리고 있어서다. 물론, 가토 슈이치가 어떻게 태어나 자라났는지는 잘 이야기했다. 한마디로 한 세계인의 탄생 과정을 정말 흥미롭게 묘사하고 있다. 할아버지는 대지주다. 외할아버지는 이탈리아에 유학 갔다온 재력가에다 난봉꾼이다. 거기에 아버지는 의사였으니, 재력과 지능을 겸비한 집안에서 태어난 그의 성장기가 영특한 양갓집 자제의 판타지로 가득한 것은 당연하다. 문제는 '저항하는 휴머니즘'의 흔적을 찾아보기 어렵다는 점이다.

일단 책 제목이 『양의 노래』인 이유를 알게 되면 사정을 이해할 수 있다. 1919년생인 지은이 스스로 말하길 "양의 해인 기미년에 태어난 나는, 스스로 나 자신을 되돌아보건대 성정이 온화한 양을 닮아서 말하는 것조차 큰소리로 질타하는 것을 좋아하지 않는다"라고 했다. 그에게서 혁명가 기질이나 행동을 바라는 것은 애당초 글러 먹었다는 말이다. 더욱이 그는 자서전에서 여러 차례 자신을 방관자라 했다. 자서전의 주 내용도 정치 참여보다는 살아온 과정을 묘사하는데 할애되어 있다. 어릴 적, 과학 특히 생물에 비상한 관심이 있었고 중학교에 올라가면서 문학책을 탐독했다는 사실, 이것이 아우러져 의대에 들어간 다음에도 프랑스 문학에 경도되었다는 점을 밝히고 있다. 양가가 대공황 이후 몰락하는 과정, 그리고 아버지의 괴팍한 성격 때문에 의업을 통해 돈을 벌지 못한 이야기도 나온다. 이후 프랑스로 유학 간 다음, 결국 의업을 포기하고 비평가로서 활동하며 세계인으로서 보고 들은 격변의 시대에 대한 증언이 이어지고 있다.

자서전 내용이 이렇다 보니, 만년에 지은이가 평화헌법 수호에 적극적으로 나섰다는 풍문을 듣고 어떤 기대로 이 책을 읽는다면 더욱 실망할 터다. 그러니, 이 책은 다른 차원에서 읽어야 한다. 마치 사금을 채취하듯 그의 삶에 대한 회고 가운데 어느 대목에서 그가 저항하는 휴머니스트로 성장할 기미가 있었는지 탐색하며 읽어야 한다는 말이다. 이미 다 읽은 나는 밑줄을 치거나 중요하다 표시한 대목, 그리고 인상 깊었던 구절을 중심으로 다시 책을 뒤적여볼 수밖에 없었다. 그러다 보니, 보였다. 가토 슈이치의 진면목이.

먼저, 두 가지 일화가 눈에 띄었다. 그가 일본의 광산회사 의무실에 근무할 적 일이었다. 규슈의 탄광에 갔다가 현장 관리자와 탄광 노동자의 쟁점을 알게 되었다. 누가 옳은가? 갱도에 들어갔다 나올 때 푸른 하늘을 보며 그는 생각했다. "매일 푸른 하늘 아래서 살아가는 우리가 그들의 입장을 거부하는 일은 불가능할 것이다. 그때 나는 그들이 틀렸다는 사실을 객관적으로 설명하지 못하는 한, 그들의 입장은 모두 정당하다"라고 말이다.

캐나다에서 교수 생활할 적이었다. 베트남전쟁을 둘러싼 토론회에서 한 정치학자가 전쟁 원인이 복잡한 이해관계에서 발생했고, 이에 따라 전쟁을 종식기도 어렵다는 취지의 발언을 했다. 그때 그는 전쟁에 반대하는 것은 "인간으로서의 가치문제다. 매일 폭격 아래 아이들이 죽어가는 현실을 용인할 수 없다는 것, 그것은 논의의 결론이 아니라 출발점이라는 뜻"이라 생각했다. 그에게는 사회적 약자와 소수자에 대한 애정이 있었다.

두 번째는 특유의 도덕적 상대주의였다. 그는 "사회나 전통이 절대화하려는 가치를" 인정하지 않았기에 우상 파괴자로 살았다. 그러나 옛 가치와 오늘의 가치가 상대적이라 여긴지라 실제 행동에서는 보수성을 보였단다. 그는 절대적 악인이 없는지라 사형에 반대하고 절대적 선이란 있을 수 없어 전쟁에 반대한다고도 했다.

『양의 노래』는 혁명가가 어떻게 탄생하는가를 말하지 않는다. 숭고한 가치를 끝까지 지키는 사람은 어떤 삶의 과정을 거쳐 그 자리에 올랐는지를 차분히 말할 뿐이다. 한때 민주화운동을 했던 사람들이 권력과 돈에 취해 변절하는 모습을 숱하게 보았다. 우리에게 남은 희망은 그 자리를 여전히 지키고 있는 이들이며, 이제 그 자리에 동참하려는 이들이다. 『양의 노래』는 그들을 위한 울림이 큰 송가頌歌다.

삶이 달라지는
선택의 방점 찍기

『이광수, 일본을 만나다』

대중의 집단심리는 한편으로 미묘하면서도 다른 편으로는 무섭기도 하다. 최근 국내 영화 가운데 화제작으로 오른 작품을 보면 일제강점기에 끝까지 싸운 애국투사의 삶을 다룬 내용이 다수다. 대중은 권력 집단이 아무리 이념 공세를 펼치더라도 자신이 지키고 싶은 가치관은 절대 포기하지 않는다. 알고 보면 친일 집단의 후손이거나 친일 경력이 자신에까지 유리하게 작용하는 이들이 권력을 잡고 있는 현실에 분노한다. 3·1운동과 임시정부의 의미와 가치를 깎아내리려는 획책에 반발한다. 각별히 위안부 문제를 대하는 정권의 태도에 대한 분노는 상당하다. 그러다 보니, 일제와 싸운 사람의 이야기에 환호한다.

나도 이런 영향권에서 벗어나지 못한 듯싶다. 최근 일제강점기를 다룬 책을 부쩍 읽는다. 이번에 관심 있게 본 책은 이광수를 전공한 일본인 학자 하타노 세츠코가 쓴 이광수론이다. 제목은 『이광수, 일본을 만나다』. 일본인 학자가 이광수를 연구했다는 사실 자체부터 상당히 복잡한 마음을 불러일으켰다. 우리 근대문학의 효시 격인 이광수가 결국에는 친일했다는 사실을 일본인 학자는 도대체 어떻게 볼까? 물론 책에서 나오듯 일본 제국주의 전체상을 그리는데, 이광수는 빠져서는 안 되는 거울이다. 그럼에도 우리 처지에서 보자면 일그러지고 깨진 거울이 연구 대상으로 오른 것이 찜찜하기 짝이 없다. 김현이 말했다시피 이광수는 역시 "만질수록 덧나는 민족의 상처"인 모양이다.

개인적으로 책을 읽으면서 이광수가 친일 대열에 오르는 사상적 전환에 영향을 끼친 것이 무엇일까 알고 싶었다. 다행히 이 책에는 그 질문을 풀 실마리가 나와 있다. 메이지 학원 4학년 시절 홍명희가 이광수에게 한 권의 책을 건네준다. 기무라 다카타로가 쓴 『바이런 문학계의 대마왕』. 이 책에서 기무라는 해적주의와 악마주의라는 두 개의 열쇳말로 바이런 철학을 설명했단다. 해적주의는 "넓은 바다에 자신들의 세계를 구축한 해적 콘래드의 무엇에도 얽매이지 않는 불기의 정신"을 이르고,

악마주의는 "타락 천사 루시퍼의 반역 정신"이라 한다. 두 정신을 아울러 기무라는 강대한 의지라 했는데, 이를 지은이는 다음처럼 정리한다.

제국주의 시대의 평론가 기무라 다카타로는 이 이원론의 세계를 생존경쟁과 결부지었다. 그리고 정의는 승자의 것이며, 강자는 약자에게 어떠한 의무도 없고 약자는 강자에게 어떠한 권리도 없다고 부르짖었다. 그러나 동시에 기무라는 약자가 강자의 뜻에 복종할 의무 또한 없다고 말한다. 왜냐하면 패배하더라도 반역을 멈추지 않는 한 약자는 진짜 약자가 아니기 때문이다. 진짜 약자란 강자의 지배를 받아들이고 마는 존재다.

이광수는 이 책에서 지은이가 정리한 앞 대목에 사로잡히고 말았다. 우승열패를 고취한 사상의 속내를 들여다보지 못했다. 결국 그는 승자 또는 강자가 정의라 생각하는 마수에 걸려들었던 셈. 우리 근대문학의 앞자리에 이광수가 있다면, 중국에는 루쉰이 있다. 그도 일본의 의대에 유학하러 왔다가 작가의 길로 들어선다. 루쉰은 어떠했는지 본다면, 이광수가 변절한 이유를 더 뚜렷이 짐작할 수 있다. 루쉰 역시 한동안 일본을 사로잡았

던 바이런 열풍의 세례를 받았다. 그러나,

루쉰은 '강대한 의지'를 강자가 되어 약자를 지배하기 위한 것
이라고 생각하지 않았다. 그는 그것을 도태될 약자의 운명을
거부하는 인간의 존엄으로 간주했다.

바로 이 점이다. 한 권의 책을 읽고 어디에다 방점을 찍느냐
에 따라 삶은 달라진다. 지금 우리 공동체 구성원은 루쉰의 길
을 걷고자 한다. 그러나 권력자는 다시 이광수의 길을 걸으려
한다. 제발, 대중이 드러낸 문화적 무의식에서 교훈을 얻기를
바랄 뿐이다.

책벌레가 차린
성찬

『다시 동화를 읽는다면』

뻔한 책이다. 제목을 보거나, 부제를 보거나, 글쓴이들의 이름을 보거나. 먼저 책 제목. 『다시 동화를 읽는다면』. 불을 보듯 뻔하지 않은가. 어른이 되었다. 사회적 명성도 있고(그렇지 않고서는 글쓴이 명단에 이름을 올릴 수 없으니), 책도 많이 읽은 데다 글도 잘 쓰는 (그렇지 않고서는 원고 청탁을 받을 리 만무하니) 이들이 어릴 적 강한 인상을 받은 동화책을 다시 읽고 글을 쓴다. 이런 식이라면, 책에 대한 찬가가 넘쳐날 것은 익히 예상할 수 있다.

부제를 보자. "우리 시대 탐서가들의 세계 명작 다시 읽기." (사심 있는 소리 한마디. 이 책은 부제 값을 못 한다. 탐서가로 대한민국에서 제일 유명한 내가 빠져 있으니까.) 우리 시대 탐서가라면 대략 1970년대 유년 시절을 보낸 이들이 주축을 이룰 수밖에 없다. 그 당시 우리 출판 문화나 독서 운동의 바탕을 보았을 적에 우리 동화보다는 전집류로 나온 세계 명작 동화를 더 많이 읽었으리라. 좀 숨김없이 그대로 말하자면, 앞선 세대는 계몽사에서, 뒷세대는 금성출판사에서 나온 전집을 누에가 뽕잎 먹듯이 먹어 치웠을 것. 가물에 콩 나듯 우리 동화도 소개되었겠지.

글쓴이를 보자. 각계의 내로라하는 이들로 포진해 있다. 나이 차이도 난다. 전공도 다르다. 이들을 보고도 소문난 잔칫집 먹을 거 없더라고 말해서는 안 된다. (가 보지는 못했지만) 오성급 호텔 뷔페식당이라 여기면 된다. 소문난 글쟁이에게 이런 책은 그야말로 단독기회다. 앞이 뻥 뚫려 있다. 온갖 수사학적 기예를 부리며 골문으로 달려가는 국가대표급 축구선수라 보면 된다. 환호할 준비만, 감탄할 준비만 하면 된다. 그러니 뻔한 것이다.

나이가 들어 어린 시절 본 책을 되돌아보는 글쓰기는 뻔하다. 여러 계기로 책을 읽게 되었다. 가난했거나 외로웠던 시절, 그 책이 나에게 큰 위안이 되었다. 오늘 나를 있게 한 것은 바로 그 책이다. 그 책을 필두로 책벌레가 되었다. 그러다 글을 쓰려고 다시 읽었다. 놀라웠다. 내용이 다르거나, 주제를 잘못 이해했다. 내용이 다르다는 것은 어린 시절 읽은 책이 대체로 일본어 축약본을 중역한 탓이다. 완역본을 읽으니 새로웠다. 그렇다고 어린 시절 읽은 것이 엉터리는 아니다. 그때는 그때 대로 맛과 멋이 있으니. 지적으로 성숙해진 다음 읽었더니 다른 주제의식이 오롯이 드러나더라며, 서구중심주의적 사고나 남성 편향성을 지적할 테다.

그렇다면, 이런 책을 읽는 이의 태도는 어떠할까? 답을 예상했을 텐데, 뻔하다. 글쓴이와 함께 과거로 돌아가 그 시절의 자신을 되돌아보며 어쩌면 내가 하고 싶은 말을 이렇게 똑같이 말할 수 있을까! 라며 감탄하면 된다. 글쓴이의 새로운 해석을 보며, 역시 공부한 사람은 다르다며 무릎을 치면 된다. 뻔하다는 말이 왜 폄훼의 뜻이던가? 두루 동의하고 감동할 적에 우리가 보이는 반응은 그야말로 뻔하지 않던가.

뻔한 글을 싫어하는 독자를 위한 도움말. 이 책의 진가를 알고 싶다면 우석훈과 장석준의 글을 먼저 보기를. (뻔한 말이지만 이런 유의 책을 차례대로 읽을 리는 만무하니) 동화를 어린이의 이야기로만 보지 않는 이유를 정확히 알게 될 터이니 말이다. 이런 글은 뻔하게 끝낼 수밖에 없다. 당신에게 질문을 스스로 던져 보자, 만일 다시 동화를 읽는다면? 아이에게 책 읽으라고 채근만 한 부모라면 이 책을 읽고 동화를 보자. 동화 읽는 어른이었다면, 읽지만 말고 자신의 감상과 새로운 해석을 써보자. 굳이 유명한 사람만 이런 글을 쓸 수 있는 것은 아니잖은가. 뻔한 잔소리는 이걸로 끝!

우상에 맞선
시대정신

『대화』

　　자서전을 쓰고 나서 전문가한테 상찬받기란 보통 힘든 일이 아니다. 자기 삶을 미화했다고 비난받기 일쑤고, 문제적인 대목을 충분히 해명하지 않고 넘어갔다고 욕먹기 십상이다. 더욱이 성공한 사람의 삶을 다른 누군가가 써주는 천박한 자서전 문화에서 벗어나지 못한 우리의 경우, 널리 인정받는 자서전을 만나기는 결코 쉽지 않다. 다행히 예외가 있으니, 리영희의 자서전이 그렇다.

　　리영희의 자서전은 두 권이다. 첫 권은 1988년 나온 『역정』이다. 일제강점기를 보낸 소년 시대부터 이승만 정권 말기에 이르는 삶을 회고한다. 이 자서전은 잡지에 연재된 바 있는데, 당

시에 문학평론가 유종호는 "이러한 글을 문학으로 수용하지 못
하는 문학관은 옹졸하고 편협한 것임을 면치 못할 것"이라고 평
한 바 있다. 두 번째 권은 2005년 나온 『대화』이다. 앞의 자서전
을 전사前史로 해서 자신과 삶과 사상을 되짚어본다. 『대화』는 대
담 형식으로 쓰여진 자서전이다. 건강이 나빠져 집필이 어려워
지자 문학평론가 임헌영 씨와 대화를 나누고, 이를 정리했다.
이 책 역시 높은 평가를 받았다. 리영희를 비판한 윤평중도 "자
서전 문화가 척박한 우리 문화 지형의 질곡을 일거에 깨트린 쾌
거인" 역저이며, "자화자찬만이 넘쳐나는 불모의 다른 자서전들
과는 완전히" 다르다며 높이 평가했다.

　　『대화』에는 꿈 이야기가 여러 번 나온다. 리영희는 자신의
삶과 우리 민족의 역사를 프로이트와 융의 이론에 빗대어 분석
한다. 의외라고 여길 이도 많을 텐데, 그만큼 그의 사상적 프리
즘이 넓다는 뜻이다. 리영희에게는 프로이트식으로 말하면 무
의식을 형성한 계기가 되고, 융에 기대면 자신이 의식하지 못한
'의식의 역사'가 되는 사건이 둘 있었다. 그 하나는 외삼촌인 최
인모가 1920년대 초 일본 유학을 갔다 돌아와 소작인에게 땅을
나누어준 사건이었다. 다른 하나는 외할아버지 살해 사건. 머
슴이었던 문학빈이 독립군으로 변신, 외할아버지에게 독립자금

을 늑탈하려다 벌어진 사건이었다. 정말, 놀랍지 않을 수 없다. 어머니에게는 평생 한이 되었을 사건이 그에게는 올바른 삶의 표본이 되었으니 말이다.

기득권을 포기한다는 것은 얼마나 어려운 일이던가. 주변의 만류와 협박도 드세었다. 일본에 유학가 자유주의적이고 선진 개혁적인 사상의 세례를 받은 사람은 숱하게 많았다. 그렇지만 그 가운데 자발적으로 이른바 농지개혁을 한 사람은 드물다. 그럼에도 외삼촌은 앎과 함의 일치를 실천했다. 선각자의 삶으로 높이 평가할 만하다고 여겼던 것이리라. 사회계급으로 보자면 문학빈은 외삼촌의 대척점에 있다. 그럼에도 "혁명가이자 독립투사의 계급적 각성과 사회혁명"을 실천했다. 비록 나중에 변절해 아쉽지만, 민중의 성장 가능성을 점칠 수 있는 사례라 여긴 듯싶다. 두 사람에 대한 평가에서 볼 수 있듯, 리영희의 사상적 유전자는 반항아 기질이 짙다. 참된 것 앞에 부나 혈연이 무슨 상관이냐는 이 정치적 무의식은 리영희의 파란만장한 삶을 예고한다.

그는 자신의 삶을 다섯 가지의 꿈으로 유형화했다. 책을 다 읽고 나면, 정말 리영희의 삶이 그러했구나, 라며 주억거리게 된다. 자신의 삶을 인상적으로 요약할 줄 아는 사람이 뛰어난 자서전의 저자가 된다는 것을 다시 확인하게 된다.

첫째는 행복했던 유년 시절이 꿈속에 재현된 경우다. 한반도의 변방이었으나, 금광 덕에 풍요로웠던 대관에서 보낸 어린 시절은 그야말로 황금시대였다. 더욱이 그는, 부계는 압록강 변의 제법 이름난 선비 집안이었고, 모계는 벽동 최부잣집이었다. 그에게서 식민지 소년의 우울한 초상을 발견할 수는 없다. 두 번째는 결핍의 고통이 재현되는 꿈이다. 월남하면서 가세가 급격히 기울었다. 중학교 시절부터 대학 때까지 '동물적인 필요'를 충족시키기 위해 발버둥 쳤다. 세 번째는 정서적 상흔이 빚어낸 꿈이다. 전쟁 한복판을 관통하면서 20대 청년이 입은 영혼의 상처가 재현된다. 네 번째는 굴욕과 괴로움이 등장하는 경우다. 이성의 힘으로 우상에 도전한 것이 죄가 되어 직장에서 쫓겨나고 "가족의 생명을 부지하기 위해서 비굴하게 일자리를 찾아 헤매는 꿈"이다. 다섯째는 권력의 탄압이 꿈으로 생생하게 나타난다. 걸핏하면 쫓기다 잡히는 악몽을 꾸었다. "이런 고생을 끝없이 되풀이해야 할 바에는 차라리 자살해 버리는 것이 낫겠다"라며 깨어났단다.

『대화』에는 상당히 도전적인 논쟁거리가 담겨 있다. 대담자인 임헌영도 "난감한 쟁점"이라 말할 정도다. 융의 표현에 빗대면 민족심리학이 될 터이고, 리영희 스스로 민족적 유전자라 이름 붙였는데, 내용은 이렇다.

그는 우리 역사를 볼 적에 결정적인 순간, 분열과 대립으로 비극이 되풀이된 경우가 많다고 힘주어 강조한다. 일제시대 민족진영과 사회주의진영이 대립·분열한 것은 물론이고 각 진영의 내부도 적대관계에 놓였다. 작은 이익에 매몰되어 대의를 잃은 경우다. 1960년이 그러했고, 1980년에도 그러했다. 이런 작태는 조선시대에도 나타난다. 숱한 사화, 당쟁, 분당, 족벌정치라는 폐단이 있었지 않은가. 수백 년에 걸쳐 비슷한 현상이 반복하는 것을 보며 "이것이 한국(조선)인의 민족성을 형성하게 된 것은 아닌가 하는 생각을 뿌리칠 수" 없노라고 말한다. 비판하는 처지에서 보자면 식민사관의 재판이며 자학적인 민족관이라 할 만한 발언은 또 나온다. 그는 광적인 반공주의나 극우적 사고방식을 지닌 집단이 북한과의 군사 대립을 부추기는 현상을 지적하며 "어쩌면 남한만을 말할 때의 민족성 같은 것이 냉혈적이고 잔인함의 어떤 유전적 요소를 지니고 있지 않나 하는 의구심"을 품게 된다고 고백한다.

리영희의 민족 비판은 방향을 바꿔 다시 제기된다. 강력한 지배 권력이 있어 통제력이 강하게 작용할 적에는 분열 현상이 일어나지 않았다. 그는 일례로 1947년 미소공동위원회가 통일 정부 수립을 위해 협의체를 구성하려 했을 때를 든다. 북한은 단일권력 체제가 자리 잡아가는 과정이었는지라 내부에서 분열 하거나 대립하는 현상이 별로 없었다. 하지만, 남한은 그러지 않았다. 민주적이고 자유로운 상태가 보장되자 정당 단체만 해 도 300여 개로 세포분열했다. 그는 우리 민족이 과연 "자율적 자기 규제 능력과 슬기가 있는지" 의심스럽다고 말한다. 4·19 이 후의 혼란도 이 입장에서 재론된다. 지배 권력이 막강할 때는 평신저두平身低頭하지만, 정권이 자유를 주면 "돌변해서 제각기 자 기주장대로 행동"한다. 그래서 그는 말한다. "한국 민중에게 민 주주의적 책임성이 없다는 것이 문제요."

리영희의 민족 비판은 전방위에 걸쳐 있다. 권력욕에 눈멀어 사분오열하는 엘리트 집단에서 시민적 자율성과 책임성이 결여 된 민중에 이르기까지. 그의 자서전 읽기는 이 대목에서 불편 해진다. 도대체 이 문제를 어떻게 받아들여야 하는가. 그는 민 족에 대한 애정이 없고 민중을 불신하는가. 그러므로, 그를 비 난하는 것이 마땅한가. 루쉰 이야기가 장황하게 나오는 이유가 이런 오해와 편견을 막기 위해서였으리라. 리영희가 루쉰을 얼 마나 존경하는지는 이미 널리 알려진 사실이다. 민족에 대한 비판이 루쉰이 걸어간 길을 따르고 있다는 것이다.

노신은 당시의 중국 인민대중의 무지·나태·우매·탐욕·교활·갈
등·분열·약육강식 등등의, 민족적 결점과 약점을 미화하거나
은폐하거나 합리화하거나, 심지어 정당화하는 따위의 값싼 '과
잉 민족지상주의'를 거부해요. 그 모든 약점들을 있는 그대로
드러내어 그것을 중국 인민대중의 눈앞에 잔인하리만큼 적나
라하게 던져 보여주었어. 노신이 의도한 바는 그런 자신의 약
점들을 인식하지 못하거나 인식한다 하더라도 민족적 편애심
때문에 인정하려 하지 않는 사람들의 '자기기만적 허위의식'을
통렬하게 비난하는 거요.

개인적으로는 리영희가 우리에게 던진 의미 있는 토론거리
라 생각한다. 그의 민족 유전자론은 근거 있는 주장인가. 민족
의 아픈 생채기를 굳이 들춰 보아야 하는 것일까. 정말, 그런 기
질이 있는 거라면 어떻게 해야 극복할 수 있을까. 할 말이 많은
주제다. 그럼에도 우리 지식사회는 이 질문을 두고 깊이 있는
논쟁을 벌이지 않았다. 오히려 사상 논쟁을 벌였을 뿐이다.

리영희에 대한 비판은 중국의 문화혁명을 어떻게 평가할 것

인가로 모아진다. 리영희의 이념좌표를 소박한 인본적 사회주의라며 맹렬히 비판한 윤평중이 대표적인 사례다. 리영희는 『대화』에서 일부의 비판을 알고 있노라며 스스로 변호하는 발언을 한다. 그리고 자신이 왜 중국혁명에 관심을 기울였는지 소상히 밝힌다.

그는 중국혁명에서 희망을 본 듯하다. 미국식 자본주의 체제나 소련의 관료주의적 공산주의를 극복한 제3의 사회제도로 중국 공산당을 눈여겨본 것이다. 중국혁명을 이처럼 높이 쳐준 것은 "민중적 공감과 인민대중의 적극적이면서 자발적인 참여가 활발"했기 때문이다. 문화혁명에 대한 관심은 "무조건적 공감이나 편애 때문"이 아니었다. "자본주의사회의 병든 생활방식과 존재 양식에 대해서 대조적인 삶의 모습을 제시"하고 싶었노라 해명한다. 그렇다면 홍위병으로 상징되는 문화혁명의 폐해가 드러나고 현실사회주의가 몰락한 상황에서 리영희는 무엇을 말할 수 있을까. 이 부분에서 우리는 다시 사뭇 논쟁적인 문제의식을 만난다.

결론적으로는 자본주의적 요소를 결한 사회주의도, 사회주의적 요소를 결한 자본주의도 마찬가지로 비인간적 제도라는 신념이 굳어졌어요. 인류의 한 발달 단계로서는 부족한 대로 '북구라파식 사회민주주의'가 현실적 선택이라고 생각했지.

홉스봄이 말했듯, 지난 20세기는 극단의 시대였다. 리영희식으로 표현하자면 그 한쪽은 "하반신적 욕구 우월주의"로 팽배했고, 다른 한쪽은 "상반신적 도덕 우선주의"가 득세했다. 두 진영의 대결과 반목은 전쟁과 혁명을 낳으며 인류를 도탄에 빠트렸다. 균형이 무너지자 시장 논리가 세계를 장악했고, 지금 그 종말을 지켜보고 있다. 이제 비로소 우리는 중용의 길에 들어서야 한다는 점을 인정하고 있다. 리영희는 오늘을 예감하고 있었던 것일까. 사회민주주의를 주목하자고 말해 놓았으니.

이 문제의식도 우리 지식사회가 깊이 있게 토론하지 않고 있다. 말로만 리영희를 사상의 은사라 할 일이 아니다. 그는 과거의 은사만이 아니라 미래의 은사이기도 하다. 경험에 바탕하고 상당 부분 수사학적 묘사에 그친 그의 지향점을 화두 삼아 더 깊이 고민해 보아야 한다. 『대화』는 새로운 시대정신과 끊임없이 대화를 나누고 싶어 한다.

희망의 저울에
무게를 보태라

『러셀 자서전』

    서문이 빼어난 책이 있다. 방대한 분량의 본문을 놀랍도록 간결하게 요약하고, 고갱이만 추려 놓은 경우다. 아무리 높이 평가받는 책이라도 서문이 좋은 경우는 흔치 않다. 그럼에도 간혹 그런 책을 만날 적에는 지은이에 대한 신뢰도가 수직상승한다. 자기가 쓴 책을 확실하게 장악하고 있다는 뜻이어서 그렇다. 『러셀 자서전』은 서문이 상당히 뛰어나다. 자서전의 서문이 인상 깊다는 말은, 앞에서 말한 바 내용을 휘어잡고 있다는 것 이상을 뜻한다. 지나온 삶에 대한 치열한 성찰을 바탕으로 자신의 삶을 정확히 파악한다는 말이기 때문이다. 『러셀 자서전』의 서문은 이렇게 시작한다.

단순하지만 누릴 길 없이 강렬한 세 가지 열정이 내 인생을 지배해 왔으니, 사랑에 대한 갈망, 지식에 대한 탐구욕, 인류의 고통에 대한 참기 힘든 연민이 바로 그것이다. 이러한 열정들이 마치 거센 바람과도 같이 나를 이리저리 제멋대로 몰고 다니며 깊은 고뇌의 대양 위로, 절망의 벼랑 끝으로 떠돌게 했다.

『러셀 자서전』은 일반적인 자서전처럼 연대순으로 쓰였다. 1872년생인 만큼 그 해를 시발점으로 삼았다(그렇다고 탄생의 순간마저 글로 써놓았다고 오해하지는 마시라. 버트런드 러셀이 생생하게 기억하는 유년기는 다섯 살 때 겪은 일이다. 그러니 엄밀하게 말하면 자서전은 1876년부터 시작하는 셈이다). 종착지는 버트런드 러셀 평화 재단을 세우고, 베트남전의 진상을 폭로하는 1967년이다(그는 1970년에 영면한다). 그렇지만 이 책을 시간의 흐름을 좇아 읽으면 재미없다. 그는 영향을 받고 끼친 사람이 다양하고, 활동 무대가 영국과 미국에 걸쳐 있었으며, 서재書齋형 지식인이 아니라 현실에 참여하는 인물이었다. 그러다 보니, 내용이 헷갈리기 일쑤고, 정작 비중 있는 일이 무엇인지 알아채기 어렵다. 그러면 어떻게 읽어야 할까 궁금해지리라. 답은 서문에 있다.

그의 삶을 지배한 세 가지 열정을 열쇳말로 삼아 자서전을 재배열해야 한다. 그러면, 러셀이라는 거인의 삶이 뚜렷이 드러난다.

러셀은 사랑을 찾아 헤맸다. 이유는 "희열을 가져"와서, "외로움을 덜어" 주어서, "천국의 모습이 사랑의 결합 속"에 있어서였다. 이 말을 한낱 수사적 표현으로 들어서는 안 된다. 그의 여성 편력은 시쳇말로 하면 화려하기 그지없었다. 어느 정도였냐 하면, 책 말미에 있는 연표에 '러셀의 여인들'이라는 항목이 나올 정도다. 여기에 이름이 오른 여성을 볼라치면, 앨리스 러셀, 오톨라인 모렐, 콜레트 멜리슨, 헬렌 더들리, 도라 러셀, 피터 러셀 등이다(이름에서 확인할 수 있듯 러셀은 세 번 결혼했다. 그렇다면 다른 여인들은?). 『러셀 자서전』의 미덕은 내밀한 개인사를 무척 솔직하게 털어놓았다는 점이다. 특히 성과 사랑에 대한 이야기를 담담하게 풀어놓아 읽는 이를 놀라게 한다.

어린 시절 친구가 성교를 주제로 음담패설하는 바람에 성에 눈떴고, 열다섯 살에는 자위를 했다. 하녀를 꾀어 땅굴집에 데려가 희롱하다 망신당했다. 육군예비학교에 다닐 때 창녀촌을 들락거린 친구들의 음탕한 이야기에 질려 "깊은 사랑이 없는 섹스는 짐승과도 같다고 단정했다". 이름난 지식인이 자신의 사춘기 시절 성적 방황과 일탈을 이토록 솔직하게 고백한 자서전을 보기란 쉽지 않다. 러셀의 첫사랑은 다섯 살 연상인 미국 여인이었다. "상상할 수 있는 가장 아름다운 여성"이며 "황후 같은 위엄을 타고난 여성"이었다. 주변의 반대를 물리치고 결혼했지만, 세월이 지나 더는 사랑하지 않는다고 느꼈을 때 오톨라인과 관계를 맺는다. 이 여인의 매력을 보면 러셀이 좋아한 여성의 공통점이 드러난다. 그녀는 "매우 아름답고 부드럽고 울림이 많은 목소리와 굴복하지 않는 용기와 강철 같은 의지"가 있었다. 더불어 "잔인한 것을 싫어하고, 특권계급의 오만과 편협을 싫어한다는 점, 그럼에도 우리가 택한 세계에서 약간 이방인 취급을 당한다는 것까지 똑같았다".

두 번째 결혼은 아이를 갖고 싶다는 지극히 인간적인 욕망 때문에 이루어졌다. 도라는 프랑스 근대 철학을 전공했고, 거턴 칼리지의 연구원이었다. 그녀가 결혼하여 아이를 두고 싶다는 소망을 말하자 마음이 움직였다. 이 결혼에는 우여곡절이 있었다. 1920년 러셀은 '중국강연협회' 초청으로 도라와 함께 중국을 방문했다. 여기서 죽을병에 걸려 고생한 적이 있는데, 얼마나 상황이 나빴던지 일본 쪽 신문에 부고 기사가 날 정도였다. 영국으로 돌아와 결혼식을 올렸는데, 이때 재미있는 일이 벌어진다. 혼례를 올리기 위해 런던 중심부의 번화가에 마련된 연단에 올라가 도라가 자신의 공식 간통 상대였다는 사실을 하느님 앞에 맹세하는 절차를 밟아야만 했다.

러셀의 지식에 대한 끝없는 탐구욕을 상징하는 구절이 있다. 조실부모한 러셀은 왕왕 고독감과 우울증에 시달렸다. 장엄한 일몰을 바라보며 자살을 결심하고는 했다. "그러나 수학을 더 알고 싶었기 때문에 자살을 감행하지는 못했"단다. 하나 더 인용할라치면, 이런 구절도 있다. "완전히 실의에 빠진 나를 구해준 것은 자연과 책과 (좀 더 나중에는) 수학이었다." 수학에 대한 열정은 열다섯 살 때부터 싹텄다. 형한테 유클리드기하학을 배웠는데, 그처럼 감미로운 일이 없었고 첫사랑처럼 현혹적이었다고 한다.

『수학의 원리』는 그가 학문 영역에서 거둔 최고의 성과다. 이 책의 가치는 두 사람이 '증언'해 준다. 쥘 뷜멩은 당대의 철학이 러셀의 『수학의 원리』에서 시작했다고 말했다. 콰인은 '20세기 철학의 태아'라 치켜세웠다. 러셀이 기념비적 저작을 완성할 수 있도록 도와준 사람은 페아노와 화이트 헤드다. 1900년 7월, 파리에서 박람회의 일환으로 국제철학대회가 열렸는데, 그곳에서 이탈리아의 수학자 페아노를 만났다. 러셀은 토론 현장에서 그가 가장 정확하며 자신이 시작한 논제에서는 반드시 이긴다는 것을 확인했다. 그의 전 저작물을 기증받아 "책 속의 단어 하나하나를 조용하게 연구"했다. 마침내 9월에는 "그의 방법을 논리적 연관으로 확장하는 작업"을 했다. 스승이자 친구인 화이트 헤드도 큰 도움이 되었다. 매일 저녁 자신의 새로운 생각을 그에게 설명하고 토론했다. 토론은 늘 어렵게 끝났으나, 자고 나면 문제가 풀렸다. "그때는 지적 도취의 시기"였으니, 내내 자욱한 안개 낀 산을 오르다 정상을 밟았을 적에 탁 트인 전경을 즐기는 기분을 만끽했다. 이 과정을 어쩌나 즐겼던지 원고를 탈고하기 전에 차에 치여 횡사하는 일이 없도록 조심하기까지 했다. 드디어 세기말의 마지막 날, 러셀은『수학의 원리』를 탈고한다.

러셀은 화이트 헤드를 평하는 자리에서, 그가 영국에서는 수학자로 알려지고 미국에서는 철학자로 활약했다고 말했다. 여기에 빗대어 러셀을 평하자면, 우리 독자는 그를 수학자보다는 철학자로 알고 있다. 아마도 에세이와 칼럼 형식을 잘 버무린 대중 저서를 다수 출간한 데다(『결혼과 도덕』으로 1950년 노벨 문학상을 받았다), 한동안 대학 교양 철학 교재로『서양철학사』가 널리 쓰인 덕인 듯싶다. 자서전에도 저서에 대한 일화가 많이 나오는데, 상업적으로 크게 성공한 책은『서양철학사』였다.

이 책을 쓰게 된 배경은 독특하다. 러셀은 1938년부터 미국에 머물고 있었다. 캘리포니아대학에서 교수를 하는데 뉴욕시립대에서 초빙했다. 그런데 보수파 인사들이 벌떼처럼 들고일어나 그의 임용을 반대했다. 이때 도움을 준 사람이 반스 박사. 자신의 재단에서 철학을 강연해 달라고 부탁했는데, 석연치 않은 이유를 들어 2년 만에 해고했다. 정신적으로나 경제적으로 상당히 어려운 상황에 놓이게 되었는데, 『서양철학사』는 이 무렵 썼다. 이 책은 낙양의 지가를 올리며 러셀의 상황을 역전시키는 데 큰 도움이 되었다. 러셀의 자평에 따르면, 『서양철학사』의 성공 비결은 비평가들이 편견이라 몰아붙일 정도로 독특했던 '나름의 관점'에 있다. 책으로 승부를 걸고 싶은 인문학자라면 마음에 새겨둘 만한 말이다.

러셀은 "사랑과 지식은 나름대로의 범위에서 천국으로 가는 길로 이끌어주었다. 그러나 늘 연민이 날 지상으로 되돌아오게 했다"라고 말한다. 그는 대중의 사랑을 받았지만, 대중을 배반할 줄 아는 지식인이었다. 대중이 듣고 싶은 말을 하는 것이 아니라, 대중에게 해야 할 말을 했다. "다수를 따라 악을 행하지 말지어다." 할머니가 강조했던 성경 구절이었다. 그 뜻에 맞게 살려 했다. 그래서 조롱을 받았고 "불경하고 편협하며 진실과는 거리가 멀고 도덕성이 상실되었다"라는 비난을 들었다. 그럼에도 끝까지 고통스러운 절규에 귀를 닫지 않았다.

일찍 돌아가신 아버지는 존 스튜어트 밀의 제자이자 친구였다. 어머니와 함께 여성참정권 지지 운동에 참여했다. 이 운동에 동참하고 나서 뒤늦게 그 사실을 알게 되었다. 생물적 특징만 유전되는 것이 아니다. 삶의 유전도 있는 법. 1차 대전에 반대하며 평화주의자의 길을 걸었다. 여기서 그는 상식의 허울 밑에 깊이 숨겨진 진실을 만난다. 예상과 달리 사람들은 대학살을 기대하며 즐거워한다는 사실을 알았다. 돈보다 파괴를 더욱 좋아한다는 끔찍한 사실도 깨달았다. 독재자의 억지로 전쟁이 일어나는 것은 아니었다. 요즘 말로 하면, 대중의 자발적 복종이 이를 뒷받침하고 있었다.

1940년대부터 러셀은 반핵운동과 사상과 표현의 자유를 지키는 투쟁으로 삶을 보낸다. 이 와중에 그는 씻을 수 없는 과오를 저지른다. 소련이 핵무기를 포기하도록 미국이 즉각 전쟁을 선포해야 한다고 제안했던 것이다. 빈대 잡자고 초가삼간 태우자는 위험한 발상이었다. 자서전에는 이에 대한 해명이 실려 있으나, 설득력은 상당히 떨어진다(홉스봄의 『미완의 시대』에 그 비판이 나온다). 그는, 미국의 잇따른 핵실험과 매카시즘 광풍에 실망하기 전까지는, 반공주의적 색채가 강한 지식인이었다. 어디까지나 그는 영국의 지적 풍토에 뿌리를 내리고 있었던 것이다.

러셀의 자서전에는 오늘 우리의 삶을 예견한 대목이 두 군데나 나온다. 하나는 미국의 패권의식이다. 베트남전의 진상을 알리는 데 진력한 러셀은 "새로운 위험이 전면에 부상했다"라고 말했다. "시장과 자원의 끊임없는 모색과 결합된" 미국의 군사적 모험이 세계를 위협하는 주요인이 되었다는 뜻이다. 그는 '암흑의 핵심'을 보아 버린 것이다. 다른 하나는 세계 차원의 불평등 문제다. 러셀은 경제 혁명을 통해 경제 정의를 이뤄야 한다고 힘주어 말했다. 가능한 일까? 오늘 우리가 『러셀 자서전』을 읽어야 하는 이유는 이 물음에 대한 러셀의 답변에 있다. 그는 말했다. 무게를 보태어 저울이 희망 쪽으로 기울도록 최선을 다했노라고. 그리고 덧붙였다. 잔인함이 아무런 도전을 받지 않고 사라진 적은 없노라고. 그는 함부로 절망하고 주저앉아 있을 수는 없다고 우리에게 귀띔해 주고 있다.

타자로 구성한
나의 몽타주

『피터 드러커 자서전』

나는 대학교수 혹은 컨설턴트로 불리고, 때로는 '경영학의 아버지'라고 평가받는다. 하지만 나는 적어도 경영학자는 아니라고 생각한다. 나의 기본은 문필가다.

20세기 말의 경영 사상을 대표하는 인물이자, 세계적인 기업의 경영자를 추종자로 둔 피터 드러커가 자신을 두고 한 말이다. 그의 책을 즐겨 읽어온 이라면, 이 말에 동의하지 않을 수 없다. 평균 2년에 한 권꼴로 나오는 책의 양을 보아도 그렇거니와, 자본주의와 기업의 미래를 예언하는 글에서 맛볼 수 있는 인문적 소양과 뛰어난 문장력을 보아도 그렇다.

그 드러커가 자서전인 듯, 아닌 듯한 책을 썼다. 제목은 좀 건조한데, 『피터 드러커 자서전』. 여느 자서전과 이 책은 확연히 다르다. 연대순에 따라 자신의 삶을 되돌아보는 것이 아니라, 살아오면서 영향을 받았던 사람을 '호출'하고 있어서다. 자신은 뒤로 물러나고, 삶에 깊은 인상을 주었던 사람이 주인공이 되는 회고록을 쓴 것이다. 이 발상만 보더라도 드러커가 얼마나 빼어난 문필가인지 짐작할 수 있을 터다. 정말, 나라는 사람은 다른 사람으로 '구성'되어 있다. 만약 내 안에 나만 있다면, 그것은 얼마나 초라하고 별 볼 일 없는 삶이겠는가. 드러커는 바로 이 점에 착안했다. 자신의 "경험과 삶, 연구성과들은 단지 부속물에 불과"할 뿐이다. 꿈속에서 "함께 먹고, 마시고, 걸으며, 대화를 나누"던 사람들의 삶을 통해 자신을 드러내기로 했다. 그러므로 이 책은 음화로서의 자서전이라는 독특한 형식을 띤다 할 수 있겠다.

그 누구의 자서전이든 가장 빛나는 부분은 유년 시절이다. 마치 서설이 내린 아침의 햇살과도 같다. 불운한 혁명가 트로츠키의 자서전에서도 가장 아름답게 묘사된 대목이 바로 유년 시절이다. 누구이든, 어떤 삶을 살았든 어린 시절을 황금시대로 묘사할 수 있다면, 그 사람은 분명히 축복받은 사람이다. 드러커의 유년 시절을 눈부시게 장식한 인물이 있었으니, 친할머니와 초등학교 선생님이다.

그의 친할머니는, 우리 식으로 하면 엽기발랄한 푼수였다. 입에 늘 "나는 그저 멍청하고 늙은 여편네에 불과해"라는 말을 달고 다녔다. 그렇다고 배운 것 없는 파파할머니로 오해해서는 안 된다. 할머니는 젊을 적 미모를 자랑하는 피아니스트였다. 클라라 슈만의 제자였고, 가끔 요하네스 브람스를 위해 연주해 달라는 요청을 받기도 했다. 훌륭한 가문의 여자는 직업 연주자가 될 수 없다는 불문율 때문에 연주자의 길을 포기할 적에 마지막 연주의 지휘봉은 구스타프 말러가 잡았다. 일찍 남편을 여의고, 오랫동안 병마에 시달렸지만, 상식을 뒤엎는 행동으로 자손을 당황케 했다.

손자들과 함께 여행을 떠났다. 점심을 먹으려고 역에 있는 식당에 들어갔다. 할머니 눈에 불친절한 여종업원이 띄었다. 그녀가 테이블 쪽으로 걸어오자 우산으로 밀어내며 "다시 들어와서 손님에게 적절한 예의를 보여봐"라며 꾸짖었다. 그러자 그녀가 할머니 말대로 했다. 당황한 손자들이 굳이 그럴 필요가 있느냐고 하자 할머니가 대답했다. "하지만, 저 아가씨는 계속 여기에 있어야 하잖니." 평소 안면이 있던 창녀가 목이 쉬었다는 것을 알게 되었다. 감기약을 찾아주려고 아파트 6층에 있는 그녀의 방까지 거의 기어올라갔다. 그렇게까지 친절을 베풀 필요가 있느냐는 원성이 자자했다. 그러자 할머니가 말했다. "너희는 언제나 그 여자들이 남자에게 옮기는 끔찍한 성병만 걱정하지만…… 나는 적어도 그녀가 젊은 남자에게 감기를 옮기는 일은 예방할 수 있다고." 드러커는 할머니가 "지식이나 영리함, 지능이 아니라 일종의 지혜를 가졌던 것이 아닌가 생각"했고, 그녀가 공동체는 인간을 위한 조직이라는 가치를 믿어왔다고 평가한다. 물론 그것이 20세기의 시대정신이 요구하는 바는 아니지만 말이다.

어린 드러커가 문필가의 재능이 있다는 사실을 알아챈 이는 초등학교 4학년 때 담임 선생님이다. 미스 엘자는 드러커가 재능을 제대로 살리지 못하는데 그것이 바로 작문 능력이라고 말해 주었다. 그러면서 일주일에 두 편씩 글을 쓰는데 하나는 마음대로, 하나는 선생님이 주제를 정해 주겠노라 했다. 그녀의 자매인 미스 소피는 공예를 가르쳤다. 미스 엘자와 달리 아동 중심적이었다. 남성성을 과시하고 싶어 하는 녀석들도 선생님의 품으로 달려들었다. 두 사람에게서 드러커는 "교육과 학습이 대단히 수준 높고 집중적으로 이루어질 수 있을 뿐만 아니라 즐거움을 줄 수 있다는 교훈"을 얻었다. 그리고 두 스승으로부터 가르치는 재능이 더 뛰어난 선생님과 학습을 위한 안내자인 교육자의 차이를 알게 되었다.

프리트베르크는 활력이 넘치는 인물이었다. 집안이 대대로 개인 은행가인 데다 주식 중개업으로 재미를 톡톡히 본 인물이다. 그의 눈에 드러커는 한낱 책상물림이었다. 책으로 경제전문가가 될 수는 있으나, 은행업이라는 것이 사람을 다루는 일이라는 점을 잊어서는 안 된다고 귀띔해 주었다. 이를 위해 관찰해 볼 만한 사람을 추천해줄 터니 만나보라 했는데, 그 첫 번째 인물이 헨리 베른하임이었다.

그는 자수성가한 백화점 경영자였다. 하버드 경영대학원을 나온 아들이 "백화점이 너무 비체계적이고 비과학적으로 운영된다"라며 "이익이 얼마나 나는지도 모르잖느냐"고 대들었다. 그러자 그는 백화점 맨 꼭대기층부터 지하 3층까지 아들을 데리고 돌아다녔다. 끝으로 그가 아들에게 보여준 것은 지하 3층 벽 선반에 놓인 옷감 한 필이었다. 그리고 한마디했다. "다른 것은 다 집어치우고, 이것이 이익이다. 이것으로 내가 시작한 거야." 그가 가장 자랑스러워한 것은 '헨리 베른하임 아저씨 기념 분수'였다. 사연은 이렇다. 대공황이 닥쳐오자 시에서 분수 대금을 치를 수 없게 되었다. 그가 기부하기로 하는데 두 가지 조건을 달았다. 하나는 분수에 그의 이름을 붙이고 헌정사를 새기는 것이고, 다른 하나는 분수 설치 후 2년 동안 관리를 맡는 것이었다. 완공 후 그는 입장료로 25센트를 받았다. 단, 입장권이 있는 사람에게는 백화점 물건을 최고 20달러까지 할인가격으로 살 수 있게 했다. 그의 상술은 한술 더 떠, '생존하는 미국 시민을 위해 설치된 유일한 기념물'을 볼 수 있도록 특별 기차까지 운행했다. 그는 그 돈을 착복하지 않았다. 병원에 기부했는데, 분수 덕에 백화점이 대공황을 거뜬히 이겨냈기 때문이다. 기업 경영에서 그 어떤 추상적인 이론보다 통찰력, 기지, 정직성, 그리고 경험이 얼마나 중요한지 보여주는 일화다.

드러커는 1943년 가을 GM에서 걸려온 전화 한 통 덕에 삶의 중요한 전환점을 맞이하게 되었다. "기업의 최고 경영에 관련해서 GM의 정책과 구조를 한번 연구해볼 의향이 있느냐"는 문의였다. 마침 드러커는 『산업인의 미래』를 쓰면서 대기업의 내부를 연구할 필요성을 절감하고 있었다. 불감청 고소원이라, 제안을 받아들이지 않을 리 없었다. 18개월에 걸친 연구 끝에 『기업의 개념』을 탈고했고, 이 책이 큰 성공을 거두었다. 스스로 "경영학(이전에는 사람들에게 알려지지도 가르치지도 않았던)이라는 학문 분야를 세우는 성과를 거뒀다"라고 할 정도니, 얼마나 파장이 컸는지 짐작할 만하다.

이때 드러커는 '미스터 GM' 앨프리드 슬론을 만난다. 그는 드러커의 작업을 탐탁지 않게 여겼고 가치를 인정하지도 않았다. 그럼에도 그는 끝까지 지원해 주었고 드러커가 최고의 역량을 발휘하도록 애써 주었다. 드러커는 그에 대해 최상의 찬사를 늘어놓는다. 오랫동안 인내심을 발휘할 줄 알았다, 공정한 사람이었다, 무엇보다도 다양성을 조성하려 했다, 공평하고 편애하지 않으려 했다, 쌀쌀맞기는 해도 정중한 사람이었다, 검소했고 허례허식을 싫어했다, 의리가 있었다, 이해를 통해서 결정을 내렸다 등속이 그 목록이다. 특별히 드러커는 슬론이 소유주의 세대이면서도 전문가가 경영하는 조직을 준비하고 실천했다는 점을 높이 평가했다.

『피터 드러커 자서전』은 일종의 몽타주다. 자신이 영향을 받았던 인물에 대한 평전을 묶어 자서전을 만들어냈기 때문이다. 워낙 뛰어난 문장력을 발휘하고 있는 데다 흔히 볼 수 없는 일화가 수두룩하고 흡인력도 강해 진실성을 의심하기 어렵게 만든다. 그런데 놀랍게도 세부적인 사항에 문제가 있다는 지적이 있다. 안드레아 가보는 『자본주의 철학자들』에서 드러커의 회상에 의혹을 제기한다. 의도적이든, 무의식적이든 사실과 다른 점이 있다는 지적이다. 우선 드러커가 하버드를 비롯한 유명 대학에서 교수 임용을 제의해왔으나 거절했다고 말하고 있지만 정확한 표현이 아닐 수 있다고 조심스럽게 평한다. "궁극적으로 그는 이런 대학과는 맞지 않는 인물"이라는 것. 두 번째는 드러커가 유대인 혈통임에도 어느 곳에서도 이 사실을 표나게 강조하지 않았다는 점이다. 세 번째는 헨리 루스의 타임에 들어가지 못한 이유다. 드러커는 『경제인의 종말』에서 히틀러와 스탈린의 협력을 예측하는 바람에 타임 내부의 공산당 조직이 자신의 입사를 방해했다고 말했다. 그러나 그 정도의 위력을 지닌 공산주의자가 타임 편집부에 있었다는 증거가 약하다고 한다. 가장 큰 충격은 GM의 캐딜락 사업 부문에 대한 이야기다. 여기서 드러커는 2,000명의 매춘 여성을 고용해 생산성을 높인 적이 있지만, 종전 후 해고할 수밖에 없었다고 말했으나, 어디에서도 이를 입증할 자료가 나오지 않았다고 한다.

가보의 지적이 타당하더라도 『피터 드러커 자서전』의 가치가 훼손되지는 않는다. 오히려 논란이 된 사항이 자서전의 본질적인 특징을 드러내주는 면도 있다. 누구나 자신의 삶을 회상할 때는 이야기꾼이 되는 법이다. 이야기꾼은 본디 본 대로 들은 대로 쓰지 않는다. 꿈꾼 대로 쓰게 마련이다. 드러커는 떡잎 때부터 문필가 자질을 인정받지 않았던가. 자서전은 살아온 대로만 쓰지 않는다. 살아보고 싶었던 대로 쓰기도 한다.

학문의 정수 훔친
'도둑'

『공부도둑』

'말발' 센 고미숙은 "공부하거나 존재하지 않거나"라고 자신의 존재 이유를 밝히면서, "청소년들이여, 호모 쿵푸스가 되어라!"라고 '선동'한 바 있다. 호모를 접두어로 하는 그 수많은 명명을 보아왔지만, 쿵푸스라는 접미어가 있는 경우는 없었으니, 그이가 만든 말이 분명하다. 도대체 무슨 뜻일까 했더니, "인생과 우주에 대한 진검승부"를 펼치며, "몸과 인생과 공부가 완전 하나되는 오묘한 경지에 도달하는" 삶을 말한다. 아, 이것은 우리가 그동안 알아오던 공부와는 너무 다르다. 한몫 단단히 잡고 권력 누리려면 공부하라 해오지 않았던가. 저 유명한 급훈, 그러니까 '10분 공부 더하면 남편 직업이 달라진다'라는 것이 그동안 우리를 지배해온 공부론이다. 그런데 묘하다. 명문대학에 들어가자는 것도 아니요, 고시에 붙자는 것도 아닌 고미숙의 공부론을 읽고 있자니 코끝이 찡하고 가슴이 벅차오른다. 그렇게 살아오지는 못했으나, 본디 공부의 참뜻이 무엇인지는 알고 있었다는 말이렷다.

여기, '호모 쿵푸스'로 살아온 노학자가 있다. 칠십 평생을 되돌아보며, 자신의 삶을 '도둑'이라는 말로 요약했다. 이런 경망한 일이, 라며 놀라지는 마시라. 도둑은 도둑이로되, '공부도둑'이라 했으니 말이다. 궁금하기 짝이 없을 터. 호모와 쿵푸스가 어울리리라 여기지 않았듯, 공부와 도둑도 좀체 연관성이 있어 보이지 않는다. 그러나, 이것이 웬일인가. 또다시 감동의 물결이 일어난다. '한 공부꾼의 자기 이야기'라는 부제가 붙은 『공부도둑』에 그 뜻이 이렇게 새겨져 있다.

나는 이미 선언했듯이 공부꾼일 뿐이다. 그리고 공부꾼은 곧 학문 도둑이다. 나는 전 우주의 학문 보물창고에 들어가서 학문의 정수들만 다 골라 훔쳐내고 싶다. 그런데 문제는 이 보물창고에 어떻게 진입하느냐 하는 점이다. 여기에는 창고에 따라 각각 모양이 다른 수많은 열쇠가 필요하다. … 그런데 고수 도둑은 한두 개 문만 여는 열쇠를 가지는 것이 아니라 아예 '마스터키'를 마련한다. 하나 가지고 모든 문을 다 따고 싶은 것이다.

도둑이라는 말에서 아연 긴장감을 느낀다. 철통같이 막아서는데, 이를 교란하고 넘어들어가 훔쳐와야 하니까. 배포가 커야 하고 지혜로워야 하는 법. 금지하기에 이를 어기고픈 욕망도 깃들어 있다. 활짝, 열려 있으면 굳이 들어서려 하지 않게 마련이다. 만약 판도라의 상자가 열려 있었다면, 어떤 일이 벌어졌을까. 아마 그 누구도 관심을 기울이지 않았을 터. 공부도둑이라, 삶과 자연, 그리고 우주의 비밀을 알고 싶어 평생을 보낸 학자가 자신을 일컬을 때 이만한 말이 어디 있겠는가.

하나, 공부도둑 되기가 어디 그리 만만하던가. 가풍이 부재했다는 말은 무엇을 뜻할까. 먹고사는 문제를 해결하려고는 노력했으나, 삶의 가치를 높이는 데는 그리 관심이 없었다는 뜻일 터. 장회익은 바로 이런 집안에서 성장했다. 할아버지는 공부하는 것을 싫어하는 야생마였다. 아들한테도 인색하더니 손자 앞길도 막아버렸다. 초등학교를 중퇴시켜버린 것이다. 이때를 되돌아보며 "산으로 들로 일하러 다녔다"라고 했다. 이 체험을 바탕으로 장회익 특유의 수사학인 '인삼과 산삼'론이 나온다.

『공부도둑』을 읽다 보면 슬며시 헛웃음이 나온다. 자신을 여러 차례 아인슈타인과 비교하는 대목이 나와서 그렇다(짓궂은 말이지만, '그토록 닮았다면 왜 노벨상은 못 받았지'라는 생각이나, '그 이만큼 유명하지 못한 이유는 무엇이지'라는 의문이 들었다는 뜻이다). 먼저 성장 과정에 유사점이 여럿 있다. 초등학교 6학년 때 학교를 떠나 감곡중학교 2학년에 편입했듯, 아인슈타인은 고등학교를 자퇴하고 1년간 홀로 공부했다. 제도권 밖에서 수학과 물리학을 제힘으로 공부하고 그 원리를 깨쳤다는 점도 같다. 아인슈타인이 1년 동안 실업학교를 다닌 것도 청주공고로 진학한 장회익과 비슷하다. 자유인을 꿈꾸었다는 점도 같다. "앉은뱅이책상 하나 그리고 종이와 연필"만 있으면, "기꺼이 학문과 함께하는 삶을 살겠다"고 꿈꾼 적이 있는데, 아인슈타인도 그러했더랬다.

장회익은 제도교육권을 떠나 있던 시절을 일러 "야생경험"이라 한다. 산과 들로 나돌아다니고 소에게 풀 먹이며 소일했기에 그러하지만, 남의 도움을 받지 않고 공부한 사실을 돋을새김하는 말이기도 하다. 그 시절, 장회익은 두 개의 부채가 계속 도는 일종의 영구기관을 구상했고, 피타고라스 정리를 이해해 주변 사람에게 설명했다. 중학교 때 아버지가 던진 물리 문제를 풀어간 것을 포함해 이 경험이 물리학의 세계로 빠져든 결정적인 계기가 되었다. 아인슈타인과 장회익의 이력에는 이즈음 세대와 너무 다른 것이 많다. 창의성과 상상력이 경쟁력 있다 평가받는 시대, 우리의 현실은 거꾸로 가고 있다. 다시 입시교육이 강화되었다. 사교육이 기승을 부린다. 알고 이해하고 외우는 것의 목적이 다 정해져 있다. 숨 쉴 틈도, 성찰할 여유도, 상상할 마당도 없다.

장회익은 이렇게 길러진 사람을 '인삼'이라 한다. 비료 주고 농약 쳐주고 빛 가려주고 비 막아주자 겨우 자라난 것. 약효가 전혀 없다 할 수 없으나, 어찌 산삼에 비할 바 있겠는가. 그렇다면, 산삼은 누구를 말하는가. 바로 자신과 아인슈타인 같은 사람을 이르는 말이다. 고작 인삼이나 키우려고 이 난리인가 싶어지면 우울해진다. 고만고만한 것들이 즐비하게 자라나는 풍경을 떠올리면 끔찍해진다. 원본대로 따라하는 아류는 여럿 나타나겠지만, 학문 세계에서 '대박' 터트릴 만한 인물을 기대하기는 어려울 게 뻔하다. 이래 가지고는 우주와 생명의 비밀을 풀 마스터키를 찾아낼 도리가 없다. 살아가면서 부딪히는 문제에 예민하게 반응하고 이를 해결하려고 스스로 공부해 원리를 익히고 마침내 문제를 풀어나가는 것이야말로 참된 공부일 터. 장회

익은 비틀어지고 일그러진 우리 사회가 귀담아들을 만한 말을
던진다.

내가 지금까지 시험에서 좋은 결과를 얻은 것은 결코 시험 준
비를 철저히 해서 그런 게 아니다. 오히려 시험과 무관하게 공
부했기에 내 나름의 능력을 기를 수 있었고, 이렇게 길러진 능
력이 시험에서도 그 효과를 발휘한 것뿐이다.

『공부도둑』은 수학과 물리학의 원리를 자력으로 깨닫던 잔
챙이 도둑이 생명의 비밀을 이해하는 '대도'大盜로 성장하는 과정
을 담았다. 생명에 대한 관심을 촉발시킨 도화선은 슈뢰딩거의
『생명이란 무엇인가』였다. 이 책은 "생명이란 음(—)엔트로피를
먹고사는 존재"라는 언명 이외에 더 나아가지 못했다는 게 그
의 주장이다. 장회익은 한 걸음 더 나아가야 한다고 여겼다. 본
디 스스로 문제를 제기하고 제힘으로 해결해오지 않았던가. 연
구를 거듭한 끝에 그는 통념을 깨고 "생명의 생명다운 점은 그
생명체 내부에 있는 것이 아니라 '그것과 바깥에 있는 그 무엇
과의 결합'에 있다"라는 데 이르렀다. 이 같은 전복적인 발상은
요시노 히로시吉野弘의 '생명'이란 시가 지지해 주고 있으니, "생명

은/ 자기 자신만으로는 완결이 안 되는/ 만들어짐의 과정// 꽃도/ 암꽃술과 수술로 되어 있는 것만으로는/ 불충분하고// 벌레나 바람이 찾아와/ 암꽃술과 수술을 연결하는 것.// 생명은 제 안에 결여를 안고/ 그것을 타자가 채워주는 것"이라고 노래했다. 평소 과학이 추구하는 바가 그 모든 것의 원리를 설명하는 가장 단순한 공식이라면, 이것은 통찰에 바탕을 둔 시의 정신과 일치한다고 여겨왔는데 이 사례가 이를 입증하고 있는 듯싶다. 자칫 복잡하고 어려울 수도 있는 온생명론을 지은이가 요령껏 정리해 주었으니, 아래와 같다.

우리가 지금까지 '생명'이라고 생각했던 것은 진정한 의미의 생명이 아니라 이것의 한 부분인 '낱생명'이었다. 이것이 생명으로 기능하기 위해서는 이것의 밖에 있으며 이것 못지않게 본질적인 존재인 '보생명'과 함께해야 한다. 이렇게 함께해서 진정한 의미의 생명 구실을 하는 그 자체가 바로 온생명이라는 이야기다.

장회익의 논리에 따르면, 우리의 삶은 전혀 다른 가치를 띤다. 나라는 존재 자체가 40억 년에 이르는 생명 경험의 결과물이다. 지구에 생명이 형성되는 숱한 인과적 사슬 뭉치가 오늘에 이르는 데 걸린 시간이 그만하기 때문이다. 이를 달리 표현하면, 우리 모두의 나이는 사람으로 태어나 살아온 만큼이 아니라 40억 년에 이른다는 말이 되며, 남아 있는 생명 역시 몇십 년 후가 아니라 적어도 몇십억 년이 된다. "내 개체는 사라지더라도 온생명으로 내 생명은 지속"될 터이다. 아, 마침내 장회익은 큰 도둑이 되고 말았다. 생명 탄생의 비밀을 밝힐 뿐 아니라 죽음에 대한 두려움도 거뜬히 이겨낼 '과학적' 논리를 드러내고 있지 않은가. 더불어 기후위기를 온생명의 건강에 닥친 이상 징후로 읽어내고 그 해결책을 고민한다. 생명의 역사에서 이 문제는 심각한 모순이다. 온생명이 인간을 빚어냈으나, 그 인간이 온생명을 교살하려 드니 말이다. 이제 장회익은 물리학자가 아니다. 문명의 방향을 선회해야 온생명을 살릴 수 있다고 선언하는 사상가로 거듭난다. 공부하다 '존재의 전환'을 겪은 셈이다.

좋은 책은 모방을 충동질하게 마련이다. 나는 열망에 사로잡혔다. 도둑이 되고 싶다는. 그것이 참된 것이라면, 그것이 누구의 손아귀 안에 있든 훔쳐내고 싶어 안달이다. 감히, 진리의 성채를 여는 마스터키를 바라지는 않는다. 상처받은 영혼에 위로가 되고 더 나은 사회를 꿈꾸는 데 필요한 것을 갈망할 따름이다. 이제, 나는 고미숙의 멋들어진 표어를 비튼다. "공부도둑 되거나 존재하지 않거나!" 이것만이 이 어려운 시절, 책을 읽으며 살아가는 이유가 될 터다.

세계시민으로
살다

『찰리 채플린, 나의 자서전』

그것은 한마디로 있을 수 없는 일이다. 한 사람의 삶에서 이런 놀라운 역전이 일어난다는 것은 그야말로 기적이다. 누군가 그의 삶을 소설로 쓴다면, 독자의 냉담한 반응을 얻을 성싶다. 아무리 소설이지만, 어찌 그런 일이 가능하겠냐며 퉁바리 놓을 것이 뻔하다. 하지만, 그것은 실제로 있었던 일이다. 인류가 그이 때문에 배꼽을 잡고 웃다가 갑자기 눈시울을 붉히곤 했다. 단 한 편의 명작을 찍어도 역사에 남을 텐데, 숱한 작품이 명작이라는 이름으로 여전히 감상되고 있다. 아무리 생각해도 놀라운 일이 아닐 수 없다. 누구를 말하느냐고? 무성영화의 황금시대를 이끈 찰리 채플린을 두고 하는 말이다.

도대체 그가 어떤 삶을 살았기에 이리 호들갑을 떠느냐고 물을 터다. 그는 자신의 삶을 되돌아보며, 조셉 콘라드가 한 말을 떠올렸다. "인생은 궁지에 몰린 눈먼 쥐가 맞아 죽기를 기다리는 것과 같아"라는. 그는 어린 시절 신문팔이, 인쇄소 일, 장난감 만드는 일, 유리 부는 일, 병원 잡부, 장작 패는 일 등 온갖 허드렛일을 다 했다. 형편이 얼마나 어려웠던지 그는 "교구의 자선기금, 수프를 타 먹을 수 있는 티켓, 그리고 각종 구호품에 의지해" 살았다. 그러다가 온 가족이 빈민구호소에 들어가기까지 했다. 정규교육을 제대로 받지 못했다. 그래서 글을 읽을 줄도 몰랐다. 열네 살 때 첫 배역을 맡았는데, 현장에서 대본을 읽어보랄까 봐 덜컥 겁이 났다. 그랬던 그가 할리우드 최고의 감독 겸 배우로 성장했고, 마침내 백만장자의 반열에 올랐다. 누구나 대박을 터트리고 싶어 한다. 그러나 누구나 그 영광을 누리지는 못한다. 그런데 채플린은 해냈다.

채플린의 『찰리 채플린, 나의 자서전』을 읽으면서 가장 관심을 기울여야 할 대목은, 빈민가의 소년이 어떻게 세계 영화사를 빛낸 최고의 예술가로 자라날 수 있었느냐 하는 점이다. 가장 먼저, 타고난 재능을 들지 않을 수 없다. 그의 피에는 모계를 흐르는 이른바 딴따라 기질이 있었다. 외할머니부터 남달랐다. 자세한 사연은 알 수 없지만, 외할머니에게는 집시의 피가 흘렀다고 한다. 바람도 피웠던 모양이다. 다른 남자와 눈이 맞은 적이 있는데, 그만 발각돼 이혼했다고 한다. 어머니는 배우였다. 비록 빼어난 미인은 아니었지만, 기품 있는 여성이었다. 어머니의 삶도 평탄치만은 않았다. 열여덟에 중년 남자와 아프리카로 사랑의 도피행각을 벌였다. 스스로 인정하듯 "집안의 윤리관을 통상적인 잣대로 재는 것은 끓는 물에 온도계를 넣는 것만큼이나 무모한 짓"이었다. 그때 채플린의 형을 낳았는데, 장밋빛 미래를 버리고 영국으로 돌아와 배우와 결혼했다. 맑은 바리톤 목소리를 자랑하고 뛰어난 예술가로 인정받았던 그 배우가 바로 채플린의 아버지다. 다 좋았는데 두주불사였던 것이 문제였다. 결국 이혼하고 마는데, 채플린이 가난의 나락으로 떨어지는 결정적인 이유다. 채플린의 이모도 배우였으니, 정말 피는 못 속이는 모양이다.

어머니의 지극한 사랑도 채플린의 인생 역전을 가능케 한 힘이다. 채플린을 낳은 지 1년 만에 이혼했고, 생계를 위해 무대에 섰다. 전남편한테 양육비를 받았지만, 술에 찌든 삶을 살다 보니 약속을 지키지 못했다. 소송까지 했지만 소용없었고 나중에 과음 탓에 일찍 세상을 떠나버렸다. 오로지 자신의 재능으로 아들을 키워야 했다. 처음에는 그런 대로 버틸 만했지만, 운명의 신은 이 가족에게 가혹한 시험을 내렸다. 어머니가 후두염을 앓다가 결국 목소리에 이상이 생기고 만 것이다. 시간이 흐를수록 형편이 더 나빠졌다. 그 와중에도 어머니는 자신이 극장 무대에서 했던 연기를 보여주거나 정극 무대에서 본 적이 있는 다른 여배우를 흉내내며 아이들을 즐겁게 해주었다. 흥이 돋운 아이들에게 희곡을 설명해 주면서 거기에 나온 인물을 직접 연기해 주었다. 채플린의 연기 스승은 바로 어머니였으니, "어두운 지하 단칸방에서 어머니는 이 세상에 알려진 가장 찬란한 빛을 내게 비춰주었노라" 회상한다.

어찌 타고난 기질로만 정상에 오를 수 있겠는가. 그 역시 배우고 익히며 거듭나기를 반복했다. 연기를 체계적으로 배운 적은 없지만, 현장에서 뛰어난 배우를 스승 삼아 많은 것을 익혔다. 재능이 없어서는 안 되지만 그것만으로는 최고의 자리에 오를 수 없는 법이다. 연기만 배운 것은 아니다. 책을 읽으며 공부해나갔다. 막간을 이용해 분장실에서 마크 트웨인, 에드거 앨런 포, 너새니얼 호손, 워싱턴 어빙의 작품을 탐독했다. 그런데 흥미로운 것은 고전 작품을 읽은 동기가 순수하지는 않았다고 고백했다는 점이다. 지식을 사랑해서가 아니라 무식한 사람에 대한 멸시에서 자신을 방어할 목적으로 책을 읽어댔단다. 그는 기대한 만큼 성과를 거두지 못하고 저속한 연예계의 지루함을 달래는 데 그쳤다고 하나, 독서가 그의 창의성과 상상력의 크기를 키웠을 것은 분명해 보인다.

채플린의 투쟁 의식도 높이 평가해야 한다. 그는 가난을 사회가 어떻게 받아들이는지 잘 알았다. "그것은 하나의 치욕"이었고, 자신의 집은 "빌어먹는 계급"이었다. 그랬기에 그의 사전에는 예술이라는 거창한 낱말이 없었다. "극장 무대는 단지 내 생활과 생계의 터전일 뿐 아무것도 아니었다." 채플린은 자신이 놓인 삶의 조건에서 벗어나려고 끊임없이 싸워나갔다. 다시는 빈민구호소에 들어가지 않으려고, 정신병 앓는 어머니를 더 좋은 병원에 모시려 무대에 올랐다. 결정적인 순간에 행운의 여신이 손길을 내밀었지만, 그것은 어디까지나 채플린의 처절한 노력에 감복했기 때문이다. "추위, 배고픔 그리고 가난에 대한 부끄러움"에서 벗어나려 발버둥 쳤는데, 궁극에 다다른 지점이 예술성이라는 역설은 어떻게 해석해야 할까?

끝으로 "예술가의 창조 작업 역시 성욕의 우회라는 사실"이라는 프로이트의 말에서 실마리를 얻을 수 있다. 이 말은 억압된 성적 에너지가 예술적 창조성을 자극한다는 뜻으로 해석할 수 있다. 물론, 여기에는 전제가 있다. 내밀한 욕망도 솔직하게 자서전에 기록했어야 한다. 채플린의 말대로 "누군가 자서전을 쓴다고 하면 으레 그 사람의 성 편력이 공포公布될 것으로 기대" 하는 것 같다. 기실 숨기고 싶은 것마저 과감하게 털어놓은 자서전이 가장 좋은 자서전이다. 채플린의 자서전도 좋은 자서전의 미덕을 두루 갖추었다. 그러나 성 편력마저 정직하게 썼다고 무조건 믿을 수는 없다. 이래서 평전이 필요하다. 관련자와 자료를 섭렵해 고백한 것의 이면과 고백하지 않은 것을 드러내기 때문이다. 어찌했든 채플린은 자서전에서 자신의 연애와 성 편력도 솔직하게 털어놓는다. 놀라운 것은, 채플린이 여성과의 관계를 원만하게 이끌어가지 못했고, 성애보다는 일에서 더 큰 충족감을 느꼈다는 사실이다. 그는 노골적으로 "섹스에 대한 유혹은 일로 해소하는 편"이었고, "일을 하는 동안 나는 여자에게 전혀 관심이 없었노라"라고 밝혔다. 물론, 채플린이 수도승처럼 살았다는 뜻은 아니다. 연애도 했고 결혼도 했고 이혼도 했다. 단지 여자에게 관심 있을 때는 "영화 한 편을 끝내고 다음 영화를 준비할 때까지, 즉 별로 할 일이 없을 때뿐"이었다.

채플린은 성적 욕망에 대해 두 사람의 말을 인용하는데, 그 하나는 "하룻밤 쾌락을 위해 허비하는 것은 피와도 같은 소설의 한 페이지를 잃는 것과 같다"라는 발자크의 말이고, 다른 하나는 "하루 중 아침에 잠깐 글을 쓰고, 오후에 짬을 내어 친구에게 편지라도 쓰고 나면 달리 아무것도 할 것이 없는 순간이 온다. 그리고 조금 있으면 그 시간도 지루하다. 그때가 섹스를 할 때"라는 웰스의 말이다. 우나 오닐과 결혼하고 가정이 안정되면서 그의 창작열도 서서히 식어간다는 점을 참작한다면 프로이트의 말을 수긍하지 않을 수 없다(예술가 가운데 난봉꾼이 많다는 사실을 기억한다면 이것은 어디까지나 채플린에게 한정된 해석일 뿐이다).

채플린의 『나의 자서전』을 읽으며 주목해야 할 또 다른 대목은, 앞엣것과 정반대로, 예술적 창조성을 억압하는 것은 무엇이냐 하는 점이다. 답을 서둘러 말한다면, 과도한 애국주의와 매카시즘으로 상징되는 천박한 이념 공세다. 채플린이 두 번째 영국을 방문했을 적에 기자가 쳐놓은 덫에 걸렸다. 신분을 속이고 던진 질문에 소신대로 유럽에 전쟁이 일어나도 참전하지 않겠다고 답변한 것이 화근이었다. 여러 신문에 '비애국자 찰리 채플린'이라는 제목의 기사가 대문짝만하게 실렸다. 자서전에는 이에 얽힌 일화와 채플린의 생각이 자세히 실려 있다. 무학의 배우가 한 말이라고는 믿기지 않을 정도로 철학적 사유가 영근 내용이다. 그는 유대인 600만 명이 애국주의라는 이름으로 살해되었다는 사실을 환기하며, 모든 나라가 애국주의라는 이름으로 살인을 저지를 개연성은 얼마든지 있다고 목소리를 높인다. 그러면서 "어떤 정치적 이유에서 희생을 강요하거나 누가 희생되는 것은 바라지 않는다"라며, 자신은 "대통령, 총리 또는 독재자를 위해 내 목숨을 버릴 생각이 없다"라고 말한다.

채플린 역시 공산주의자로 몰린다. 보수세력이 나서 그의 작품을 상영하지 못하도록 영화관에 압력을 가하기까지 했다. 그런데 그 이유가 너무 어이없다. 소련이 나치의 침공을 받아 절체절명의 상황에 놓여 있었다. 미국에 제2전선 구축을 촉구했다. 루스벨트도 지지했으나, 여론이 그리 좋은 것만은 아니었다. 마침 소련 주재 미국 대사인 조지프 E 데이비스가 러시아 전쟁 구제를 위해 연설하기로 되었는데, 건강상 일정을 취소할 수밖에 없게 되자, 채플린이 대신해줄 것을 정부 고위관계자가 요구해왔다. 그는 나치에 맞서 승리하려면 미국과 소련이 동맹 관계를 맺어야 한다고 말했다. 이것이 훗날 그를 공산주의자로 오해받게 한 이유가 되었다. 보편적 인류애에 바탕하고, 정부 당국의 간곡한 부탁을 받아들여 선의로 한 행동이 과잉된 이념 공세의 빌미가 되는 어처구니없는 일이 벌어진 것이다.

채플린은 영국으로 가는 배 위에서 미국에서 추방되었다는 통보를 받는다. 주변 사람이 이유를 묻자 채플린은 이렇게 정리한다. 첫 번째는 일반적인 사회규범을 따르지 않았기 때문인데, 공산주의자는 아니지만, 그렇다고 그들을 미워하지 않는 데 대한 반발이라고 보았다. 둘째는 반미 활동 조사위원회에 반대해서다. "소수 의견을 묵살하거나 봉쇄할 수 있는 권력 남용의 수단으로 이용될 소지가 있다"라고 본 것이다. 마지막으로는 미국 시민이 되고자 하지 않았기 때문이다. 자유로운 영혼을 가진 예술가가 어찌 한 국가에 매이려 하겠는가. 그는 이미 세계시민이었다.

채플린은 애국주의자의 비난과 상식 이하의 이념 공세에 무릎 꿇지 않고 역작을 잇달아 발표한다. 〈시티 라이트〉 〈모던타임즈〉 〈위대한 독재자〉 〈라임 라이트〉가 이 시기의 작품이다. 그렇지만, 결국 채플린은 할리우드와 결별하고 스위스에서 만년의 삶을 보낸다. 스스로 천재가 된 사람을 애국과 이념의 이름으로 박제로 만들어 버렸던 것이다. 다시, 국가주의와 이념의 망령이 되살아날 조짐을 보인다. 얼마나 많은 광대가 뜻을 펼치지 못하고 교살당할지 모를 일이다. 과연 역사의 수레바퀴는 뒤로 굴러가고 말 것인가?

비판적 지성이
있어야 할 자리

『맑스로 가는 길』

분명히 가슴 찢어질 듯한 고통이었으리라. 한 인간이 감당하기에는 너무나 모진 풍파를 겪은 스승이 죽어가며 지난 삶을 되돌아보는 장면을 지켜봐야 하니 말이다. 혁명과 반혁명, 전쟁과 숙청의 시대를 견뎌낸 노철학자이건만 생명의 순리는 어길 수 없었다. 암에 걸린 데다 동맥경화가 심해져 죽음을 준비해야 했다.

기실 서둘렀어야 했다. 혁명의 동지이기도 했던 아내에게 자서전을 쓰라고 권했지만, 작업을 하지 못하고 유명을 달리했다. 그때부터 썼더라면 얼마나 좋았을까. 죽음을 선고받고서야 자신의 삶을 정리하기로 했다. 자료를 뒤지고 문서를 찾을 시간이 없었다. 책을 쓸 때 흔히 했던 대로 초안을 잡는다는 심정으로 타이프를 쳤다. 죽음을 앞두고 서둘러 썼으니 제대로 된 글이 될 리 없다. 기억의 사금파리만 널려 있을 뿐이니, 난수표도 이런 난수표가 없었다. 미완성의 문장인 데다 머리글자만 적혀 있는 경우도 왕왕 있었다. 이대로는 안 되겠다 싶었다. 스승의 육신을 떠나보낼 수는 있으나, 삶과 정신의 흔적마저 사라지게 할 수는 없었다.

그래서 스승을 녹음기 앞에 앉혔다. 초안을 읽으며 무슨 내용인지 물었다. 87세의 노철학자는 죽어가며 답변해 주었다. 그것은 경이로운 의지였다. 평범한 사람이라면 이미 포기했을 일이다. 엄습하는 죽음 앞에, 밀려드는 육체의 고통 앞에 무릎 꿇지 않았다. 그러나 시간이 지날수록 발음하기도 어려운 상황이 되었다. 그래도 노철학자도, 그의 제자도 포기하지 않고 작업에 매달렸다. 이제 자서전이 아니라 유언이 될지도 모를 일이었다. 1971년 5월 작업이 끝났다. 그리고 6월 4일, 별을 바라보고 가야 할 길을 알았던 시대는 얼마나 복되더냐고 말했던, 헝가리 출신의 철학자 게오르크 루카치는 영면했다.

루카치 자서전 『맑스로 가는 길』은 이렇게 해서 세상에 빛을 보게 되었다(우리말 번역본은 루카치의 초고와 대담인 『삶으로서의 사유』, 그리고 자전적 글과 또 다른 대담을 부록으로 덧붙여 펴냈다). 숱한 오해와 곡해, 그리고 비판으로 얼룩진 삶이 비로소 복원되는 순간이 아닐 수 없다. 그런데 책을 읽어나가다 보면 상당히 곤혹스러워지게 된다. 헝가리 역사와 19세기 말부터 20세기 중반까지 펼쳐진 유럽 혁명사를 알지 못하고는 도무지 이해할 수 없는 대목이 숱하게 나와서다. 이런 상황은 루카치를 다시 보게 한다.

우리는 흔히 루카치를 세계적인 철학자로 받아들인다. 하지만 자서전을 읽다 보면, 그는 헝가리라는 배경을 떼어놓고는 결코 이해할 수 없는 인물이다. 우리에게는 너무나 생소한 문인과 예술인, 그리고 혁명가가 즐비하게 나온다. 이래서는 자서전을 읽기가 곤란하다. 헝가리 혁명사를 공부하면서까지 그의 자서전을 읽을 이유는 없지 않겠는가. 그렇다면 걸림돌을 피하면서 루카치 삶의 핵심에 도달하는 방법은 없을까. 다행히 있다.

자서전 서문은 공동대담자였던 이슈트반 외르시가 썼다. 그는 여기에서 루카치의 삶을 한마디로 요약하는 말을 한다. 널리 알려졌듯 토머스 만의 『마의 산』에 나오는 나프타는 루카치를 모델로 삼았다. 자서전에 토머스 만과의 관계와 그의 작품에 모델로 나온 소감을 피력하는 대목이 나온다. 외르시는 바로 이

점을 주목하는데, 토머스 만이 루카치 삶의 미묘한 모순을 잘 파악했다고 본다.

나프타는 예수회 회원이다. 즉 그는 세계 지배를 추구하는 조
직의 이데올로기적 전위 투사인 것이다. 그러나 동시에 그는
자신의 날카로운 이지력 탓으로, 자신이 전력을 다 쏟는 운동
의 바깥에 서 있기도 하다. 비록 그에게는 운동이 자유를 보
장하긴 하지만 운동 쪽에서는 그를 불신의 눈초리로 바라본
다. 이것은 결국 그 스스로 유발한 것이다. 즉 최종적인 결론
으로까지 파고드는 집요함으로 이단에 거의 가깝게 되는 그
의 과감한 구상에 의해서 이러한 일이 유발되는 것이다.

부유한 은행가의 아들로 태어나 젊은 날 이미 미학자로서
우뚝 섰던 사람. 서양철학사에서 아리스토텔레스와 헤겔, 그리
고 마르크스를 가장 높이 평가했고, 속류화한 마르크시즘을 건
져내려 했던 사람. 이념과 문학의 갈등에서 진정한 것이 무엇인
가를 고민하고 이를 해결하는 글을 지속적으로 써냈던 사람.
중부 유럽의 변방 출신이지만, 서구 사회에 충격을 준 사람. 그
러나 줄곧 자신이 믿고 따랐던 당은 그를 못 미더워했다. 늘 숙

청과 망명의 대상이었고, 마침내 당에서 쫓겨나기까지 했다. 그는 반복하거니와, 나프타였으니, 여기에서 루카치의 삶은 보편성을 띤다. 지식인과 권력의 관계는 어떠해야 하느냐는 화두거리를 던지기 때문이다.

그의 삶을 뒤쫓으며 지속적으로 드는 의문이 있다. 도대체어떤 연유로 공산주의자가 되었느냐는 것이다. 그것은 분명히서양 지성사의 수수께끼일 터이다. 남부럽지 않은 집안에서 태어나 배울 만큼 배운 데다 그의 지적 도반이 대체로 자유주의적이긴 하나 좌파적 성향을 띠지 않은 탓이다.

먼저 어린시절의 독서 편력을 들 수 있다. 그는 아버지가 매우 올바르고 사려 깊은 사람이라고 했다. 그렇지만 아버지는 성공만이 올바른 행동을 판가름하는 기준이라고 여겼다. 아버지와 다른 생각을 품게 된 것은『일리아드』와『모히칸족의 최후』를읽고 나서다. 그는 이 책에서 "성공이 올바른 행동의 기준은 아니며 올바르게 행동한 사람들은 성공하지 못한 사람들이라는것을 배웠다"라고 했다. 그는 이제 안락한 부르주아적 삶을 거부하는 반항아로 성장할 자격을 얻은 셈이다. 고등학교 졸업 무렵 읽은『공산당 선언』으로 마르크스를 처음 알게 되었다. 그때의 인상을 "매우 강렬했다"라고 했으니, 얼마나 큰 충격을 받았는지 알 만하다. 대학에 들어가서 『브뤼메르의 18일』 『가족의 기원』 등을 읽었고, 특별히 『자본』 1권을 깊이 공부했다. 이 과정에서 그는 "마르크스주의가 지닌 몇 가지 핵심 지점들의 정당성을 확신하게 되었다"라고 토로했다. 어린 휴머니스트가 세계를 과학적으로 분석하는 틀을 얻은 셈이다.

그러나 루카치가 곧바로 공산주의자가 된 것은 아니다. 만하임, 하우저 등과 같이 공부했던 일요서클 시절만 해도 그는 아직 뚜렷한 혁명적 성향을 보이지는 않았다. 단지 피히테에게 빗대어 그 시대를 죄악의 시대로 보았을 뿐, 사회 전체를 근본적으로 변혁해야 한다는 전망에 이르지는 못했다. 그의 사상적 방황은 1918년 가을 장미혁명에 대한 회상에서 드러난다. 역사에서 폭력이 차지하는 긍정적 역할을 믿고 있으면서도 막상 "내 자신의 행위로써 폭력을 촉진할 것인가를 결단해야 했을 때" 큰 갈등을 겪었다고 한다.

그의 사상적 전회를 자극한 것은 1차세계대전이었다. "도대체 누가 영국과 프랑스의 문화로부터 우리를 보호해"줄 것인지에 대한 답을 찾을 수 없었다고 한다. 애매한 이 표현을 이해하려면 외르시가 쓴 서문을 참조해야 한다. "제1차세계대전은 현존하는 권력과 제도, 그리고 세계를 열광에 휩쓸리게 하면서 파국으로 몰고 가는 지배 이데올로기"에 대한 루카치의 경멸을 강화했다고 풀이한다. 예상할 수 있겠지만, 루카치는 10월 러시아 혁명에서 새로운 가능성을 찾았다. 1918년 12월 막스 베버와 게오르그 짐멜의 제자였던 그는 헝가리 공산당에 가입한다.

루카치는 본디 작가가 되고 싶었다. 18세에 희곡을 썼는데 스스로 보기에도 형편없다 싶어 불태워버렸다. 그러고는 문학사가가 되길 꿈꾸었다. 그러다 베르테르의 눈 색깔이 검은색이냐, 파란색이냐를 놓고 벌이는 논쟁에 환멸을 느껴 철학에 관심을 돌렸다. 그의 철학은 "변증법적 유물론, 마르크스의 학설은 날마다 매시간 실천에 의거해 새로이 다듬어지고 자기화되어야 한다"는 데 충실했다. 하지만 당은 늘 그에게 자기비판을 강요했다. 『소설의 이론』과 『역사와 계급의식』에 실린 서로 다른 서문은 그 갈등이 낳은 산물이다. 세계 지성사의 아이러니가 아닐 수 없다. 존재를 걸고 혁명 대열에 동참했으나, 당은 그를 사상적으로 박해했으니 말이다. 그래서 루카치가 스탈린 시대를 어떻게 평가했는지에 주목하게 된다.

"나는 스탈린주의가 일종의 이성의 파괴라는 것을 한번도 의심해 보지 않았고 또 늘 그렇게 주장해왔다"라고 말한다. 그렇지만 이런 답변에 쉽게 물러설 수는 없다. 알면, 왜 맞서 싸우지 않았느냐는 질문이 이어지게 마련이다. 그는 당시 가장 중요한 문제는 히틀러의 멸망이었고, 그를 대적할 수 있는 집단은 스탈린의 소련뿐이었다고 변명한다. 파시즘에 맞서려면 그를 지지해야 하나, 그의 전제적 통치는 인정할 수 없다. 그런데 그에 반대하면 유리해지는 것은 파시즘 세력일 수밖에 없다. 거기에 루카치의 고민이 있었다. 물론 그는 스탈린 체제에서 빨치산 투쟁을 했다고 말한다. 스탈린의 말을 인용해서 검열자를 만족시키면서 그 체제를 비판하는 글을 써왔다는 것이다. 하지만 그것은 얼마나 빈약한 저항이었던가.

더욱이 "나는 항상 사회주의의 가장 나쁜 형태가 자본주의의 가장 훌륭한 형태보다 살기에 더 낫다고 생각해왔다"라는 발언은 상당히 충격적이다. 당연히, 양차 대전을 낳을 수밖에 없었던 자본주의적 폐해를 극복할 대안으로 공산주의를 선택한 루카치의 윤리적 결단을 폄훼할 수는 없다. 그렇지 않고서는 20세기의 이념 지형도를 이해하지 못한다. 그럼에도 이 발언이 이념에 눈멀어 현실을 직시하지 못했다는 비판에서는 자유로울 수 없다. 현실사회주의 몰락으로 드러난 체제의 속살은 얼마나 보잘것없었던가.

루카치는 벌라주를 평가하면서 공산주의에 공감하는 부르

주아 작가로 남았어야 할 사람이라고 했다. 자서전을 읽다 보면 루카치가 현실사회주의를 비판하는 실천적 지성으로 남았더라면 훨씬 좋지 않았을까 싶은 생각이 든다. 그의 스승인 베버는 "학문상의 모든 '성취'는 새로운 '질문'을 뜻한다"고 말했다. 루카치가 줄곧 학문적으로 높은 평가를 받으면서도 정치적으로 패배한 것은 그의 새로운 질문이 체제를 불편하게 했기 때문이다. 도대체 어느 체제나 당이 내부 구성원의 성찰적이고 비판적인 질문을 참아주겠는가. 모든 지식인은 결국 나프타로 분한 루카치와 같은 운명을 안고 있다. 결국 권력의 품 안에 있어서는 안 된다는 뜻이다. 비판적 지성이 있어야 할 자리는 따로 있으니, 그를 기리는 조사에 나와 있다.

쉴 사이 없이, 그리고 지칠 줄 모르고 그는 인간을 옹호하는 데 자신의 모든 능력을 발휘했습니다.

하루키와
이문열

『기사단장 죽이기』

　　한여름 밤에는 역시 소설 읽기가 최고다. 더위에 지치고 일에 치여 피곤할 적에 만사 제치고 소설을 읽고 있노라면, 이야기 세계에 자맥질해 온갖 세상사를 잊어버리게 된다. 이번 여름은 큰비가 자주 와 습도가 높은지라 더 힘들었다. 그래서 일부러 잠들기 전에 책을 읽었다. 졸음을 물리쳐 가며 소설 읽었던 어린 시절의 경험으로 더위와 피로를 이겨내고 싶었던 셈이다. 그래서 든 책이 화제의 소설 『기사단장 죽이기』. 하루키는 복도 많다. 남의 나라에서 출간부터 화제가 되고, 나오자마자 베스트셀러에 오르니 말이다. 먼저 읽은 이들이 여기저기 글을 써놓기도 해 내용은 대강 알고 읽었다.

감상부터 말하면 평년작이었다. 하루키 작품의 두 계열, 그러니까 일반적인 서사 양식과 환상성을 적절하게 버무려 이야기를 끌고 나갔다. 워낙 명민한 작가라 자기를 좋아하는 독자가 무엇을 기대하는지를 잘 알고 이야기 곳곳에 그 요소를 배치해놓았다. 다른 작품과 달라졌다면, 클래식과 고급 자가용에 관한 박람강기를 자랑했다는 점, 변하지 않은 것은 읽다 지겨워질 무렵 성애 장면을 배치하는 기법이었다. 이 작품에 나온 역사 배경에 대해 일본 우익이 거칠게 항의했다는 소문이 있었는데, 지나친 반응이겠거니 했다.

그런데, 곰곰이 생각해 보면 일본 우익의 반응에 나름대로 이유가 있겠다 싶었다. 단, 전제가 있다. 만약 하루키가 이 작품에 나온 중요한 역사적 사건의 진상을 파헤치려고 집요하게 매달리고, 일본에 만연한 그릇된 역사의식에 정면으로 맞섰더라면, 이라는. 만약 그렇게 썼더라면 하루키의 영향력을 감안하건대 일본 우익이 심각하게 걱정할 만한 일이 벌어졌을 수도 있겠다는 말이다. 두루 알려졌다시피, 『기사단장 죽이기』에는 두 가지 사건이 배경으로 깔렸다. 그 하나는 유명한 일본 화가인 아마다 도모히코가 겪은 일이다. 젊을 적 빼어난 서양화가였던 그는 빈으로 유학을 갔는 바, 거기에서 나치 고관 암살 사건에 연루돼 일본으로 강제 소환된 적이 있다. 제목인 기사단장 죽이기는 모차르트의 오페라 〈돈 조반니〉를 모티브로 해 당시 상황을 재구성한, 도모히코의 미발표 일본화다. 또 다른 사건은 도모히코의 세 살 아래 동생인 쓰구히코 이야기. 동경음악학교에 다니던 피아니스트였던 그는, 행정 실수로 중국에 파병돼 난징 학살에 가담하게 되었다. 주변의 강요로 반인륜적 행위를 저지른 그는, 일본으로 돌아와 당시의 트라우마를 이겨내지 못하고 자살했다.

이야기의 흡인력도 좋고, 지루하지 않게 끌고 가는 문장도 좋았지만, 나는 『기사단장 죽이기』가 주제의식을 돋을새김하지는 못했다고 평가한다. 일본의 정치 지형도가 하루키를 압박했을까? 그는 스스로 내세운 문제를 제대로 해결하지 못하고 미봉한다. 상징은 너무 상투적이고, 피츠제럴드에 대한 오마주는 너무 노골적이다. 나는 하루키가 일본의 트라우마에 건 삽바를 끝까지 놓치지 않았더라면, 대단한 작품이 나오지 않았을까 싶었다. 아쉬웠다. 그에게는 미안한 이야기지만, 그래서 노벨문학상을 받지 못하는 모양이다.

『기사단장 죽이기』를 다 읽을 무렵, 이문열의 『황제를 위하여』를 찾아놓았다. 누군가 페이스북에 하루키와 이문열이 동갑

이라는 글을 올려놓았다. 물론 하루키를 칭찬하기 위해서였다. 여전히 대중과 호흡하는 하루키에 비해 이문열은 대중의 눈 밖에 나고 말았다. 그 글을 보니 갑자기 『황제를 위하여』를 읽고 싶었다. 이 작품은 『정감록』을 믿는 일군의 집단이 국가를 건설하고 통치했던 상황을 때로는 진지하게, 가끔은 해학적으로 그려낸 수작이다. 더욱이 이 작품이 1980년에서 1982년 사이에 연재되었다는 점에서 이문열의 문재^{文才}를 확인할 수 있다. 지금은 무슨 소리를 듣더라도, 30대 초반에 이 정도의 괄목할 만한 성과를 이룬 작품을 발표했다는 것은 상찬할 만하다. 그런데 이문열은 왜 지금 독자 대중의 사랑을 받지 못할까? 나는 그가 『황제를 위하여』에서 보여준 노장적 태도마저 지켜내지 못한, 이념적 퇴화에 그 원인이 있지 않나 싶었다.

참으로 작가로 살아가기는 어렵구나. 정면으로 맞서지 못해도, 자신이 한때 높이 쳤던 가치를 지켜내지 못해도 비판에서 벗어날 수 없으니 말이다. 아무튼, 이 지겨웠던 여름도 이들 덕에 잘 넘겼나니, 이야기의 힘은 여전하도다!

역사가 당당해질 수
있는 이유

『백범일지』

　　여태 풀지 못한 한이 있었으니, 상놈이라 업신여김을 받아온 것이다. 그래서 글공부를 하기로 했다. 아버지를 졸라 서당에 다녔고 과거 준비를 했다. 배우는 것이 즐거워 매일 밥구럭을 메고 험한 고개 깊은 계곡을 쏜살같이 넘나들었다. 이제한을 풀 수 있을 성싶었다. 그러나 현장에서 목격한 과거장은비리의 온상이었다. 꿈을 접기로 했다.

　　제가 어떻게든 공부로 입신양명해 강가·이가에게 당한 압제
　　를 면할까 했는데, 그 유일한 방법이라는 과거장의 폐해가 이
　　와 같은 즉, 제 비록 큰 선비가 되어 학력으로 강·이 씨를 압도

하더라도 그들에게는 엽전의 마력이 있는데 어찌하오리까. 또 한 큰 선비가 되도록 공부를 하려면 다소의 금전이라도 있어야 하는데, 집안이 이같이 가난하니 앞으로 서당 공부를 그만두겠습니다.

아버지 역시 큰 인물이었다. 오죽하면 아들이 『수호지』에 나오는 영웅 같았다 했겠는가. 아들의 결심을 흔쾌히 받아들이고 관상과 풍수 공부를 해보라 권했다. 그게 탈이었다. 공부해보니, "얼굴과 온몸에 천격賤格·빈격貧格·흉격凶格밖에 없다"라는 것을 깨달았다. 절망의 늪에 빠졌다. 그러다 『상서』에서 "상 좋은 것이 몸 좋은 것만 못하고/ 몸 좋은 것이 마음 좋은 것만 못하다"라는 구절을 읽었다. 비로소 빛이 보였다. 마음을 제대로 닦아 사람 구실을 하겠다고 결심했다.

이 이야기는 김구가 17세 때 겪은 일이다. 김구의 일생을 정리하기는 결코 쉽지 않지만, 이 일화의 얼개를 잘 기억해둘 필요가 있다. 어찌하지 못할 절망적인 상황에 놓여 있다 해도 쉽게 포기하지 않고 새 길을 개척해 나간다. 그렇지만 그 길이 평탄할 리 없다. 고난 속에서 깊은 깨달음을 얻고 다시 길을 열어나간다. 김구는 타협 없는 실천이라는 날개를 달고 있었다. 그런데 다른 한쪽에는 끝없는 공부와 성찰이라는 날개를 달고 있었다. 김구가 우리 근현대사에서 가장 돌올한 인물이 될 수 있었던 힘은 여기에 있으렸다.

김구의 자서전 『백범일지』는 그 어느 대하소설보다 훨씬 흡인력 강하고 흥미롭다. 구한말 상놈의 신분으로 태어난 이가 민족해방투쟁의 와중에 탄생한 임시정부의 주석까지 맡았으니, 그 일생이 얼마나 파란만장했겠는가. 개인을 짓누르는 역사의 압박을 힘겹게 이겨나가는 과정은 감동적이기까지 하다. 흔들리고 괴로워하나 원칙과 양심을 지켜나갔다. 서둘러 말하자면 만약 그 엄혹한 시절, 김구가 없었다면 우리의 역사는 얼마나 초라했겠는가 싶다. 날씨가 추워져야 소나무의 푸름을 알 수 있고, 질풍에 굳센 풀을 볼 수 있으며, 하늘에 검은 장막이 쳐져야 별이 빛나는 법이다. 김구야말로 그러한 인물이었다.

당시 김구의 심리상태는 매우 절박했다. 과거를 포기했고, 관상 공부하다 마음 좋은 사람이 되겠다고 결심했다. 동학을 만나니 꿈을 이루려나 했다. 18세에 '아기 접주'라는 별명을 얻었고, 선봉장이 되어 해주성을 공격했으나 실패했다. 패전한 장수 신세로 찾은 곳은 안태훈(안중근의 아버지)이 있는 신천군 청계동. "장래를 생각하면 과연 어떤 곳에다 발을 디뎌야 나아갈 길을 찾을 수 있을까 하는 생각에 가슴이 답답하던 참"이었다. 그때 중암 유중교의 제자이며 의암 유인석의 동문인 후조 고능선이 말했다. "자네가 매일 안 진사 사랑에 다니며 놀지만, 내가 보기에는 자네에게 절실히 유익한 정신 수양에는 별 도움이 없을 듯하니, 매일 내 사랑에 와서 나와 같이 세상사도 논하고 학문도 토론함이 어떻겠나"라고. 후조가 택한 공부법은 구전심수. 새삼스럽게 책을 펴놓고 일깨우려 하지 않고 김구가 부족한 부분을 말과 마음으로 일깨워주었으니, 고금의 위인을 비평하거나 『화서아언』이나 『주자백선』에 나온 중요 구절을 가르쳐주었다. 그리고 평생 화두로 삼을 구절을 일러주었으니 "가지 잡고 나무를 오르는 것은 대단한 일이 아니지만/ 벼랑에 매달려 잡은 손을 놓는 것이 가히 장부라 할 수 있다"는 것이었다. 과단성을 재촉한 말씀이렷다.

나라 망신이라 생각했으리라. 국모가 시해되는 사건이 벌어졌는데도 이해할 만한 진상 조사와 처벌이 뒤따르지 않았다. 치하포에서 수상한 사람을 발견했다. 일본 사람이건만 조선인처럼 변장하고 있었다. 자세히 살펴보니 흰 두루마기 밑으로 칼집이 보였다. 순간, 국모 시해범인 미우라이거나 공범일 거라고 생각했다. 기지와 용맹을 뽐내 살해했고, 그 죄로 인천 감옥에 투옥되었다. 심문 과정에서 기죽지 않고 당당하게 자신의 의로움을 설파해 일대 파란을 일으켰다. 사형이 확정된 후 감리서 직원이 신서적을 읽어 보라며 권한 일이 있었다. 아침에 도를 깨우치면 저녁에 죽어도 좋다는 심정으로 탐독해 나갔다. 그러면서 눈이 트였다. "의리는 유학자들에게 배우고, 문화와 제도 일체는 세계 각국에서 채택해 적용하는 것이 국가의 복리가 되겠다는 생각"이 들었고, 서양 오랑캐가 "도리어 나라를 세우고 백성을 다스리는 좋은 법규가 사람답다는 느낌"이 들었다.

탈옥한 다음, 승려 생활을 하다 고향으로 돌아와 스승과 일대 논쟁을 벌였다. 서양 것을 무조건 오랑캐라 배척하는 것은 옳지 않다 주장했다. 어느 나라든 나라를 다스리는 기본 원칙을 보고 판단해야 한다고 했다. 우리의 탐관오리가 사람의 얼굴을 하고 있으나 금수의 행실을 하니 오히려 오랑캐가 아니겠냐고 비판했다. "저 대양 건너에 사는 각 나라에는 제법 국가 제도가 잘 갖추어져 있고 문명도 발달되어 있습니다. 그들은 공자·맹자의 그림자도 보지 못했지만, 그 이상으로 발달된 법도"를 갖추었다고 말씀드렸다. 그리고 기염을 토했다.

이제부터라도 우리는 세계 문명 각국의 교육제도를 본받아서

학교를 세우고 이 나라 백성의 자녀들을 교육해 그들을 건전한 2세들로 양성해야 합니다. 또한 애국지사들을 규합해 이 나라 국민으로 하여금 나라 잃는 고통이 어떤 것인지, 나라가 발전하는 복락이 어떤 것인지를 알도록 해야 합니다. 이것이 우리나라를 망하는 것으로부터 구할 수 있는 길이라고 제자는 생각합니다.

이게 어디 배신이겠는가. 스승의 삶과 사상을 존중하나, 더 나은 세상을 이루려면 홑눈이 아니라 겹눈으로 보아야 한다고 말한 것일 뿐. 청출어람이렸다.

이른바 안악사건으로 체포되었을 때의 일이다. 모진 고문으로 이미 만신창이가 된 상태다. 자살을 기도하기까지 했으니 그 고초를 능히 짐작할 만하다. 이 시절을 기록한 대목은 『백범일지』의 가치를 새롭게 조명하게 한다. 정신을 잃도록 가혹하게 고문한 다음 "학생 중에는 누가 너를 가장 사랑하더냐"라고 물었다. 창졸간에 그만 최중호라 말하고서는 혀를 끊고 싶었다고 기록해놓았다. 고문 가운데는 굶기기도 있었다. 신문할 때는 밥을 보통의 반만 주고, 사식은 넣지 못하도록 했다. 매를 맞고 나올 때, 사식 먹는 장면을 보면 고깃국과 김치 냄새 때문에 미칠 듯했다고 회상한다. 얼마나 절실했던지 "아내가 나이 젊으니 몸이라도 팔아서 좋은 음식이나 늘 해다 주면 좋겠다 하는 더러운 생각"이 다 났단다. 비겁함과 흠을 다 털어놓을 적에 빼어난 자서전이 되는 법이다. 김구는 자신을 영웅으로 만들지 않는다.

서대문형무소에서 김구는 변화한다. 자신을 일러 왜놈들이 뭉우리돌이라 한 것을 영광이라 여긴다. "오냐, 나는 죽어도 뭉우리돌 정신을 품고 죽겠고, 살아도 뭉우리돌의 책무를 다하리라" 마음먹는다. 그렇지만 현실은 냉혹했다. 뭉우리돌 가운데 세상에 나가 왜놈에게 순종하며 연명하는 무리가 나타났던 것이다. 그런 뭉우리돌을 일러 김구는, 석회질이 들어 있는 돌이라 말했다. 석회가 물에 들어가면 풀리듯, 세상이라는 바다에 들어가면 굳은 의자가 석회처럼 녹아내린다는 뜻이다. 만약 자신도 석회질 있는 뭉우리돌이라면 차라리 죽기를 원했다.

그리하여 결심의 표시로 이름을 구九라 하고, 호를 백범白凡이라
고쳐서 동지들에게 언포하였다. 구龜를 구로 고친 것은 왜의
민적에서 벗어나고자 함이요, 연하蓮下를 백범으로 고친 것은
감옥에서 여러 해 연구에 의해 우리나라 하등 사회, 곧 백정
범부들이라도 애국심이 현재의 나 정도는 되어야 완전한 독립

국민이 되겠다는 바람 때문이었다.

우리는 여기서 놀라운 순간을 목격한다. 개인적인 신분 상
승을 열망했던 김창수가, 반일적 유생과 교유하며 김구金鎭가 되
고, 이제 나라 잃은 민족의 영원한 스승인 백범으로 거듭나는
것이다. 'his story'가 'HISTORY'가 되는, 실로 놀랍고 경이로운
존재의 변화렷다.

백범이 있었기에 우리의 역사는 당당해질 수 있었다. 이봉
창이 일본 천황을 저격했던 사건이나, 윤봉길의 홍커우 공원 거
사 뒤에는 백범이 있었다. 비록 피신과 유랑의 나날을 보냈으나
임시정부를 끝까지 지킨 이도 백범이었다. 개인적 희생도 잇따
랐다. 독립운동의 대가로 아내와 어머니, 그리고 큰아들을 중
국 땅에 묻어야 했다. 그런데도 막상 일본이 항복하자 기뻐하기
보다는 분통해했다. 한반도로 침투해 일본과 전투를 벌일 예정
이었고, 이를 위해 정예부대의 훈련을 마친 상태였기 때문이다.
흔한 말로 역사에는 가정이 없다 하지만, 백범의 계획대로 광복
군이 참전을 해 국권을 회복했다면 남북분단은 막을 수 있었지
않았을까. 그 백범이 꿈꾸었던 나라는 어떤 것일까. 〈나의 소
원〉에서 말했다.

나는 우리나라가 세계에서 가장 아름다운 나라가 되기를 원한다. 가장 부강한 나라가 되기를 원하는 것은 아니다. 내가 남의 침략에 가슴이 아팠으니, 내 나라가 남을 침략하는 것을 원치 아니한다. 우리의 부력富力은 우리의 생활을 풍족히 할 만하고, 우리의 강력强力은 남의 침략을 막을 만하면 족하다. 오직 한없이 가지고 싶은 것은 높은 문화의 힘이다. 문화의 힘은 우리 자신을 행복되게 하고, 나아가서 남에게 행복을 주기 때문이다.

광복절을 건국절로 기리자는 움직임이 있다고 한다. 걱정하는 대로, 자랑스러운 임시정부와 독립운동의 역사가 가려진다는 사실을 무시하는 짓이다. 헌법정신에도 어긋나고, 국민적 합의도 거치지 않았다는 점에서도 문제가 많다. 도대체 무엇을 노리고 있는 것일까. 그렇다면 범부들이여 이제 고백하자. 누가 무어라 해도 내 마음속의 영원한 국부는 '백범 김구'라고 말이다.

도스토예프스키의
꿈

『죄와 벌』

　　도스토예프스키 탄생 200주년을 맞이해 한 도서관에서 『죄와 벌』 함께 읽기를 진행했다. 고등학생 시절 세로쓰기 판본으로 읽어낸 다음 몇 번째 읽었는지 모르겠다. 누구나 인정하듯 고전이야말로 마르지 않는 샘물 같은지라 늘 지적 갈증을 가시게 해준다. 이번에도 역시 어떤 전율을 느끼며 읽었다. 책을 즐겨 읽는 시민의 수준도 상당히 높아 함께 읽고 이야기 나누면서 새롭게 깨달은 게 많았다.

　　다시 읽으며 내가 주목한 대목은 꿈 이야기다. 작가가 말했듯 "병적인 상태에서 꾸는 꿈은 이례적일 만큼 입체적이고 선명하며 또 현실과 굉장히 유사"한 법이다. 라스콜니코프는 아버지와 교외를 산책하다 큰 술집을 지나면서 잔인한 장면을 목격한다. 작고 비썩 마른 적갈색 농사용 암말에 커다란 짐마차를 연결해놓았다. 보기만 해도 힘겨워하는 암말을 무시하고 짐칸에 사람을 가득 태운다. 그리고는 달리라며 채찍질을 한다. 뜻대로 되지 않자 미쳐 날뛰듯 채찍질해 마침내 말의 숨통을 끊어 버린다. 이 대목은 라스콜니코프가 전당포 여주인을 살해하는 장면을 예고한다. 암말은 여러모로 "멍청하고 무의하고 하찮고 못됐고 병든 노파"를 떠올리게 한다. 잔인하게 채찍질하는 말 주인은 "비범한 사람은 온갖 범죄를 저지르고 온갖 방식으로 법률을 뛰어넘을 권리가 있"다는 주인공의 신념과 일치한다.

두 번째로 주목한 대목은 스비드리가일로프의 꿈이다. 이 인물은 라스콜니코프의 이란성 쌍생아라 할 법하다. "빈곤과 누더기와 죽음과 절망이 만연한" 시대를 살아가는 극단의 방법 가운데 하나는 자신의 이념을 실현해 나가는 길이다. 다른 하나는 오로지 이기적으로 자신의 쾌락을 충족하며 사는 삶이다. 가정교사를 희롱하고 열네 살 소녀를 능욕했고 하인한테 잔인했으며 부인마저 살해했다. 도박, 돈, 섹스가 전부였다. 스비드리가일로프 역시 "어떤 장애물을 뛰어넘을 권리"가 있는 양 살아온 셈이다. 그가 꾼 꿈의 앞대목은 『죄와 벌』에서 가장 아름답고 낭만적인 장면으로 펼쳐진다. 물론 한낱 악몽으로 전환되지만 말이다. 그런데 이 꿈을 꾸기 전 그는 두네치카라면 자신을 어떻게든 개과천선시켰을 거라 혼잣말을 한다. 두네치카도 리자베타와 소냐처럼 유로지브이(성 바보)이다. 하나, 두네치카는 그의 사랑을 거부한다. 그가 자살한 이유가 뚜렷해진다.

소냐의 간곡한 호소와 예심판사 포르피리의 권고로 자수했지만, 라스콜니코프는 자신의 죄를 인정하지 않는다. 그러다 꿈을 꾸고 회심한다. 무서운 전염병이 돌고 감염된 사람은 자신만을 진리의 독점자로 여기게 되고, 그러다보니 만인에 대한 만인의 투쟁이 벌어진다는 내용이다. 이념의 극단적 추구가 가져올 허망한 세계를 상상적으로 겪은 셈이다. 그때 비로소 보인 것이 소냐의 사랑이다. 소냐는 불쌍한 것, 온순한 것, 사랑스러운 것의 상징이요, 울지 않고 신음하지도 않고 모든 것을 내주는 삶이다. 이 삶을 받아들이자 "변증법 대신에 삶이 도래"하게 된다.

오늘 인류는 아포칼립스적 상황을 맞이했다. 어떤 삶이 우리를 구원할까? 극단적 이기주의도 아니고, 극단적 이념도 아니라고 도스토예프스키는 말한다. 예수의 삶에 비견되는, 죄 없으나 죄를 온통 뒤집어쓰고 그 고행의 길을 담담히 걷는 소냐의 삶만이 마침내 우리를 구원해 주리라 귀띔해준다. 과연 나는,

혹은 당신은 이 삶을 살 수 있을까? 내가 인류의 미래에 절망하는 이유다.

포로수용소의
'셰에라자드'

『무너지지 않기 위하여』

단박에 읽어 버릴 만큼 얇은 책의 표지를 보며 여러 단
상이 떠올랐다. 『무너지지 않기 위하여』라는 제목에서 어떤 존
엄을 향한 열망을 읽어냈다. 부제에 눈길이 갔다. 어느 포로수
용소에서의 프루스트 강의. 생뚱맞다는 생각도 들었다. 도대체
누가 포로수용소에서 프루스트를 강의한단 말인가. 분명히 그
난해하다는 『잃어버린 시간을 찾아서』를 주제로 강의했을 텐데,
이게 가능한가 싶었다.

그러다 서문을 채 몇 줄 읽지 않고 책에 매료되고 말았다.
사연인즉 이러했다. 일군의 폴란드 장교가 1939년 10월부터
1940년 봄까지 스타로벨스크 포로수용소에 갇혀 있었다. 독일

이 폴란드를 침공하자 소련도 덩달아 쳐들어왔고, 이때 소련군에 잡힌 폴란드 장교가 수용되었던 것. 포로 처지에서 보자면 히틀러든 스탈린이든 별 차이가 없었을 성싶다. 두 체제는 함께 대량학살이라는 전쟁범죄를 저질렀잖은가. 그 공포와 절망의 구렁텅이에서 폴란드 장교들은 지혜를 발휘했다. 각자의 전공을 살려 품앗이 강의를 하기로 한 것. 몇 사람이 먼저 나서서 군사학, 역사학, 문학을 강의했다. 그들은 이야기의 힘을 빌려 영혼을 좀먹는 쇠약과 불안을 이겨낸 세에라자드의 후예였다.

폴란드 장교들은 그랴조베츠 수용소로 이송되었다. 폐허가 된 수도원 건물에 차려진 수용소였다. 장교들은 강의를 계속하게 해달라고 탄원했다. 여러 차례 거부당하다 겨우 허락을 받았다. 강의록을 작성해 사전 검열을 받아야 하고, 장소는 식당으로 제한한다는 조건을 달았다. 독서광인 한 박사는 책의 역사를 강의했고, 저널리스트는 영국의 역사와 여러 민족의 이주 역사를 맡았다. 공대 교수는 건축사를, 등산광인 중위는 남아메리카를 주제로 강의했다. 화가인 지은이는 프루스트 강의를 맡았다.

퍼뜩, 떠오르는 책이 있었다. 빅터 프랭클의 『죽음의 수용소에서』. 그는 지적이며 감수성이 예민한 사람은 수용소에서 육체적인 고통이야 크게 겪었겠지만, 내면의 자아는 비교적 적게 손상되었으리라고 말했다. 끔찍한 현실에서 빠져나와 내적인 풍요로움과 영적인 자유가 넘치는 세계로 도피할 줄 알아서다. 지은이는 이 수업이 "영영 길을 잃어버린 것 같다고 느끼던 우리에게 다시금 세상 사는 기쁨을 안겨 주었다"고 회고했다. 그러니, 이 강의록은 "살아나올 수 있게 도와준 프랑스 예술에 바치는" 공물인 셈이다.

편집자에 따르면 지은이는 『잃어버린 시간을 찾아서』를 참고해 강의할 상황이 아니었는데도 "가히 놀라운 기억력과 이해력"으로 작품을 정확히 인용했다고 밝혀놓았다. 강의록을 읽어보면 지은이는 어느 연구자 못지않게 『잃어버린 시간을 찾아서』를 깊이 있게 해설한다. 다시 퍼뜩, 떠오른 책이 있었다. 에리히 아우어바흐의 『미메시스』. 그는 나치정권를 피해 터키로 망명했다. 참고 도서가 절대적으로 부족한 상황에서 『미메시스』를 집필했는데, 비평사에 남을 명저가 되었다. 자료 더미에 빠져 길을 잃는 대신 더 많은 시간을 쓰기에 집중해 통찰력이 돋보이는 책을 써낸 덕이다.

책을 덮고 나서 삶의 방공호로 대피해야 하는 극한 상황이 온다면, 나는 과연 셰에라자드가 될 수 있을까 가늠해 보았다.

그래 다른 건 몰라도 그건 가능할 게야, 라는 생각에 마냥 행복
했다.

극한 스포츠와 선이 깨우친
삶의 철학

『파타고니아, 파도가 칠 때는 서핑을』

도대체 가능한 일일까? 타락한 시대에 타락한 방법으로 진정한 가치를 추구하는 일이 말이다. 하지만 얼마 전 놀랍게도 이런 일이 일어났다. 파타고니아의 창업주인 이본 쉬나드가 4조 원이 웃도는 회사 지분 전부를 기후위기 대응과 환경보호 활동을 목적으로 한 재단과 비영리기구에 기부했다.

이 기사를 보며 그의 삶과 경영철학이 궁금했다. 어느 분야에나 있을 법한 이단아가 한번쯤 꿈꿔볼 수는 있지만 정작 실천하지 않을 일을 저지른 데는 그만의 철학이 있으리라 믿어서다. 호기심을 품고 서둘러 읽은 책은『파타고니아, 파도가 칠 때는 서핑을』이다. 제목은 유연근무제를 뜻하는데, 그가 대장간에서 피톤을 만들다가 2미터짜리 파도가 몰려 오면 문을 닫고 서핑하러 갔던 경험에서 비롯한 제도다.

알려진 대로 그의 이력은 단순하다. "등반가였고, 서핑을 하는 사람, 카약을 하는 사람, 스키를 타는 사람, 대장장이였다." 하지만 그의 경영 철학은 이 이력에서 담금질되었다. "내가 가치 있게 생각하는 것은 자연과 가까운 삶을 살고 사람들이 위험한 스포츠라고 부르는 것에 열정적으로 참여해 얻은 유무형의 결과물"이라 했다. 암벽이나 빙벽을 타는 등산인은 경제적 가치가 없는 일에 매달리는 데서 특별한 자부심을 느꼈다. 소비 문화에 저항했으며, 정치인과 사업가는 더러운 인산이고 기업은 모든 악의 근원이라고 여겼다. 1960년대를 풍미한 청년 정신의 화신이었다.

대장장이를 하며 선禪의 세계를 익혔다. 과도한 행동을 자제해 에너지를 낭비하지 않았고, 피톤을 잡고 두드리는 과정이 궁도나 다도처럼 유려하고 우아하기를 바랐다. 선의 정신을 통해 그는 단순해지는 것이 풍성한 결과를 불러온다는 점을 깨달았다. 스포츠와 선은 한계를 넘어서는 안 된다는 것, 본분을 잊고 모든 것을 가지려 할 때 파멸에 이른다는 깨우침을 주었다. 1990년대 큰 위기에 몰렸다가 기사회생할 수 있었던 정신적 바탕 힘이었다.

그는 피톤을 만들어내면서 사업가 대열에 올랐다. 그런데 이 제품 탓에 자신이 "환경파괴의 장본인"이 되었다는 사실을 깨달았다. 해머로 피톤을 박아놓고 빼는 과정에서 암벽이 심하게 망가졌다. 유럽인은 등반을 정복의 개념으로 보았다. 그래서 뒤따르는 정복자를 위해 장비를 남겨두었다. 하지만 랄프 왈도 에머슨, 헨리 데이비드 소로, 존 뮤어와 같은 사상가에게 영향을 받은 그는 "산에 오르거나 자연을 찾을 때는 그곳에 갔던 흔적을 남기지 말"아야 한다는 정신에 동의했다. 손으로 끼워 넣을 수 있는 알루미늄 초크를 생산하면서 클린 클라이밍 개념을 널리 퍼트린 이유다. 그는 제도교육이 낳은 인물이 아니다. 대자연과 그 앞에서 경이와 겸손을 느끼는 야생적이고 주변적인 삶이 빚어낸 놀라운 인물이다.

그가 어찌 늘 지향하는 가치대로 경영할 수 있었겠는가. 1990년대 초반 120명의 직원을 해고했고, 그동안 거쳐 간 CEO가 7명에 이른다. 회사 주차장에는 SUV가 서 있고 직원 일부는 지속 불가능한 섬유로 짠 옷을 입고 있다. 그럼에도 그는 "최고의 제품을 만들되 불필요한 환경 피해를 유발하지 않으며 환경 위기에 대한 공감대를 형성하고 해결 방안을 실행하기 위해 사업을 이용한다"는 목표를 이루기 위해 최선을 다했다. 타락한 시대에 진정한 가치를 실현하는 순례길의 종착점에 이른 그는 우리 시대의 선사禪師일지도 모르겠다.

파멸적 운명을 넘어서는
인간의 대안

『비극의 비밀』

    고전을 여러 번 곱씹어 읽고 빼어난 해설을 살펴보면서 늘 느끼는 바가 있다. 결국 고전 읽기는 풍경의 액자화이더라는 것이다. 당대의 문제를 치열하게 고민하고 사유의 끝자락에서 건져 올린 언어의 형상물이 빚어낸 풍경은 눈부시고 다채롭다. 하지만, 지금 고전을 읽는다는 것은 풍경 전체를 조망하기보다는 오늘의 문제의식이라는 액자로 그 풍경의 일부만 받아들이기 마련이라는 말이다. 내가 이즈음 희랍 비극을 보면서 새삼 깨닫는 것도 바로 이 사실이다.

    희랍비극이 펼쳐놓은 풍경은 실로 찬란하고 풍요롭다. 운명이라는 함정에 빠져 단말마적 고통을 겪으며 몰락하면서도 존엄을 잃지 않는 영웅의 면모를 보여준다. 그런데, 나는 이 고전을 자꾸 능력주의에 대한 해독제로 액자화해 읽는다. 일찌감치 아리스토텔레스가 말했듯 무릇 비극은 한 인물이 행복에서 불행으로 빠지는 구도로 짜여 있다. 탁월했으며 존경과 사랑을 받았으며 아름다웠다. 하지만, 그 어떤 이유인가로 나락으로 떨어지고 만다. 그런데 놀라운 것은 이들이 무능해서 그런 수치를 겪게 된다고 느끼지 않는다는 점이다. 알랭 드 보통도 지적했듯 "주인공에게 닥친 것과 비슷한 상황이 닥쳤을 경우 자신도 언제든지 파멸할 수 있다는 사실을 인식하고 겸손해"지게 된다.

영웅의 몰락이 그 능력 없음에 있지 않다고 여기고, 나도 그런 상황에 놓이면 파멸하고 말았을 거라는 공감은 능력이라는 이름으로 사회적 약자와 소수자를 억압하는 지배 심성에 균열을 낼 가능성이 크다. 내가 억세게 운이 좋아 그런 상황에 놓이지 않아 여전히 버틸 뿐이라고 인정한다면, 오늘 성취하고 유지하는 기득권이 알량해 보이기 마련이다. 능력주의를 이겨내는 데는 철학적 담론과 사회과학적 분석과 더불어, 남의 처지를 미루어 짐작하는 문학적 상상력이 요구된다는 뜻이다.

그러다 문득, 희랍비극을 지나치게 액자화하지 말고 전경을 살펴보아야겠다는 생각이 들었다. 아무래도 전체를 조망한 경험이 있어야 오늘의 문제의식으로 해석하는 데도 도움이 되겠다 싶었던 셈이다. 그래서 읽은 책이 강대진의 『비극의 비밀』이다. 이 책은 희랍비극에 관한 기초 상식부터 문제작에 대한 깊이 있는 해설까지 두루 아우르고 있다. 희랍비극이 낮에 공연되었다는 점, 배우가 많아야 세 명만 있었다는 점, 끔찍한 장면은 무대 뒤에서 일어나거나 전령이 보고하는 말로 대신한다는 점, 여주인공이 조용히 떠나면 무서운 일이 뒤따른다는 점 등속은 미리 알아두어야 할 상식이다.

아이스퀼로스의 『자비로운 여신들』을 해설하는 대목은 인상 깊다. 이른바 『오레스테이아 3부작』의 두 작품은 눈에는 눈, 이에는 이라는 원칙이 관철된다. 하나, 이 작품에서 작가는 피의 복수라는 악순환을 끊는 방도로 재판 제도를 내세웠다. 지은이는 이를 두고 "인류 역사에서 사고가 비약하는 순간을 재현"했다고 평했다. 안티고네와 메데이아를 여성적 영웅으로서 재평가하고 그 현재적 의미를 되새김질하게 한 것도 지은이의 해설 덕이다. 파멸의 운명을 맞이할 수밖에 없는 인간은 어떻게 살아야 할까? 에우리피데스의 〈힙폴뤼토스〉를 해설하며 지은이는 "인간 사이의 유대와 공감"을 말했다. 능력주의가 판치는 오늘에 더 요구되는 덕목이다.

2장

공동체에서 발견하기

상상하면
열린다

『발언』

압도적 현실에 주눅들지 않고 새로운 인식의 지평을 열어주는 글을 만나기 힘들다. 식상한 논리에 기초한 비판은 감동을 주지 못한다. 한때 사표로 존경받던 이들은 일종의 문화 권력이 되어 오히려 비난의 대상이 되고 말았다. 읽을 만한 글이나 책이 없다는 푸념이 괜한 말이 아니다. 예외가 있다.『녹색평론』의 김종철을 가리켜 하는 말이다. 다들 정치나 경제민주화만 떠벌일 때 그는 생태 가치를 환기했다. 대의민주제의 실현에만 관심을 쏟을 때 그는 현실가능한 직접민주주의를 제안했다.

두 권으로 묶여 나온 칼럼집『발언』은 그동안 그가 우리 사회에 보낸 경고음으로 가득하다. 이러다가는 다 거덜나고 말 터인데, 어찌 그리도 무심하게 사냐는 탄식으로 그득하다. 머리말에서 말했듯 그는 "지금 우리에게 가장 절박한 과제는, 말할 것도 없이, 자연과 사회적 약자를 끊임없이 파괴하고 희생시키지 않고는 한순간도 지탱할 수 없는 이 비인간적인 시스템을 어떻게 벗어날 것이며, 그리하여 조금이라도 더 인간적이고 지속가능한 사회를 어떻게 만들어낼 것인가"를 고민한다.

최근의 칼럼을 묶은 『발언2』를 압축하는 열쇳말은 원자력, 민주주의 재생, 기본소득이다. 먼저 원자력 문제. 지진이 잦은 일본이 원전을 무려 54기나 세운 것은 전력 확보가 목적이 아니었단다. 언제든 핵무기를 개발할 수 있다는 가능성을 내세워 국제사회에서 발언력을 높이기 위해서였다고 한다. 그의 분석대로라면, 일본은 대국주의 노선을 무리하게 걷다가 거듭해서 원자력의 저주를 받은 셈이다. 그 하나는 히로시마의 원폭 투하고, 다른 하나는 후쿠시마 원자력 발전소 사태이다. 일본만의 문제가 아니다. 막스 플랑크 연구소는 대규모 원전 사고가 10년에서 20년마다 한 번씩 터질 확률이 있다고 발표한 바 있다. 그는 "원자력 안전위원장을 반핵 혹은 탈핵 인사 중에서 임명하도록 법제화"해 원자력에 대한 민주적 통제를 강화하자고 제안했다.

서방 언론은 줄기차게 차베스를 일러 독재자로 평해왔다. 하지만 그는 다른 평가를 내린다. "차베스의 관심은 철두철미 가난한 사람, 소외된 원주민, 아프리카계 주민들의 인간다운 삶의 회복에 있었"다는 것. 그가 특별히 주목한 것은 '공동체 평의회'라는 주민자치 시스템이다. 지역 주민이 공동체 문제를 주제로 자유롭게 토론하여 해결 방안을 제안하고, 중앙정부에 예산을 요청하고 집행하는 주민의회였다. 그가 보기에 이 시스템은 "민중의 자발적인 자결권이 충분히 보장되는 '깊은 민주주의'를 뜻"한다. 이 문제의식은 추첨민주주의 제안으로 확장된다.

기본소득은 모든 사회구성원에게 일정한 돈을 주기적으로 평생 지급하는 복지제도를 말한다. 그런데 그는 토머스 페인의 관점을 빌려 이 제도를 독특하게 해석한다. 페인은 미경작된 토지를 인류의 공유재산이라 여겼다. 개인의 토지소유권은 토지 자체가 아니라 경작하거나 개량한 부분에 한정된다. 그러므로 토지 소유자는 기초 지대를 사회에 내놓아야 할 의무가 있는바, 이 지대로 국민 기금을 조성해 토지에 대한 자연적 상속권을 잃은 데 대한 보상으로 써야 한다고 보았다. 그런데 페인은 국민 기금이 국가가 주는 생활 지원금이 아니라 "국민 각자가 응당 자신의 몫으로 지급받아야 할" 배당금이라 주장했다. 기본소득에 대한 반론이 많다. 그런데 기본소득을 한 국가가 거둔 부에 대한 배당금이라 여기면 숱한 논란을 잠재울 수 있는 법이다.

누가 보아도 우리는 지금 문명사적 대전환기에 놓여 있다. 길은 끝났다. 새로운 여행을 떠나야 할 때인데, 걸어야 할 길이 보이지 않는다. 그래서 대혼란을 겪고 있다. 국가가 시민의 생명과 재산을 보호하지 못하고, 시민공동체는 무너지고 있다. 어찌해야 하는가? 과거의 것을 과감히 버리고 새로운 것을 상상해야 한다. 그것이 불안하더라도, 그 상상의 결과가 불온하더라도 말이다. 지금 이곳을 뛰어넘으려면, 김종철의 사유를 디딤돌로 삼아도 좋다. 우리가 미처 보지 않았거나, 보이지 않는 것을 드러내주었으니 말이다. 걸어가면 길이 보이듯, 상상하면 길은 열린다.

미래 밝히는
희망의 등불

『버니 샌더스의 정치혁명』

    우리 정치 현실을 보면 암담하기 짝이 없다. 집권층은 스스로 내세운 공약마저 파기하며 계급 이익을 관철하고 있다. 야권은 분열해 곧 다가오는 총선에서 집권당의 개헌을 막을 마지노선이라도 확보할지 걱정이다. 진보세력은 통진당 사태 이후 국민적 신뢰를 얻지 못했다. 이런 분위기가 염려스러운 것은, 정치에 대한 무관심이 광범하게 퍼질지 몰라서다. 어느 정치 세력도 자신을 대변해 주지 못한다고 느끼면 사람들은 정치에 참여하지 않으려고 한다. 두루 알겠지만, 정치적 무관심은 현 집권 세력에게 유리한 정치 지형을 마련해줄 뿐이다.

    이런 정치인이 우리에게 있으면 얼마나 좋을까 하는 사람이 미국 민주당 대선 후보 경선 과정에서 나타났다. 버니 샌더스. 무소속 상원의원으로 활약해온 그가 힐러리를 가장 크게 위협하는 인물로 급부상했다. 미국의 선거제도가 워낙 독특한지라 무소속이 어떻게 민주당 경선 후보로 나올 수 있는지부터, 그의 삶과 정치철학이 무엇인지 궁금할 수밖에 없다. 그런데 우리가 먼저 관심을 기울일 부분은 그가 청년층의 정치 참여를 자극했다는 점이다. 자신을 지지하거나 대변하는 정치인이 없다고 여겼던 일군의 세력이 회심하여 정치에 참여한다는 점은 오늘 우리에게 시사하는 바가 크다.

『버니 샌더스의 정치혁명』은 샌더스의 자서전이다. 아쉽다면, 지금까지 살아온 이력과 정치 경력을 다 아우르지 못했다는 점이다. 책은 그가 1996년 연방 하원의원에 4선째 도전하고 승리하는 과정을 그리면서 과거를 회상하는 식으로 구성되어 있다. 다행히 책 말미에 저널리스트인 존 니콜스가 현재 상황을 이해하는 데 도움이 되는 글을 써놓았다. 이 책의 주제를 상징하는 대목은 두 군데 있다.

그 하나는 "보통 시민들에게 정부가 그들을 위해 일하고, 그들을 대변한다는 점을 상기시켜 주는 게 연합 정치의 가장 큰 장점이자 미국의 미래를 밝히는 희망의 등불"이라는 말이다. 샌더스는 진보적인 정치인으로서 정치 생명의 젖줄이 사회적 소수자와 약자에 있음을 잊지 않았다. 누가 보아도 불리한 지형을 소외되고 무시당하는 계급의 친구라는 정체성으로 돌파해왔다. 이것이 공화당의 텃밭인 버몬트에서 지속해서 정치적 승리를 일구어온 힘이었다.

다음으로는 "이 나라에서 부유층을 대변하는 집단들이 입법 과정에서 지나치게 영향력을 행사하기 때문에 그 결과 공공정책이 일반 국민의 애로 사항을 해결하는 게 아니라 특권층 소수의 이익을 반영한다는 것이 진짜 문제"라는 말이다. 그가 벌링턴 시장으로 시작해 주지사, 하원의원, 상원의원으로 사회적 지위를 높여 나간 것은 출세욕 때문이 아니었다. 공화당이든 민주당이든 정치권이 결국에는 기업과 부자의 이익을 꾀하는 관행을 막기 위해서였다. 그에게 정치의 장은 저항과 폭로의 근거지였다. "특수이익집단과 부유층과 그들을 '대표하는' 의원들 간 밀착 관계가 폭로될 위기에 처하면, … 세력들은 종종 저항하기보다 투항하는 쪽을 택"하게 마련이다.

우리에게도 진보적 가치를 정치 현실에 접목할 만한 인물이라 평가받은 이들이 있었다. 그러나 결과는 참혹했다. 국회의원을 몇 차례 하면서도 존재감조차 없는 인물이 있는가 하면, 벌써 기득권 세력이 되어 버려 지지층을 배신한 인물도 있다. 이러니, 시민 사이에 정치적 무관심이 널리 퍼지는 것이다. 당연히 샌더스에게도 한계가 있을 터다. 지금 민주당 경선에 부는 열풍이 미풍으로 그칠 가능성도 있다. 하지만 그는 신념을 포기하지 않고도 정치인으로 성장할 수 있다는 가능성을 보여주었다. 답답한 질문을 던질 수밖에 없다. 우리에게는 왜 이런 정치인이 없는가, 라고.

한탄만 하지 말고 가능성을 찾아가야겠다. 과거에서 이런 인물을 찾지 말고, 미래에 성장할 인물을 골라 보자. "진보운동 진영이 미국에서 가장 촌구석이라고 할 수 있는 버몬트에서, 그것도 최근까지는 미국에서 가장 공화당 성향이 강했던 주에서 이길 수 있다면 미국 그 어느 주에서든 이길 수 있을지 모를 일"이라고 샌더스가 말했다. 미국을 대한민국이라, 버몬트를 내가 사는 지역으로 바꿔 읽어 보자!

헬조선을
넘어서는 법

『폐허를 보다』

젊은 날 뜨겁게 읽은 책이 있다. 머리는 냉정해지는데 심장은 불타올랐다. 극히 문약한 청년이었음에도 나라와 민중, 그리고 혁명을 생각하게 해주었다. 아마, 그때 책을 읽으며 비로소 눈뜬 경험이 없었다면, 오늘의 나는 없을 터다. 그런데 어느 날 세상이 달라졌다고 주변에서 수군거렸다. 다른 책을 읽어야 하고, 그것을 알아야 행세하는 양 떠벌이기도 했다. 나는 참으로 어중간한 태도를 보였던 듯하다. 지난 시대의 집단적 꿈을 이루지 못했다면, 왜 그리되었는지 알아보는 건 좋은 일이다. 그러니 성찰과 대안을 찾기 위한 지적 도전은 필요하다고 보았다. 그럼에도 그 꿈을 아예 부정하는 말에는 선뜻 동의하기 어려웠다.

언젠가부터 우리 소설을 읽지 않고 있는 나를 발견했다. 아예 냉담해졌다고 말할 정도였다. 그래서는 안된다고 여겼다. 문학은 늘 새로운 감수성의 진원지이지 않던가. 좋고 싫고를 떠나 새로운 소설가의 목소리에 귀 기울이는 성실한 자세가 필요하다고 반성했다. 그래서 다시 찾아 읽은 소설을 보고는 크게 실망해 다시 읽지 않는 일을 반복했다. 그래도 찾아 읽는 작가가 아직 남았다는 게 다행이라면 다행이다. 나는 왜 오늘의 우리 소설에 부정적인 반응을 보일까? 한마디로 한가한 소리를 늘어놓고 있어서라는 인상이 강해서였다. 굳이 예전처럼 혁명을 말하고 투쟁을 말해야 한다는 뜻이 아니다. 지난 시대와 다른, 오늘의 삶의 조건에 짓눌려 있는 무리가 내뱉는 신음을 공감하도록 이끄는, '공수'로서 소설을 찾아보기 어려웠다는 말이다.

이인휘의 『폐허를 보다』를 읽으며 양가감정에 사로잡혔다. 이인휘가 잘 써주었으면 좋겠다, 이른바 미시적 세계에 사로잡힌 한국 소설에 돌팔매질이 되었으면 좋겠다, 그러니 소설 미학적으로도 완성도가 높았으면 좋겠다 하는 심정이었다는 말이다. 뜨겁게 읽었던 책에는 노동 문학도 있었다. 사회적 약자로서 노동자가 겪는 고통을 이해하는 데 큰 도움이 되었다. 그렇지만, 소설 문법적으로는 완성도가 떨어지는 작품도 여럿 있었다. 한국 사회나 문학의 보수화나 소비문화에 대한 투항과 별도로, 문학적 위의를 갖추지 못해 노동 문학 스스로 무너진 면도 있다. 그런데, 너무 이른 판단일 수는 있겠지만, 노동 문학의 폐허를 딛고 부활의 조짐을 알리는 신호탄으로 이인휘가 다시 나타났다. 그러다 보니, 굳이 그럴 필요가 없건마는, 기대 반 걱정 반으로 작품집을 읽었다.

짐작한 대로였다. 작품 수준이 고르지는 않았다. 아직 성글어 더 묵혀두었다 다시 썼으면 하는 작품도 있고, 차라리 장편으로 쓰는 게 나을 성싶은 작품도 있었다. 그러나 왜 여전히 노동 문학이 필요한지 일러주는 작품도 있었다. 지난날의 뜨거움은 내 삶에서 다시 경험하지 못할 터다. 그러나 이인휘의 작품을 읽으며 설렘을 느낀 것은 분명한 사실이다. 그의 회귀를 기뻐하고, 격려해야 할 이유는 충분했다. 〈공장의 불빛〉과 〈폐허를 보다〉가 그런 생각을 하도록 이끈 작품이다.

이인휘 개인의 삶과, 다시 문학판으로 돌아온 연유는 〈공장의 불빛〉에 소상하게 밝혀 놓았다. 아내의 투병 생활과 간병, 이에 따른 절필과 생활고를 보며 가슴이 아팠다. 사람마다 어느 순간 대의나 가치 따위는 내던지고 살아야 한다는 절심함을 느낄 때가 있다. 그래서 원주 근방의 공장에 들어가 일을 했다. 그냥 돈만 벌려고 했다. 그렇지만 오늘의 노동 현장은 과거와 달라진 바 없었다. 부당한 요구가 많았지만, 노인이거나 여성인 노동자는 저항하지 않았다. 강 집사의 자살 사건을 겪으며 이인휘는 굳게 마음먹었다.

> 암울한 현실이 삶을 돌아보게 합니다. 더이상 피하지 말고 오늘보다 내일이 낫다면 그 내일을 위해 애쓰며 살아야 할 것 같습니다. 인연인지 운명인지 모르겠지만 내 삶은 그곳에 있는 것 같습니다. 공장이 다시 글을 쓰라고 떠밉니다.

우리도 다시, 시작했으면 좋겠다. 정말 언제까지 이 '헬조선'을 두고 보기만 할 터인가. 폐허를 딛고 새롭게 세워야 할 공동체를 꿈꾸어 보자.

청년,
괴물이 되다

『우리는 차별에 찬성합니다』

청년세대여, 자신을 탓하지 말라. 기성세대가 만들어놓은 틀에 순응하지 말고 거부해라. 청년세대의 반역이 부재한 시대는 어둠의 시대에 지나지 않는다. 한국에 드리워진 어둠을 거두고 희망을 다시 세울 자는 젊은이들이다.

설핏 보면, 7, 80년대 대학가에 나돌았던 불온 문서의 한 구절인 듯하다. 이 글은 작금에, 그것도 경제학자인 장하성이 쓴 책에 나온 한 구절이다. 오늘의 청년 문제는 심각하기 이를 데 없다는 데 두루 동의한다. 치열한 입시경쟁을 거치고 대학에 들어가나, 그곳에서는 이른바 스펙 쌓기에 몰두한다. 그러나 취업의

문은 매우 좁은 데다 정규직으로 사회생활을 하기는 난망한 상황에 몰려 있다. 이러다 보니 최근 쏟아져 나오는 청년 담론은 암담한 현실을 그대로 담았다. 3포세대라는 말이 이미 철 지난 말이 될 정도다. 몇 개를 포기했는지는 중요하지 않다. 적어도 청년세대가 연애도, 결혼도, 출산도 포기했다면, 그 나라의 미래가 어떨지는 뻔하다. 그럼에도 좀처럼 상황이 개선될 기미가 보이지 않는다.

청년 담론의 공통점은 오늘의 문제가 구조적 모순에서 비롯한 것이라 분석한다는 점이다. 또 다른 공통점은, 청년세대가 이 구조적 모순을 개선하기보다는, 개인 능력의 극대화를 바탕으로 문제를 해소하려 한다는 데 있다. 이 현상은 청년세대가 현실을 지배하는 담론에 포획당했다는 뜻이다. 그런 측면에서 보자면, 오늘의 청년 문제가 심각하다는 점은, 최대 피해자인 청년세대가 스스로 이 문제를 정치적으로 제기하고, 여론의 힘을 빌어 사회적으로 해소할 능력이 없어 보인다는 점이다. 아마 우리 역사에서 청년이라는 낱말에 이토록 절망적인 기운이 깃든 적은 없어 보인다.

오찬호가 쓴 『우리는 차별에 찬성합니다』는 일그러진 청년세대의 초상화이다. 지은이는 말한다. "이십 대는 늘 시대의 열

외적 존재였고, 약간은 당돌했고, 정도의 차이는 있지만, 세상의 주류 이데올로기에 저항했기에 나름의 사회적 의미를 부여받을 수도 있었다." 당연하다. 한국 사회의 민주화는 바로 이런 청년 이미지가 일구어냈다. 그런데 지은이는 그 구절에 이어 바로 다음처럼 말한다. "하지만 오늘은 아니다." 이 한마디로 책이 무엇을 말하는지 짐작할 수 있을 터다. 지은이는 먼저 오늘의 청년세대의 특징은 무엇인지 소상히 밝힌다. 그것을 한마디로 하면 "자기통제적 자기계발"에 매달려 있다는 것이다.

지은이는 "경영학은 조직 적응의 차원에서, 심리학은 개인의 자아 치료라는 측면에서, 그리고 교육학은 평생학습"이라는 의미에서 자기계발이라는 개념을 풀이한다며, 이들의 공통점은 성과에 주목한다는 점을 힘주어 말한다. 하지만 현실의 청년은 자기계발의 목표가 오로지 취업 준비에 맞추어져 있다. 그러다 보니 계발은 "당연히 외국어 공부, 학점 관리, 자격증 취득, 인턴, 봉사활동, 공모전 참가, 체력 관리, 외모 가꾸기(심하면 성형도 불사), 자기소개서 작성 연습, 프리젠테이션 및 스피치 훈련"을 가리킬 뿐이다.

청년세대의 자기계발이 드러낸 문제점은 "그 결과가 무엇도 보장되지 않는 데도 다른 대안이 없어 그저 '계속'해나가고만 있다는 데 있다." 이 점이 바로 사회구조적인 면을 문제 삼아 해결하지 않는다는 비판과 맞닿아 있다. 객관적 조건을 근본적으로 바꾸려 하지 않고 주체의 성실성을 문제로 삼고 있다는 말이다. 지은이는 이런 특징이 종국에는 '상대적 비교에서 오는 자기만족'에 이른다고 분석한다. '괴물이 된 이십 대의 자화상'이라는 충격적인 책의 부제를 이해할 수 있는 실마리이다. "자기계발을 열심히 하면 할수록, '타인'을 평가하는 기준이 엄격해지는 아이러니한 상황 속으로 빠져"드는 현상이 빈번하게 나타나기 때문이다.

지은이는 청년세대와 심층 면접을 통해 사회적 약자나 소수자 문제를 어떻게 보는지 분석한다. 다양한 사회문제에 청년들은 충격적인 답변을 한다. 만연된 불평등 현상을 대체로 긍정한다.

즉, 남들보다 시간 관리를 더 잘해온 사람이 사회적 우대를 받아야 한다는 입장이다. 결국 동일하게 주어진 시간을 더 가치 있게 효율적으로 잘 사용한 능력이 검증되었기 때문에, 이에 대한 직급의 차별은 정당하다는 것이다. 그리고 이렇게 차별의 근거가 정당하므로, 해고당하거나 비정규직이 될 위험을 감수해야 하는 차별도 정당한 것이다. 이걸 뛰어넘는 요구가 나오면 이십 대들은 의아해한다. 게다가 자기들 생각에는 당연히 정규직이 되어야 할 사람들도 비정규직으로 살아가고 있는 판인데, 어떻게 '감히 부족한 사람'이 이런 요구를 할 수 있는지 개탄하는 것이다.

지은이는 자기계발의 논리로 무장한 청년세대의 고유한 특징으로 세 가지를 꼽는다. 그 첫째는 타인의 고통에 무감각해지기이다. 두 번째는 특정 대상에 대한 기존의 편견이 더 강화된다는 점이다. 마지막은 패자에 대한 편견의 이면에 실패를 두려워하는 무의식이 자리 잡은지라 비교적 안전한 '기존의 길'을 선호한다는 사실이다. 이런 분석은 책에서 많은 지면을 할애한, 청년세대의 대학 서열주의 실태에서 확인할 수 있다.

현상에 대한 치밀한 분석이 이루어졌다면, 당연히 그 원인에 대한 해명도 뒤따르게 마련이다. 지은이는 누구나 예상하듯이 다른 무엇보다 IMF의 추억을 가장 비중 있게 다루었다. 이 충격은 청년세대에게 "살아남기 위해서는 '좋은 직장을 얻는 것' 이외의 꿈들을 당연히 거세"하게 했다. 다음으로는 대학의 기업화이다. 마지막으로는 before/after의 덫이다. 지은이가 보기에 자기계발에 몰두하는 것은 "불안한 현대사회를 사는 '같은 이십대'가 성공하는 '다른 사례'를 분명히 확인하기 때문이다. 그래서 자신은 아직 변신 프로그램의 'Before' 상태일 뿐이기에, 열심히 하다 보면 분명 'After' 상태가 될 것이라 믿는다."

지은이가 '괴물'이라 명명한 청년세대의 의식 세계를 엿보는 일은 참으로 고통스럽다. 한국 사회가 오랫동안 지켜온 청년의 이미지와 달라도 너무 다른 모습을 보이고 있기 때문이다. 당연히 지은이가 말하듯, 이 책에 소개된 청년의 이야기가 전체 청년의 모습이라 단정할 수는 없다. 그럼에도, 역시 지은이가 말했듯 청년세대를 사로잡은 압도적인 시대정신이라는 점은 부정할 수 없다. 그러나 사회학 박사논문을 다시 쓴 책이라는 한계는 드러난다. 오늘 청년이 놓여있는 삶의 맥락이 가능한 경제적 요인은 언급하지 않았기 때문이다. 그것은 최소한, 한 칼럼에서 장하성의 『한국자본주의II』를 인용해 청년 문제를 쓴, 다음과 같은 김병익 정도의 문제의식은 필요하다는 뜻이다.

이렇게 소득 불평등을 촉진한 계기가 외환위기였고 이때부터 가계 저축이 줄어들고 기업 저축이 크게 늘어난다. 기업은 소득을 노동비용으로 공정분배하기보다 기업유보금으로 축적했고, 대기업과 중소기업, 원청기업과 하청, 재하청기업 간의 불공정한 거래 구조는 임금 격차를 심화시켰다. 노동자는 소속 기업의 대, 중, 소규모에 따라 심하게 불평등한 대우를 받아야 했고 그나마 정규직과 비정규직의 차별로 잘못된 임금구조는 더욱 왜곡되었다. "한국 자본주의 형성 경로와 자본축적 과정이 남다를 뿐 아니라" 단기간의 급성장을 이룬 압축성장의 성급한 발전이 재벌 중심의 경제적 모순을 더욱 심화시켰다. 그것은 "한국의 자본들이 아직 자본 외적 권력이나 질서에 기생하고 있다는 것"을 시사하는 것이기도 하다. 장하성은 따진다: "경제가 성장할수록 불평등이 더 커진다면 성장은 무엇을 위한 것이고 불평등은 정의로운가라는 질문은 추상적인 철학 논쟁이 아니라 지금 한국의 현실에서 절실하게 제기되어야 할 질문들이다."

이른바 신자유주의가 오늘의 청년 문제를 낳은 주범이고, 이를 개선하려는 권력구조의 개편을 꾀하지 않고서는 절대 이 문제가 해결되지 않을 터다. 답답한 일은, 지은이의 분석에 따르면, 자기계발의 이데올로기에 사로잡힌 청년세대는 객관적 현실을 교정하려 하지 않는다는 점이다. 오늘 우리 사회는 청년세대가 빠진 깊은 늪을 확인하는 셈이다.

지은이는 책의 말미에 청년세대가 우리 사회에 세 가지 질문을 던져 보길 권한다. 기회는 균등한가? 과정은 공정한가? 결과는 정의로운가? 이 질문만큼 불온한 것이 무에 있으랴! 그럼에도 청년세대 스스로 이 질문을 던지지 않는다면, 희망은 없다. 그런 측면에서 답만 찾으라 강요한 기성세대의 탓이 크다. 오늘의 청년 문제는, 그러므로 우리 사회 전반을 혁신하려는 전세대의 노력 없이는 해결 불가능한 일이 되어버리고 말았다. 세대 착취나 세대 논쟁을 넘어 더불어 살아가는 새로운 공동체를 이루기 위한 '장정'을 다시 시작해야 할 이유다.

문학은
없어도 된다

『시의 힘』

글은 왜 쓸까? 서경식의 『시의 힘』은 이 질문에 흥미로운 답변을 해준다. 아무리 어려도 가난하면 영악하거나 되바라지게 마련이다. 더욱이 차별받는 상황에서 앞날에 대한 믿음이 없다면 일탈하기 일쑤다. 어린 시절, 서경식과 함께 학교 다녔던 아이들이 그랬다. 재일조선인이 살아가려면 공부, 운동, 주먹밖에 없었다. 예상하듯 주먹으로 상징되는 비행이 넘쳐났다. 서경식은 악동 축에 끼지 못했다. 공부를 잘한 데다 악행에 참여할 용기가 없어서였다.

어느 날, 친구의 책상 밑에 알전구가 있는 것을 보았다. 다음날 전해 주려고 챙겨 두었는데, 이 장면을 K가 보았다. 다짜

고짜 훔친 거 아니냐며 과자 사 먹자고 했다. 당당히 훔친 게 아니라고 했으면 됐거늘, 거짓 고자질을 할지도 모른다 싶어 함께 나쁜 짓을 저지르고 말았다. 약점을 잡은 K는 서경식을 줄곧 괴롭혔다. 서경식은 주로 일본 아이들이 다니는 중학교로 진학하면서 이 늪에서 빠져나왔다. 서경식은 중2 때 이 이야기를 단편소설로 써 교지에 실었다. "죄책감과 굴욕감을 끌어안고 있던 나는 그 죄를 누군가에게 어떤 식으로든 고백함으로써 어두운 과거에서 벗어나고 싶"어서였다. 고백과 속죄야말로 글쓰기의 원동력이다.

1966년 여름. 고등학교 1학년이던 서경식은 형 서승과 함께 한국을 방문했다. 서경식에게 조국은 "가난하고 소란스럽고 비위생적이며 게다가 군사독재의 공포에 짓눌린 곳"이었다. 이때 받은 충격과 경험을 바탕으로 고3 때 박일호라는 필명으로 시집 『8월』을 자비출판 했다. 그때 시집 서문에 "자, 나는 증언했다. 내일이면 이미 나는 목격자에 머물러 있진 않으리라"라고 썼다. 혈기 넘치는 나이에 실천하는 사람이 되겠다고 선언한 바이지만, '목격'과 '증언'이 글쓰기의 바탕 힘임을 잘 드러냈다.

이번 책에는 시의 힘이 무엇인지도 잘 말해 주고 있다. 루쉰의 글에 대한 나카노 시게하루의 평을 소개한 다음, 서경식은

"승산 유무를 넘어선 곳에서 사람이 사람에게 무언가를 전하고, 사람을 움직이는 힘"이라 말했다. 이를 서경식이 인용한 에드워드 사이드의 말로 바꾸면, 승리할 수 있어서 싸우는 것이 아니라 부정의가 이기고 있기에 질 줄 알면서도 싸우는 정신으로 무장한 시야말로 힘이 있다는 뜻이다.

이즈음 한국문학에 대한 추문으로 심사가 복잡했다. 잘 팔리는 작품은 면죄부를 받아도 되는 양 떠벌리는 사람을 보면서 참담하기까지 했다. 이런저런 이론을 끌어들여 객관적 사실을 호도하는 글도 읽어 보았다. 그러다 이런 생각이 들었다. 문학은 본디 특별한가? 우리 사회에는 이런 의식이 퍼져 있는 듯하다. 문학을 무조건 떠받들어야 한다는 분위기가 있다는 말이다.

이 자체를 무조건 나쁘게 볼 필요야 없지만, 도대체 무슨 근거로 다른 갈래의 글보다 문학이 특별한지 설명할 수 있어야 한다. 내가 보기에 서경식이 말한 시의 힘이 내장된 문학일 때 비로소 특별할 수 있다. 오늘의 세상을 지배하는 힘은 막강하다. 교묘하고 음험하기까지 하다. 싸워봤자 이기기 어렵다는 사실을 누가 모르겠는가. 그럼에도 그것이 정의롭지 못하니, 언어로 빚은 돌팔매를 던질 때, 서경식의 표현에 기대면, 승산 유무와 관계없이 읽는 이의 영혼을 뒤흔드는 법이다. 이런 힘을 발휘할 적에 비로소 문학은 위대할 수 있는 법이다. 이 말을 뒤집으면, 그런 정신이 없는 문학은 한낱 잠음 덩어리에 불과하다.

나만 이런 생각을 한 게 아닌 모양이다. 오길영 교수도 페이스북에 문학의 가치에 대한 소감을 기록하고 다음과 같은 사르트르의 글을 인용했다.

아무것도 문학의 불멸이라는 것을 보장해 주지는 못한다. (중략) 내가 지적한 것처럼 한 집단은 문학을 통해서 반성과 사유의 길로 들어서며, 불행 의식을 갖추고 자신의 불안정한 모습을 알게 되어, 부단히 그것을 바꾸고 개선해 나가려고 하는 것이다. 요컨대 글쓰기의 예술은 어떤 변함없는 신의의 보호를 받고 있는 것이 아니다. 그것은 인간이 만들어 나가는 것이며, 인간은 자신을 선택하면서 그것을 선택하는 것이다. 만일 글쓰기가 단순히 선전이나 오락으로 전락하게 된다면, 사회는 무매개적인 것의 소굴 속으로, 다시 말해서 날파리나 연체동물과 같은 기억 없는 삶 속으로 빠져들 것이다. 하기야 이런 것은 별로 중요한 이야기가 아닐지도 모른다. 세계는 문학이 없어도 넉넉히 존속할 테니 말이다. 아니, 인간이 없으면 더욱

더 잘 존속할 테니 말이다.

추문에 빠진 문학은 특별할 자격이 없다. 가난하고 소외당
하고 억울한 이들의 마음을 보듬고, 더 나은 세계를 꿈꾸는 문
학일 때 비로소 특별할 수 있다. 아니라면, 문학은 없어도 된다.

더불어
행복해지는 법

『또리네집』

     어느 날 우연히 지적 장애아를 아들로 둔 벗의 집에 간 적이 있다. 기실, 놀랬다. 불편하면 밖에서 보거나 다른 날 만나도 된다고 했는데, 집으로 오라고 해서다. 숨기고 싶을 줄 알았는데, 당당한 모습에 감동했다. 아이와 함께 있으면서 장애아를 키우는 부모 마음의 한편을 엿볼 수 있었다. 절대 포기하지 않는 이유를 짐작했던 바다. 그 깊은 마음에, 그리고 아이를 키우면서 바쳤을 노고와 사랑에 저절로 감동했더랬다. 장차현실의 『또리네집』을 보면서 다시 한번 가슴이 벅차올랐다.

     『또리네집』은 연재만화를 한 권에 모았다. 다운증후군을 앓는 은혜가 열여섯 살일 적부터 내용이 펼쳐지는데, 만화 끝에 보니 스물세 살이 되어 있었다. 은혜를 키우면서 겪었을 마음고생을 잘 표현한 작품은 〈날 찢어라〉다. "이구, 네가 자라서 제구실하면서 살 수 있겠니?"라는 심정으로 아이를 키웠는데 어느새 "더 이상 작은 껍질에 갇혀 있을 수 없을 만큼 자랐다." 이 작품을 보면 알 수 있는데, 은혜가 열여섯 살 되었을 때 둘째를 낳는다. 이혼하여 홀로 은혜를 키우다 여덟 살 연하의 후배와 결혼했고, 둘 사이에 나은 아들이 또리다. 아무래도 엄마가 또리 키우는 데 정신 없자 은혜가 마음 문을 닫는 일이 왕왕 일어났다. 또리는 또리대로, 은혜는 은혜대로 엄마의 사랑을 갈구하던 힘든 시기를 회상하며 "이것들아 날 찢어라!" 소리치고 만다.

『또리네집』의 가장 큰 미덕은 솔직함에 있다. 은혜의 성장기에 얽힌 일화, 또리가 집안의 재간둥이가 되는 과정, 남편과 벌이는 갈등과 해소 과정, 여성성을 지키려는 노력 등을 과장 없이 진솔하게 드러낸다. 일례를 들면 이렇다. 은혜가 자라면서 성에 관심을 보이자 아빠가 나름대로 성실하게 성교육이랍시고 했다. 그러고 나서 며칠 뒤 은혜가 잠을 제대로 못 잤다고 투덜댔다. 이유를 물었더니, "사랑하면 하는 거 나도 알아요. 사랑하면 하세요. 근데…… 문 닫고 하세요"라고 한다. 만화를 보다 박장대소하는 대목이다. 폭력적인 아버지와 함께 살다 보니 어머니는 자식들을 무조건 자기편이 되게 했다. 그 와중에 아버지에 대한 증오가 커지고 결국에는 아버지를 대신할 완전한 사랑을 강렬하게 요구하게 됐다는 가족사를 담담하게 풀어내기도 한다. 고백하기 쉽지 않은 일인데, 대단하다 싶었다.

남편과 벌이는 사랑싸움도 볼 만하다. 정기적인 일거리가 없다 보니 집에 있을 적이 많았는데, 가사를 분담했으면 했다. 하지만, 그게 어디 쉽게 되던가. 숱한 싸움 끝에 당연히 할 일이 되도록 했다. 그 과정에서 치고받는 이야기가 재미있다. 아마 식을 올리지 않고 살았던 모양이다. 이런저런 일로 마음이 크게 상해서 머리를 밀었다. 그랬더니 남편이 결혼식을 올리자고 했다. 주례 없이 네 식구가 등장하는 유별난 결혼식을 올렸다. 이 과정에서 작가가 얻은 결론은, 예상한 대로다. "역시 결혼은 미친 짓이야!"

작품에서 차지하는 또리의 비중이 상당히 높다. 두 부부가 정성 들여 또리를 키우고, 그 성장 과정에서 보이는 흥미로운 이야깃거리가 잘 나왔다. 아이가 자라 어린이집을 가면서는 상황이 달라진다. 부모 그늘 밑에 있기보다는 친구와 어울리며 자기만의 세상을 열어가니까 말이다. 지금은 1권만 나왔는데, 앞으로 나올 책에 또리는 어떻게 그려질지 자못 궁금하다.

　얼마 전 한 중학교에 발달장애 청소년을 위한 직업능력개발센터를 지으려 하자, 그 학교의 학부모가 격렬하게 반대한다는 기사를 보았다. 특히 건립을 반대하는 학부모 앞에 장애인 부모가 무릎을 꿇으며 하소연했다는 기사를 가슴 아프게 읽었다. 우리 사회가 사회적 약자나 소수자에게 얼마나 잔인한지를 보여주는 대표적인 사건으로 기록될 일이다. 장차현실을 비롯한 장애인의 부모가 바라는 바는 거창하지 않다. 내 아이도 한 사회의 구성원으로 당당히 살아갈 수 있는 조건을 마련하는 것. 이 작은 소망을 들어주지 못하고 눈물을 흘리게 해서야 되겠는가.

새 시대는
새 세대에게

『네가 나라다』

우리 역사의 지평에 희망이라는 해가 떠올랐다. 긴 터널을 지나 더 많은 민주주의를 실현할 절호의 기회를 얻은 셈이다. 더욱이 이 놀라운 순간이 어느 특정 세대의 공으로 이뤄진 것이 아니라는 사실을 특기해야 한다. 기성세대라 해서 다음 세대에게 특별히 내세울 만한 일이 없다는 뜻이다. 오늘의 민주주의는 이른바 419세대니, 386세대니 하는 말이 필요 없으리라는 뜻이기도 하다. 그런 점에서 김상봉의 『네가 나라다』에서 기성세대가 해야 할 일이 무엇인지 말하는 대목이 눈길을 끌었다.

김상봉은 기성세대가 청산 대상이라고 말했다. 그 이유를 구약성경에 기록된 탈이집트기에서 찾았다. 이집트에서 학대받던 이스라엘 민족이 가나안으로 들어간 데에는 40년이 걸렸다. 그런데 직선거리로 따지면 보름이면 갈 수 있었다. 넉넉히 잡아 1년이면 도착할 수 있다. 왜 이리 오래 걸렸을까. 이스라엘 민족이 광야에서 헤매는 동안 이집트에서 태어나 자라난 세대는 다 죽었다. 심지어 그들의 지도자였던 모세도 요단강을 건너지 못하고 죽었다. 야훼는 약속의 땅에 들어갈 자격이 있는 사람을 정해놓았던 셈이다. "오직 광야에서 자유롭게 태어난 새로운 세대들만이 자유로운 나라에 참여할 수 있었던 것"이다.

우리 역사의 굽이마다 각 세대는 혁명적인 참여를 통해 놀라운 성과를 보였다. 그 덕에 권력을 장악했고, 역사의 수레바퀴를 굴렸다. 하지만 이제는 아니다. 기성세대는 파괴하는 무리였다. 하나, 지금은 "새로운 의제를 제시"해야 한다. 창조와 건설의 시대인데, "국가와 자본과 언론의 지배 카르텔이 만들어낸 어떤 말기적 증상"을 해결할 지혜를 제시하지 못하고 있다. 어느덧 기득권자가 되어 있을 뿐이다. 새로운 시대는 새로운 세대가 열어젖히게 해야 한다. 더욱이 오늘의 성과는 청년세대의 참여에도 크게 빚지고 있다. 내 무덤에 침을 뱉으라, 라고 하지 말고, 내 무덤이 어디에 있는지 모르게 하라, 라고 해야 한다. 그때 나라와 민족이 나아갈 새 길이 열릴 테다. 나는 김상봉의 제안을 이렇게 해석했다.

김상봉은 이번 책에서도 특유의 '서로주체성'을 설파했다. 김상봉은 고통의 공유를 힘주어 말했다. "나의 슬픔이 너의 슬픔과 만나 끊임없이 보다 넓은 강물로 흘러 끝내 그 보편적 슬픔의 바다에 이르게 되면, 나의 고통이 세계의 고통이 되고 세계의 고통이 나의 고통이 될 터"다. 여기서 말한 만남이 일어나는 것은 상대의 고통에 응답할 때이다. 누구도 타인의 고통을 이해할 수는 없다. 그러나 그 고통에 응답할 적에 "나에게서 너에게로 건너"가게 된다. 이 만남이 중요한 것은 사회적 사랑으로 확장되기 때문이다. 누군가 부당한 상황에 놓여 고통받을 때, 이를 못 본 척하지 않고 응답하여, 그 부당한 상황을 시정하고 고통을 줄여나간다. 김상봉은 말한다.

서로를 위해 손해를 보면서 상대방으로부터 이익을 얻고 더불어 새로운 것을 창조하는 것이야말로 만남의 신비예요. 우리의 과제는 우리의 사회적 삶 속에서 이 만남의 원리를 구체적으로 실현할 수 있는 다양한 길을 열어나가는 거지요. 그냥 내버려두면 적대적으로 충돌할 수 있는 차이를 만남과 창조의 조건으로 전환시키는 것이야말로 우리에게 필요한 실천적 지혜라고 말할 수 있겠군요.

　책을 덮으며 곰곰이 생각해 보았다. 이제 우리 공동체가 나아가야 할 방향에 대한 심도 있는 논의를 다음 세대에게 넘겨야 할 터다. 발랄하면서도 발칙한 정치적 상상력으로 기성세대가 쳐놓은 금기의 벽을 넘어 더 많은 것을 꿈꿀 터이다. 기성세대는 그들을 지원하고 응원하면 된다. 물론, 다음 세대와 공유할 가치는 있다. 그것은 불행한 우리 역사에서 얻은 교훈이기도 하다. 어떤 체제라도 고통에 눈 감으면 정의롭다고 할 수 없다. '나'라는 주체로 선다 해도 다른 주체와 어떻게 만나야 하는지 고민해야 하며, 남의 고통에 서로 응답할 적에 더 나은 세상을 세워나갈 수 있는 법이다. 이 둘을 동시에 해나갈 다음 세대를 격려하기 위해 김상봉은 아마도 "네가 나라다!"라 한 모양이다.

표현의 자유와
혐오의 규제

『말이 칼이 될 때』

    나이 들어 벗들과 대화를 나누다 보면 대체로 자녀 문제로 초점이 맞춰지게 된다. 어느 대학을 들어갔는지, 어디에 입사했는지 물어보기 바쁘다. 지난번에도 그랬다. 자녀가 무엇 하는지, 앞으로 어떤 계획을 짜고 있는지 서로 묻다가 흥미로운 말을 들었다. 딸내미에게 아무개는 남자친구 있느냐고 물었다가 한마디 들었단다. 그냥 친구 있느냐고 물어야지 꼭 짚어 남자친구 있느냐고 물어서는 안 된다는 말이었다. 처음에는 무슨 말인지 못 알아들었다. 동성을 사랑할 수도 있는데 오로지 이성을 전제한 말은 옳지 않다는 뜻이었다.

    불편했다. 부모와 자식 사이에 주고받는 일상대화에 그 정도까지 여러 상황을 감안해야 하는가 하고 말이다. 더욱이 자식들이 평소 부모에게 말할 적에 그 정도로 예민한 판단을 하고 말해왔는가, 하는 마음도 들었다. 자기들은 함부로 말하면서 어른에게 너무 많은 것을 요구한다 싶었다. 그러다 곰곰이 생각해보니, 불편한 거 자체가 올바른 태도가 아니겠구나 싶었다. 아무리 동성애에 대해 개방적인 태도를 보이고 있으면 무엇 하겠는가. 일상에서 나누는 대화에 상대방의 성 정체성을 존중하는 마음이 없다면, 그 자체가 문제구나 싶었다. 나이 들어서일까, 이제는 자식들이 더 낫다는 생각을 자주 하게 된다.

홍성수의 『말이 칼이 될 때』를 읽으면서도 안이한 태도에 대해 깊이 반성했다. 제목에서 짐작하듯 이른바 혐오 표현을 주제로 다양한 논의를 펼쳤다. 지은이는 혐오를 "그냥 감정적으로 싫은 것을 넘어서 어떤 집단에 속하는 사람들의 고유한 정체성을 부정하거나 차별하고 배제하려는 태도"라고 정의한다. 혐오 표현은 당연히 옳지 못하다, 라고 하면 될 문제인 듯하지만 의외로 복잡하다. 혐오 표현을 규제하려고 하면 표현의 자유가 제한될 수밖에 없기 때문이다. 특히나 구체적인 범죄행위가 아니라 표현을 문제 삼다 보니 쉬운 문제가 아니다. "표현의 자유는 인간의 보편적인 권리이자 우리 헌법이 보장하는 중요한 기본권"

인데, 설혹 "일베나 여성혐오가 문제라는 점에 동의하더라도 그것이 표현에 머물러 있는 한 쉽게 규제 카드를 꺼내들 수 없다"라는 말이다.

지은이는 도덕적 또는 철학적 딜레마를 어떻게 빠져나갈까? 사실 이 책을 읽는 중요한 관전 포인트다. 혐오 표현이 몰고 오는 해악은 크게 세 가지다. 혐오 표현에 노출된 소수자 개인이나 집단이 정신적 고통을 당한다는 점, 누구나 평등한 사회구성원으로 살아가야 한다는 '공존의 조건'의 파괴, 혐오 표현이 실제 차별과 폭력으로 이어질 수 있다는 점이다. 다 눈여겨볼 점이지만 특히 세 번째 해악을 주목해야 한다. 지은이는 이를 혐오의 피라미드라 했는데, 그 부정적인 확산 과정은 다음과 같다.

편견을 밖으로 드러내면 그것이 바로 혐오 표현이다. 편견은 고용, 서비스, 교육 등의 영역에서 실제 차별로 이어지기도 하고, 편견에 기초한 폭력으로 이어지기도 한다. 전자는 '차별행위'이고 후자는 '증오범죄'라고 불린다. 어떤 소수자 집단에 대해 차별을 말할 수 있고 이를 실행에 옮길 수 있는 사회에서는 그들에게 집단적인 린치를 가할 가능성도 생긴다. 이는 제노

사이드와 같은 대규모 인권침해로 이어지기도 한다.

혐오 표현 단계에서 제재해야 하는 이유를 충분히 이해할 수 있는 설명이다.

지은이는 남혐이나 개독과 같은 표현은 혐오 표현이 아니라고 명토 박는다. 혐오 표현은 차별을 재생산할 적에 성립하는데 남성이나 기독교 같은 다수자에게는 그런 일이 발생하지 않기 때문이다. 결국 혐오 표현은 "어떤 개인, 집단에 대하여 그들이 사회적 소수자로서의 속성을 가졌다는 이유로 그들을 차별, 혐오하거나 차별, 적의, 폭력을 선동하는" 것을 이른다. 표현의 자유가 소수자의 영혼을 죽이는 칼이 된다면, 혐오 표현은 제한되어야 마땅할 터다.

되돌아보면, 우리 사회에 혐오 발언이 가득하다는 사실을 눈치챌 수 있다. 특히 인터넷에서 벌어지는 행태를 보면 도를 한참 넘어섰다. 각별히 여성 혐오나 동성애 혐오는 심각한 상황이다. 아름다운 말로 서로 격려하고 사랑을 나누기도 시간이 부족하다. 세 치 혀로 누군가의 영혼에 깊은 상처를 내서야 되겠는가. 『말이 칼이 될 때』를 함께 읽고 반성하고 변화하자.

욕망의 시대에서
살아남는 법

『눈먼 자들의 도시』

최근에는 신작보다 고전이나 명작에 자꾸 손이 간다. 그럴 때가 있다. 한동안은 오늘의 문제를 다룬 책을 읽으며 이런 저런 것을 고민하고 깨우친다. 그러다 갑자기 신물이 날 적이 있다. 무언가 가볍고 부족해 보이고 성에 차지 않는다. 그러면 고전이나 명작을 읽는다. 묵직하고 깊고 넓고 울림이 크다. 세계와 자신을 돌아보는 시선의 깊이가 남다르다. 서가에서 이것 저것 고르다 집어든 책이 주제 사마라구의 『눈먼 자들의 도시』 였다.

제목이 오늘의 우리 상황과 아주 유사하다는 점에서 일단 골랐다. 노벨상 수상작가의 작품을 아직 읽지 않았구나 하는 생각도 들었지만. 작품을 읽으며 든 생각은 역시 훌륭한 작품은 다르구나 하는 점이었다. 이 소설은 작가가 스스로 질문을 던지고 이를 바탕으로 상상력을 펼친다. 작가의 질문은 하나다. 만약 갑자기 사람들의 눈이 먼다면? 그리고 이 큰 질문 아래에 두 개의 작은 질문을 던진다. 눈머는 것이 전염병이라면? 다 눈머는 데 딱 한 사람만 멀지 않는다면. 질문이 기발하고 섬뜩하다 보니, 소설이 어떻게 전개될는지 궁금하지 않을 수 없다.

첫 장면부터 인상 깊다. 신호만 바뀌면 곧바로 먹이를 잡으려는 맹수처럼 튀어나갈 태세로 차들이 으르렁거린다. 그런데 신호가 바뀌었지만 한 차선에 늘어선 차들은 도통 움직이질 못한다. 차 한 대가 출발하지 않아서 생긴 일이다. 사람들이 문제의 차로 몰려들었다. 갑자기 차가 고장 났나 싶었다. 그럴 수 있으니까. 성난 사람들이 차의 창문을 두드리며 항의하는데, 운전자는 뭐라고 외친다. 눈이 안 보여 라고,

이제 눈 머는 증상은 전염되고, 이를 해결하려고 당국은 눈이 멀었거나 이들과 접촉한 사람을 한 데 모아놓는다. 짐작하듯, 폐쇄된 곳에 모여든 인간 군상이라는 설정은 곧바로 인간 본성에 대한 실험이 된다. 워낙 판타지가 남발하는 영화나 드라마가 많아 이 정도는 흔한 설정이라 여기겠지만, 그 안에서

벌어지는 천태만상은 작가적 상상력과 사유의 힘에 따라 달라질 테다. 그러니 기대하고 읽을 수밖에.

가장 끔찍한 대목은 총이 상징하는 권력을 장악한 집단과 본디 눈이 먼지라 이 상황에 익숙한 테크노크라시의 결합에서 비롯한다. 경제권을 장악하고, 여성을 유린한다. 문제는 이런 상황에 대한 대응이다. 처음에는 순응이나 희생의 당위성을 주장하는 목소리가 높다. 작가가 끔찍한 상황을 포기하지 않고 묘사하는지라 상당히 불편한 마음으로 읽어야 하지만, 정말 인간에 대한 일그러진 초상이라는 점을 인정하지 않을 수 없다. 결국에는 저항하게 되는데, 유일하게 눈이 멀지 않은 여성이 그 저항을 주도한다는 점은 상징하는 바가 크다.

제목이 이끌 듯 처음에는 눈먼 자에 읽기의 무게중심이 놓이지만, 시간이 지날수록 눈 뜬 자의 활약에 관심을 기울이게 된다. 여기쯤 읽자 모티브 두 가지가 떠올랐다. 하나는 지나는 사람에게 수수께끼를 던지고 이를 풀지 못하면 죽여 버렸다는 스핑크스 이야기이고, 다른 하나는 플라톤이 『국가』에서 말한 동굴의 우화였다. 작가 스스로 질문을 던져놓았으나, 이를 풀지 못한다면 결국 작품은 죽고 말 것. 그리고 진리를 아는 사람이 어떻게 살아야 하는가에 대한 또 다른 응답으로 이 작품을 읽게 되었다는 말이다.

숱한 역경과 난관을 겪으면서도 결국은 눈 뜬 이와 함께한 무리는 살아남는다. 그리고 문득 전염병이 그치고 눈이 뜨이는 현상이 역시 전염되듯 벌어진다. 이들이 살아남을 수 있었던 비결은 뚜렷하다. 형제애와 연대. 어쩌면 작가는 돈과 권력에 눈먼 현대인에게 이 점을 상기해 주고 싶어 이런 엄청난 문학적 실험을 한 것인지도 모르겠다. 눈이 멀어 보면 안다. 살아남으려면 당장 무엇이 쓸모없고 무엇이 절실한지. 그러나 그게 중요한 게 아니다. 각자도생하려면 더 빨리 죽는다. 나만 살아남으려는 유혹을 이겨내고 함께할 때 비로소 다 살아남을 수 있다. 눈 뜬 우리는 지금 어떻게 살고 있는가? 주제 사라마구가 본다면, 여전히 우리는 눈먼 자들일 뿐이리라.

부활의 길을
여는 법

『부활』

　　뜬금없이 톨스토이의 『부활』을 읽고 싶었다. 잘 알려진 내용이라 긴장하지 않을 줄 알았는데, 대작답게 금세 몰입해 읽었다, 만년의 톨스토이답게 설교조의 장광설이 많아 약간 신파 느낌도 들었지만, 여러모로 깊이 생각하며 읽어볼 만했다. 그러다 문득, 내가 왜 『부활』을 읽고 싶어 했는지 깨달았다. 널리 알려졌다시피 『부활』은 네홀류도프가 카츄사를 욕망의 대상으로 삼은 다음 버리고, 그 충격으로 카츄사가 윤락녀의 길을 걸었다는 내용을 바탕으로 한다. 네홀류도프가 카츄사를 다시 만난 것은 법정이었다. 카츄사가 호텔 직원과 모의해 상인을 살해하고 거금을 훔친 죄로 기소되었다. 배심원단의 실수와 판사의 무책임으로 카츄사가 실형을 받자 네흘류도프는 구제에 나선다. 바로 이 얼개가 어떤 깨달음을 주었다는 말이다.

나는 최근 우리 사회가 맞닥뜨린 분노와 절망이 『부활』의 상황과 상당히 유사하다고 느꼈다. 우리 정치공동체는 안타깝게도 오염되고 훼손되었다. 그 사실에 대한 저항은 옳다. 하지만 한 번 더 생각해 보자, 무엇이 이 타락의 원인遠因이었을까를. 네흘류도프는 카츄사를 처음 보았을 때 시적인 매혹을 느꼈다고 했다. 민중의 힘으로 군사독재정권을 끝장내고 새로운 시대를 열었을 때 우리 정치공동체는 시적 열광에 빠졌다. 미래를 낙관하고 더 많은 민주주의가 실현되리라 믿었다. 그러나 그 낭만성은 오래가지 못했다. 시대착오적인 이념주의자들이 권력을 장악하고야 말았다. 네흘류도프는 카츄사를 육체적 탐닉의 대상으로 여긴 때가 있다고 회고했다. 집값 오르기를 바라고 내자식 좋은 대학 가면 된다는, 안이한 중산층적 욕망이 보수정권을 탄생하게 했다. 네흘류도프에게 버림받은 카츄사는 세상에 복수하려고 윤락의 길을 걸었다고 했다. 우리 정치공동체가 추구해야 할 진정한 가치를 포기했을 때 권력은 사익을 추구하는 집단으로 전락하고 말았다.

이제 『부활』을 읽는 내 관심은 오로지 네흘류도프가 어떻게 참회하고 속죄하는지에 바쳐졌다. 사실 『부활』을 읽는 재미는 여기에만 있지 않다. 예수의 말씀을 인정하나 현실교회는 부정하는 대목, 자신의 기득권을 포기하고 토지를 분배하는 장면, 형벌과 범죄에 대한 사회학적 고찰, 당대 러시아 혁명가에 대한 인물평 등도 흥미롭다. 그럼에도 자신의 욕망 때문에 인생의 행로가 뒤틀린 여성의 삶을 바로잡아 주고, 자기 자신도 정화하길 바라는 한 청년의 지난한 노력만이 눈에 들어왔다. 어떻게 하면 한때 눈먼 자들의 무의식적 욕망 탓에 더럽혀진 우리 정치 공동체의 순수성을 되찾을 수 있을까 싶어서였다.

답은 금세 찾았다. "자신이 저지른 죄가 얼마나 잔인하고 파렴치하며 추악한지, 또한 자기가 얼마나 나태하고 방탕하고 무자비하고 이기적으로 살아왔는지 깨닫고 있었다"라는 구절에 실마리가 있었다. 남을 탓하지 않고 나한테서 이유를 찾고, 이를 부끄러워하는 마음이 출발점이었다. 네흘류도프는 카츄사와 결혼하겠다고 선언했고, 시베리아까지 같이 간다. 훼손되어 버린, 그리고 분열된 우리 정치공동체를 어떻게 해야 본디 자리로 되돌아가게 할 수 있을까? 이 모든 것이 아파하고 억울해 하고 힘들어하며 쓰러져 가는 이들을 보살피지 않고, 오로지 나만 안온하면 된다는 이기적 욕망이 빚어냈다고 인정하는 데서

첫걸음을 떼야 할 듯싶다.

소설의 말미에 반전이 있다. 정치범 시몬스가 카츄사를 사랑하게 되고 두 사람이 결혼하기로 한다. 네홀류도프는 이 결혼을 담담하게 인정한다. 자신은 속죄의 의무를 다했기에 카츄사를 구속하지 않겠다는 것이다. 이 지점에서 네홀류도프의 정신세계는 도약한다. 의무감과 자아도취에서 연민의 감정을 보편적 정서로 확대하기에 이르기 때문이다. 모든 타인을 카츄사처럼 대하겠노라 결심했다는 뜻이다. 힘들고 지치고 괴로운 시기를 보내왔다. 이제 서로 격려하자. 어깨를 도닥거려주고 손을 한 번 더 잡아주자. 이 암담한 터널을 벗어나 오면서 우리 정치 공동체가 소생할 길을 찾아낸 셈이지 않은가. 알량한 기득권을 버리고 연민의 마음으로 살아가자. 그러면 부활의 기적을 목도할 테니!

숭고함에서
고상함으로

『인생』

젊은 날에는 숭고한 것에 대한 열망이 있었다. 압도적 자연을 보며 느끼는 전율로서 숭고가 아니라 그 결과가 비극임을 알면서도 투신하는, 그러니까 신념에 바탕을 둔 비극적 행위에 대한 동경이 있었다는 말이다. 그런데 어느 날 보니 문득, 다른 것에 은근히 동의하는 나를 발견했다. 그것을 일러 초탈이라고 할까 하다, 그러기에는 너무 현실도피적인 듯싶어 다른 말을 찾았다. 그러다 위화가 쓴 『인생』을 읽으며 걸맞은 용어를 찾아냈다. 고상함. 위화가 말한 고상함은 "품위나 몸가짐이 속되지 아니하고 훌륭하다"라는 사전식 뜻풀이와 다르면서도 같다. 먼저 다름은 위화가 말한 고상함이 "일체의 사물을 이해한 뒤에 오는 초연함, 선과 악을 차별하지 않는 마음, 그리고 동정의 눈으로 세상을 대하는 태도"나 "고통을 감내하는 능력과 세상에 대한 낙관적인 태도"를 뜻하기 때문이다. 같음은 이런 마음으로 사는 이는 결코 속되지 않고 훌륭하기 마련이기 때문이다.

숭고는 역사를 만드는 삶이다. 낡고 타락하고 오염된 것을 부수는 행위다. 그 도전이 어찌 성공하겠는가. 가치 있고 의미 있으니 덤벼든다. 그렇게 살아야 하거늘 살지 못하니 동경했을 터다. 고상함은 역사가 만든 삶일 터이다. 휘몰아치고 할퀴고 내동댕이치고 난 다음의 모습이다. 이런 삶을 살고 싶지 않은 때가 분명히 있었다. 그러나 되돌아보니, 내가 그 삶의 한복판에 서 있다. 새롭게 세우는 삶이 아니라, 그 무엇에 휘둘리다 겨우 벗어나 있는 삶 말이다. 처음에는 타협이고 변절이고 순응인 줄로만 알았다. 애써 부정하고 멀리하고 싶었다. 그런데 부끄럽게만 여길 것이 아니라는 점을 위화가 일러주었다. 어디에 가치를 두고 살아왔든 결국 우리가 놓일 자리는 고상함의 자리다. 소설을 읽으며 내내 고민했다. 이 자리에 서는 것은 쉬운 일일까? 아니다. 그럴 리가 없다. 부끄럽고 남사스럽다면 고상함이라 이를 수 없다. 젊은 날 숭고에 집착했다면, 이제는 고상함의 자리에 이르려 애써야 한다.

『인생』의 주인공 푸구이를 보자. 부잣집 아들로 태어나 개망나니처럼 살다가 도박으로 재산을 탕진하고 소작농으로 전락했다. 분을 못 이긴 아버지는 초가집으로 이사한 날 돌아가셨다. 어머니의 병이 위중해져 의원을 부르러 갔다 어처구니없게 국민당의 군인으로 끌려갔다. 천신만고 끝에 이 년 만에 돌아왔건만 딸은 귀가 먹었다. 마음먹고 사는데 아들이 헌혈하다 죽고 만다. 사랑하는 사람을 만나 행복하게 살던 딸은 출산 후유증으로 죽는다. 아들과 딸이 같은 병원, 같은 병실에서 죽었다. 이 무슨 기묘한 우연의 일치란 말인가. 이번에는 산전수전 다 겪으며 푸구이를 지켜 주었던 아내가 유명을 달리한다. 남은 것은 사위와 손자뿐. 그러나 운명의 손은 가혹했다. 사위가 사고를 당했다. 이미 죽었지만, 그 병원에 보내면 안 된다고 난리 쳤다. 그러나 사위의 주검은 그 병실에 놓여 있었다. 먹을거리가 너무 없었다. 열병 앓는 손주에게 콩을 쑤어 주고 일하러 나갔더니, 그새 콩을 너무 많이 먹어 죽고 말았다.

불운하고 불행하기만 하지는 않았다. 땅을 잃었기에 혁명기에 목숨을 건사했다. 권력이 없었기에 문화혁명 때 치도곤을 당하지 않았다. 가족을 먹여 살리느라 애면글면했을 뿐이다. 그런데 남아 있는 것은 손바닥만 한 밭뙈기와 늙은 소. 원망과 저주만 남아 있어야 한다. 그러나 푸구이에게 그런 건 없다. 뭇 식구를 앞세웠기에 서럽고 원통했다. 그러나 그 소중한 이들을 자신이 묻었기에 안심이 된다. 역사를 거슬러서, 또는 잘 올라타서 성공하고 성취하는 삶을 살고 싶은 게 인지상정이다. 그러나 개인이 그 도도한 역사의 물결에 맞설 수 없다. 당연히 맞서고 거스르고 잘 타는 숭고한 이들이야 있지만, 대다수는 휩쓸린다. 숭고하지 않은 삶은 그렇다면 의미 없을까? 아니다. 고상함의 자리에 가면 된다. 지난 삶을 해학과 풍자로 회고하며 남은 삶을 넉넉하게 살아가면 된다. 푸구이가 그랬다.

"다시 한번"을
외치는 시대

『게 가공선』

　　아는 이가 회사 회식을 문화적으로 하자며 영화 〈옥자〉
를 보고 저녁식사를 하기로 했단다. 그런데 눈치 없는 이가 식
사 장소를 고깃집으로 했다네. 영화 끝나고 나자 모두 고깃집
가기를 거부한 것은 당연지사. 급하게 다른 곳으로 장소를 옮겼
단다. 얼마 전 텔레비전의 한 여행 프로그램에서 북해도 먹을거
리 여행을 하는 장면을 보았다. 그 지역 특산물은 게였던지라
다들 만족스럽게 먹더군. 그러다 이 작품을 보고는, 마치 〈옥
자〉 보고 고기 못 먹듯, 북해도 가면 게는 먹기 글렀다 싶었다.
　　오랫동안 잊혔던 작품인데, 일본 사회가 신자유주의 물결
에 표류하면서 재조명된 작품이다. 코바야시 타끼지의 『게 가

공선』. 우리로 치면 1980년대를 수놓았던 민중 문학에 해당하는 소설이다. 작가는 몰락한 농가에서 태어났고, 북해도 지역으로 이주해 상업학교를 나오고 은행에서 일한 이력이 있다. 짧은 기간에 걸쳐 여러 작품을 쏟아냈고, 1933년에는 공산당 활동과 작품이 문제돼 체포되었고 고문 끝에 사망했다. 『게 가공선』은 1929년 작품.

소설은 게 가공선에 어떤 인물이 모여들었는지부터 다룬다. 9월이면 이미 바다가 어는 지역을 배경으로 한지라 노동 조건이 가혹하리라는 것은 지레짐작할 만하다. 그런데 예상한 것보다 배라는 공간이 주는 상징성이 강했다. 운항과 어업을 하려면 강한 계급구조를 드러낼 수밖에 없다. 작가가 실화를 바탕으로 쓴 소설이라 하지만 제국주의적 야욕과 자본가의 탐욕을 드러내는데, 게 가공선은 맞춤할 수밖에 없었다는 말이다. 상위에는 선장과 감독이, 그 아래에는 선원이, 그리고는 어부와 잡부로 구성되었다. 길게 묘사되지는 않지만, 이 계급구조에서 최하는 조선인이라고 작가는 언급해 놓았다. 더 힘 있는 이는 물론 배에 있지 않다. 회사를 운영하며 업계의 이익을 극대화하려는 자본가는 도쿄에 있으니 말이다.

감독은 잔인하다. 가혹한 폭력을 가하며 생산성을 높이려고 한다. 여기에다 국가 의식마저 동원한다. 소련 어부보다 더 많은 어획량을 올려야 하지 않느냐고 채근한다. 놀라운 것은 이런 선동에 다수가 동의한다는 점이다. 구축함의 등장 또한 상징하는 바 크다. 국가와 자본의 결합이기도 하지만, 북사할린 일대를 측량하고 기후를 조사하는 제국주의적 야망도 드러낸다. 정말 끔찍한 장면은 다른 게 가공선이 폭풍우를 이겨내지 못하고 침몰하는데 구조하지 않을 때이다. 425명이 수장되었다.

게 가공선에서 일하는 이들의 분노는 극에 이르렀다. 도화선에 불만 붙으면 엄청난 폭발력을 보일 테다. 그러나 그게 쉬운 일은 아니다. 각기병에 걸린 어부가 방치되다 사망했다. 노동자들은 이미 오래전부터 자신들이 살해당하고 있다고 느꼈다. 마음을 모았다. 태업부터 했다. 효과가 있었다. 폭풍우가 몰아칠 조짐이 있는데도 게잡이용 작은 어선을 바다에 띄우라 했다. 마침내 파업했다. 그러나 결과는 구축함의 개입으로 실패한다. 제국 군함은 국민 편이 아니라 자본가와 한통속이었을 뿐이다. 그렇다고 좌절로 이 소설이 마무리되지는 않는다. 더는 희생자를 내지 않으려고 전열을 재정비해 태업부터 하기로 했다.

"솔직히 말하자면 그런 앞날의 승산 따위는 아무래도 좋아.─

사느냐, 죽느냐 하는 거니까"

"그래, 한 번 더!"

이 대목을 읽다 보면 저절로 햄릿이 떠오른다. 그 고민의 가치를 깎아내릴 필요는 없겠으나, 정말 절박한 고민은 게 가공선을 탄 사람들의 것이다. 실패하더라도 살아 있음의 힘을 경험하겠다는 이 선언이야말로 노동자의 고통에 눈 감아온 우리의 가슴을 친다.

『게 가공선』은 문학적 세련미나 완성도는 떨어진다. 작위적인 면도 보인다. 그러나 오늘 우리가 놓인 자리를 다시 돌아보게 하는 데는 유효하다. "다시 한번!"이라는 외침이 요구되는 시대를 우리는 아직 살고 있다.

도망가지 말고
싸워라

『발언Ⅲ』

　　김종철이 2016년부터 2020년까지 발표한 칼럼의 모음을
보면서 문득 『논어』의 한 구절이 떠올랐다. 증자가 문병하러 온
맹경자에게 "새가 장차 죽으려 하매 그 울음이 슬프고, 사람이
곧 죽으려 하매 그 말이 선하다고 합디다"라면서 "군자가 정치
의 길에서 귀히 여겨야 할 세 가지"를 말해준다. 물론 김종철의
죽음은 그 자신도 예상하지 못한 갑작스러운 일이었으나, 임박
한 파국을 모르쇠로 일관하는 대중에게 늘 예언자적 사명을 소
홀히 하지 않은지라, 이 책에 혹시 귀하게 여겨야 할 대안이 제
시되어 있지 않을까 싶었다.

　　대안이 있었다. 먼저 농사 문제를 외면해서는 안 된다고 강

조했다. 기본적으로 식량 안보 차원에서 이 문제를 깊이 고민했다. 우리의 식량자급 수준은 현격히 떨어진다. 더욱이 기후 위기 시대에 들어 식량 위기 상황이 자주 벌어진다. 토양보전 문제도 심각하게 고려해야 한다. 화학물질과 기계를 남용하는 농사의 상업화는 토양층 소실을 몰고 와 사막화 문제를 일으킨다. 토양층은 "오직 정성스럽게, 과욕을 부리지 않고 땅을 돌보는" 토착 농민만이 보존할 수 있다며 소농의 가치를 강조했다.

전 세계가 심각한 경제적 불평등 문제, 갈수록 줄어드는 일자리, 경제성장의 종언을 알리는 징후로 골머리를 앓는다. 이 문제의 해법으로 기본소득을 내세웠다. 만성적인 구매력 부족 사태를 해소하지 않고서는 자본주의는 자멸하고 말 터다. 그동안 기본소득과는 무관한 학자이자 정치가였던 로버트 라이시나 야니스 바루파키스 등도 자본주의의 안정과 인간화를 위해서라도 기본소득의 신속한 도입을 역설했다는 점을 주목해야 한다고 지적했다.

김종철은 촛불혁명의 의미와 가치를 높이 평가하면서도 그 한계를 일찌감치 예측했다. 시위나 봉기는 일시적일 뿐, 새로운 제도나 법을 세워 민중의 민주적 열망이 지속되도록 해야 한다고 말했다. 그래서 숙의 민주주의의 한 형태인 시민의회의 구성을 제안했다. 어떤 이익집단에서도 자유로운 시민 가운데 추첨으로 시민의회를 구성하고, 전문가와 학자의 도움을 받아 새로운 헌법안과 선거법을 비롯한 현안에 대한 대안을 마련해 국회에 제안하자는 것이다.

기후위기에 대응하기 위해 녹색 총동원 체제를 마련하자고도 했다. 지구 평균 기온의 상승 문제뿐만 아니라 이미 자연자원의 고갈과 쇠퇴, 토지의 사막화, 대기와 물의 오염, 숲과 해양 생태계의 파괴, 생물종의 급속한 사멸 등 위기 상황은 고조되었다. 그럼에도 현실론자는 더 많은 자원과 에너지, 그리고 혁신적인 기술을 투입해서 이 위기를 돌파할 수 있다고 주장한다. 김종철은 이에 결연히 맞서 생태 문명으로 전환해야만 한다고 명토 박았다. 생태 문명을 뒷받침하는 경제체제는 '도덕적 경제'라고 이름 붙였다. 이윤 추구의 경쟁 논리에서 벗어나 돈독한 인간관계와 공동체를 유지하는 일이 경제의 궁극적 목적이 되어야 한다는 뜻이다.

김종철은 인류가 맞닥뜨린 총체적 난국을 돌파하려면 도망가지 말고 싸우라고 힘주어 말했다. 어쩌면 그가 우리 사회에 간절하게 말하고 싶었던 마지막 말이었는지도 모르겠다. 그저 부끄러울 따름이다.

우리 시대
연대와 연민의 철학

『관광객의 철학』

참신하고 기발했다. 네그리와 하트는 제국 내부에서 태어나 그 질서에 저항하는 운동 주체를 다중이라 이름지었다. 달리 말하면, 다중은 반체제운동이나 시민운동을 가리키는데, 지구 규모로 확장한 자본주의를 거부하지 않고 그 힘을 이용해 체제 내부에서 변혁을 꾀한다. 네트워크형 게릴라적 연대로 구성된다는 점이 과거의 변혁 운동과 다르다. 아즈마 히로키는 『관광객의 철학』에서 이처럼 요령껏 설명하고 그 저항적 의미를 일부 인정한 다중 개념을 비판한다. 세계에는 제국만 있다고 여기는 이론적 허점이 있고, 투쟁의 특수성을 무시하고 연대만을 중시하는지라 장기적으로는 투쟁의 약화와 질적 저하를 불러온다고 말이다.

지은이는 다중을 넘어서는 개념으로 관광객을 내세운다. 우리 시대의 저항적 주체가 관광객이라니, '신박'하다는 느낌이 들 수밖에 없다. 지은이는 현대사회를 2층구조 시대라 분석한다. 국민국가의 통합성은 무너졌지만, 정치는 여전히 이 단위로 작동한다. 경제 영역을 보면 글로벌리즘의 실현을 목격할 수 있다. 그러니 "21세기 세계에서는 국가와 시민사회, 정치와 경제, 사고와 욕망이 내셔널리즘과 글로벌리즘이라는 이질적인 두 원리에 따라 통합되는 일이 없이 각기 다른 질서를 구축하고 말았다"는 주장에 동의하게 된다. 이 현실 질서를 사상적으로 표현하면 공동체주의는 현대내셔널리즘이고, 자유지상주의는 글로벌리즘이 될 터인데, 앞엣것은 공동체의 선이, 뒤엣것은 동물의 쾌락만 강조한다. "어디에도 보편과 타자가 없다." 이 딜레마를 돌파한 개념으로 제시한 관광객은 "제국체제와 국민국가체제 사이를 왕복하고 사적인 삶을 그대로 공적인 정치에 접속하는 존재를 가리킨다." 여기에 이르기까지 지은이는 자신의 지적 현란함을 마음껏 과시한다. 관광객의 개념은 볼테르와 칸트에서 '포집'하고, 2층구조론은 슈미트, 코제브, 한나 아렌트를 넘어서면서 얻어냈고 네트워크이론으로 그 논리를 보강했다.

지은이는 데리다의 개념을 빌려 관광객의 철학을 강화한다. "관광객이 바로 우편적 다중"이라 했는데, 우편은 "오배, 즉 배달의 실패나 예기치 않는 소통이 일어날 가능성을 많이 함축한 상태를 뜻한다." 관광이야말로 우연한 마주침으로 예상치 못한 사건을 빚어내지 않던가. 오배를 에피쿠로스가 말한 '클리나멘'으로 이해해도 될 성싶은데, 지은이는 이를 통해 "지금의 현실은 최선의 세계가 아니라는 사실을 사람들이 항상 상기하게" 된다고 설명한다.

　의외였고 당황스러웠다, 관광객이 토대로 삼아야 할 새 정체성을 가족이라 주장해서. 그럼에도 강제성과 우연성을 가족의 특징으로 들면서 이것이 가족의 확장성과 친밀성으로 이어진다는 분석은 흥미로웠다. 이 지점에서 루소와 로티가 말한 연민이 비롯하기 때문인데, 지은이가 관광객의 철학이 "타자를 소중히 하라"는 진보적 명제로, 말하자면 뒷문을 통해 다시 들어가게 하는 구상의 산물이라 말한 이유를 비로소 이해하게 된다. 이 대목을 두고 이모저모 궁리하다, 혹 이 명민한 후기구조주의자의 발랄한 사유가 '오배'되어 유가 철학의 문턱을 넘어선 것은 아닌가 하는데 생각이 미쳤다. 유가야말로 가족을 가장 중요시했고, 그 사유의 고갱이인 측은지심이 연민과 같은 뜻이니 말이다.

불안의 시대를
건너는 법

『불안』

능력주의의 허상을 까발리고 그 대안을 적극적으로 제시한 빼어난 책으로 마이클 샌델의『공정하다는 착각』과 박권일의『한국의 능력주의』를 꼽을 수 있다. 개인적으로 앞의 책에서는 우연을, 뒤의 책에서는 불안이라는 낱말을 인상 깊게 보았다. 샌델은 한 개인의 성공이 그의 재능과 노력 덕이기보다는 다양한 층위에서 발생한 운 때문이라고 일갈한다. 박권일은 이 문제의식을 공유하면서도 능력주의 사회의 성공은 진입 장벽을 높인 사회적 봉쇄와 기회 비축의 결과인 점을 간과해서는 안 된다고 힘주어 말했다.

내가 박권일의 책에서 주목했던 구절은 "한국인은 사회의 전반적 수준에 비해 여전히 물질적 가치에 지나치게 집착하고 늘 불안에 떤다"는 대목이다. 여기서 지적한 불안은 능력주의자가 사로잡힌 지위불안을 가리킨다. 아쉬웠던 부분은 박권일이 이 부분을 더 집요하게 물고 늘어지지 않았다는 점이다. 능력주의가, 박권일의 빼어난 비유대로, 시효를 다한 '정신적 화석연료'라면, (하부)구조 개선책을 제시하는 데만 머물지 않고 이른바 상부 구조를 흔들 대안도 마련해야 하지 않았나 싶었다.

알랭 드 보통의 『불안』은 그런 점에서 읽어볼 만하다. 지은 이는 "사회에서 제시한 성공의 이상에 부응하지 못할 위험에 처했으며, 그 결과 존엄을 잃고 존중을 받지 못할지도 모른다"는 지위 불안에 초점을 맞추어 이야기를 풀어간다. 지은이는 이 불안의 원인으로 사랑결핍, 속물근성, 기대, 불확실성을 꼽는데, 최종적인 원인으로 능력주의를 내세운다. 왜 아니겠는가. 불안은 "야망의 하녀"다. 변덕스러운 세상에서 능력으로 지위와 부를 얻으려다 실패하면 "가난이라는 고통에 수치라는 모욕"까지 달라붙는 세상을 살고 있으니 말이다.

지은이는 능력주의 시대의 지위불안에서 벗어나는 '인문적' 해법을 제시한다. 철학, 예술, 정치, 기독교, 보헤미아라는 열쇳말로 능력주의라는 감옥에서 벗어나는 길을 열어 보이는데, 비

극을 설명한 대목이 그 '눈 대목'이다. 불안은 "패배자라는 말은
졌다는 의미와 더불어 졌기 때문에 공감을 얻을 권리도 상실했
다는 의미까지 담고 있는"지라 발생한다고 지은이는 말한다. 그
런데 위대한 실패를 이야기하면서도 조롱하거나 심판하지 않고
외려 공감을 불러일으키는 예술 장르가 있는데, 그게 바로 비극
이다. 주인공은 대체로 판단을 잘못하거나 일시적인 맹목, 그리
고 감정적 과실 탓에 큰 실수를 저지르고 그 결과로 운의 역전
이 일어나 비참한 상황에 놓이게 된다. 이 이야기를 보며 관객
은 언젠가 재앙을 불러일으키는 상황을 맞이하면 "자신의 삶도
쉽게 박살나"고 말리라는 것을 인정하고, 고통받는 불행한 주인
공과 마찬가지로 "수치스럽고 비참한 상황에 처할 수도 있다는
사실을 받아들이게" 된다. 실패한 삶에 대한 공감과 자신의 실
패 가능성에 대한 동의는 능력주의가 일으킨 불안을 잠재우는
묘약이다.

지은이의 지적대로 "지위에 대한 불안은 결국 우리가 따르
는 가치와 관련"되어 있다. 그러니, 대안적 삶의 가치를 함께 논
의하는 것도 능력주의에 맞서는 중요한 삶의 태도다. 마치 박권
일이 다원적인 정의 원칙으로 대안을 제시했듯, 러스킨이 말한
"친절, 호기심, 감수성, 겸손, 경건, 지성"도 가치 있다는 점을 인

정하는 '문화혁명'이 일어날 때 비로소 능력주의의 사슬에서 벗어날 수 있을 터다.

실수한 만큼만
책임지게 하라

『경청』

살다 보면 누구나 치명적인 실수를 저지르게 마련이다. 엎어진 물을 주워 담을 수는 없다. 그래도 그 실수에 대한 대가가 가혹하면 삶은 파괴되고 만다. 김혜진의 『경청』에 나온 해수는 상담사로, 텔레비전 프로그램에서 '솔루션'을 잘 제시해 유명해졌다. 그날은 여러모로 일이 잘 안 풀렸다. 그러면 더 신중했어야 했다. 하지만 문제의 배우가 저지른 일은 분명히 비난받을 만했다. 그래서 비난조로 말했다. 그런데 얼마 지나지 않아 그 배우가 스스로 목숨을 끊었다. 그 말 때문이었을까?

하인리히 뵐의 『카타리나 블룸의 잃어버린 명예』는 낭만적 사랑을 선택한 대가를 다루었다. 무척 불행한 성장사를 겪었지만, 블룸은 가정부로서 일머리 있고 성실한지라 아파트를 마련할 정도로 안정된 삶을 살았다. 카니발 때 한 남성을 만나 사랑을 나누었다. 그런데 그 남자가 은행 강도인데다 살인 혐의를 받고 있다는 사실은 뒤늦게 알았다. 열정을 이성으로 대체했다면 문제가 커지지 않았을 수도 있었다. 블룸은 자신의 사랑을 선택했다. 범죄자의 탈주를 돕고 은신처를 마련해 주었다. 활극의 주인공이라도 된 양 싶었다. 경찰에 체포되었고 황색언론이 이 문제를 1면에서 다루었다. 저열하고 비열한 기사가 터져 나왔다. 누구도 그녀가 왜 그런 선택을 했는지 묻지 않았다.

해수는 여론의 뭇매를 맞고 직장을 잃고 이혼까지 했다. 억울했다. 어려운 일이 있을 적마다 도와준 후배가 있었다. 상담센터에 큰 소란이 나고 그 후배가 자책할 거라 걱정해 한밤중에 달려간 적도 있었다. 그런데 그녀의 거취를 결정하는 회의에서 그 후배는 해수를 궁지로 몰았다. 센터가 문 열 때부터 10년 동안 열과 성을 다해 일했다. 퇴사를 통보하면서도 어떤 과정으로 결정이 이루어졌는지 센터는 설명하지 않았다. 편지를 썼다. 비록 말의 미로에 빠지겠지만, 해야 할 말이 많지 않나. 그러나, 부치지 않고 찢어버렸다. 누가 들어주겠는가.

블룸이 겪는 일은 놀랍게도 오늘 우리가 보는 언론의 행패와 똑같다. 과거사가 들춰지고 일상의 삶이 다 까발려진다. 블룸이 입을 열면 망신당할 유력자는 언론을 회유해 외려 자기에게 유리하게 사실을 왜곡하고, 주변의 사람은 결국 그녀를 창녀로 본다. 더 기막힌 것은 절대 안정이 필요한 어머니를 만나 인터뷰하고 그 내용을 뒤틀어버리는 것이다. 이 와중에 어머니는 돌아가신다. 만신창이가 되었다. 언론이 폭력이 되는 생생한 장면이다.

해수는 '왕따'당하는 초등학생 세이와 길고양이 순무를 구조하는 일을 함께한다. 두 존재가 겪는 고통이 자신이 견뎌야 하는 그것과 같다고 느껴서였을 테다. 이제 그녀는 다른 존재의 고통에 귀 기울이고 그 상황에서 벗어나게 도와줄 적에 자신도 고통의 늪에서 한 발짝 벗어날 수 있다는 깨달음을 얻는다. 하나, 블룸은 탈출구가 없었다. 자신의 명예를 더럽힌 기자를 죽였다. 이 소설의 부제가 "폭력은 어떻게 발생하고 어떤 결과를 가져올 수 있는가"인 이유다.

누구나 실수한다. 해수의 말대로 "시합은 다시 하면" 되고 "지는 쪽이 언제나 배우는 게 더 많은" 법이다. 하지만 이 바람이 얼마나 허망한지는 SNS를 보자마자 확인하게 된다. 이제, 실수한 사람의 말을 경청하고 그만큼만 책임지게 하자.

3장

역사에서 발견하기

절대 잊지 않아야 할
역사

『군함도』

군함도. 익숙지 않은 섬 이름이다. 본디 이름은 하시마
端島인데, 섬의 꼴이 군함을 닮아 붙였다고 한다. 절대 잊어서는
안되는 섬이건만, 다들 잊고 있다가 이 악령을 다시 만나게 되
는 일이 두 차례나 있었다. 2015년 7월, 군함도를 포함한 메이지
산업혁명 시설 23곳이 유네스코 세계문화유산으로 등재되었다.
이 과정에서 일본정부는 산업시설 23곳 가운데 7곳에서 강제징
용된 조선인이 강제노동을 했다는 설명 문구를 넣겠다고 우리
정부에 약속했으나, 지키지 않았다. 국내에 비판 여론이 들끓었
으나 정부는 아무것도 얻어내지 못했다. 두 번째는 인기 예능
프로그램인 무한도전 멤버들이 2015년 9월 이 섬을 찾아가 실

상을 폭로하면서 많은 사람이 일제의 만행을 이해하게 되었다.

그런데 오래전부터 이 문제를 집요하게 파헤쳐 온 작가가 있다는 사실은 잘 안 알려졌다. 1970년대 문학독자를 사로잡았던 한수산이 1980년대 후반 일본에 머물다가 오까 마사하루 목사가 쓴 『원폭과 조선인』을 읽고 하시마 탄광에 강제로 끌려간 조선인 문제와 나가사키 원폭 피해 문제를 다루기로 마음먹었다. 3년 동안 신문에 연재하다 중단하기도 하면서 2003년에 다섯 권짜리 장편소설 『까마귀』를 완간한 바 있다. 사회적 관심이 없는 분야에 뛰어들어 오랫동안 자료를 찾고 증언자를 만나 문학적 형상화에 매진해왔다는 점을 높이 평가해야 한다. 그런데 『까마귀』를 일본어판으로 내면서 작품을 보완할 필요성을 느껴 다시 갈고닦아낸 것이 『군함도』이니, 상찬할 만한 일이 아닐 수 없다.

작품의 배경은 춘천과 군함도. 낳고 자라고 공부한 곳은 당연히 낭만적이고 평화로운 곳으로 묘사된다. 인제에서 태어나 춘천에서 자라난 작가가 고향에 바치는 가장 아름다운 노래일지도 모르겠다. 이에 반해 군함도는 한마디로 지옥도다. 왜 아니겠는가. 공식 명칭이 미쯔비시광업소 타까시마탄광 하시마분원인 군함도의 비극은 이미 타카씨마 탄광에서 전조를 보였다.

이 탄광은 본디 관영으로 운영했는데, 나가사키형무소 죄수를 데려다 광부로 썼다. 그러다 보니 광부 발에는 쇠사슬이 차였고, 노동생산성을 높이려고 잔혹한 폭력이 횡행했다. 미쯔비시가 다까시마에 이어 군함도를 인수했으니 "가장 큰 갱도 출입구를 광부들이 지옥문이라고 부르게 된 까닭이다."

작품의 주인공은 친일파의 아들이지만 강제징용된 지상과 춘천에 남은 그의 아내 서형, 그리고 지상의 고등학교 동기인 우석이다. 지상과 우석은 가혹한 노동조건에 맞서 탈출을 꿈꾸고 이를 실행한다. 이런 상황에서도 우석은 금화를 만나 사랑을 꽃피우고 먼저 지상이 성공리에 탈출한다. 우석의 탈출을 도우려던 금화는 비극적인 죽음을 당하고 나중에 우석도 탈출한다. 여기까지만 읽어내기에도 무척 힘들다. 많은 조선인이 탈출했다 붙잡혀 고난을 겪는 대목이 나오고, 열악한 환경에서 고통을 겪는 장면이 사실적으로 묘사되어 있어서다. 그런데 미처 생각하지 못한 대목에서는 아연해지고 만다. 익히 보았던 영화, 그러니까 빠삐용이나 쇼생크 탈출 같은 해피엔딩을 기대한 것이 단박에 박살나기 때문이다.

목숨 걸고 하시마를 탈출하고 양심적인 일본인 덕분에 나가사키에 잠입하는 데는 성공한다. 그런데 그 누구도 알 수 없었던 가혹한 운명이 이들 앞에 놓여 있었다. 1945년 8월 9일, 히로시마에 이어 나가사키에 원자폭탄이 투하되었던 것. "일본인 구호대는 아이고 어머니, 아이고 어머니, 하고 울부짖는 조선인들을 결코 병원으로 옮겨주지 않았다"라는 대목에서는 일본도로 가슴을 에이는 듯한 통증을 느낀다. 아마도 징용을 갔던 조선인의 삶을 이토록 비극적으로 묘사한 작품도 없지 않나 싶다.

잊지 않아야 할 역사가 있다. 그런데 자꾸 다 해결되었으니 대충 넘어가자고 하는 사람들이 있다. 『군함도』을 읽으면 그런 말이 얼마나 허황한 소리인지 알 수 있다. 무한도전에 나온 유재석과 하하가 강제징용된 조선인의 사연을 들으며 너무 늦게 찾아와서 죄송하다며 울었다고 한다. 대견하고 고마운 일이다. 그러나 더 중요한 게 있다. 만약 이 고통의 역사를 잊으면 우리 민족은 또 울어야 할지도 모른다는 사실이다.

세계사의 맷돌
위에서

『만화 박헌영』

한 해를 정리하고 새로운 해를 맞이하는 시기에 『만화 박헌영』을 완독했다. 널리 알려졌다시피 원경 스님은 박헌영의 친아들이다. 불가에 있으면서도 아버지 박헌영의 신원을 위해 애써왔고, 뜻있는 학자들의 도움으로 박헌영 전집을 내기도 했다. 이 만화는 학자들의 검증을 거친 박헌영 일대기를 바탕으로 그린 만큼, 일단 사실성만큼은 인정하고 보아도 된다. 그러다 보니, 좀 엉뚱한 생각이 든다. 아버지 덕을 본 거라고는 없을 텐데, 오히려 불가에 있으면서도 그 사람의 아들이라고 해 견제받았다는 이야기가 알려진 마당에도, 그 아들은 왜 이토록 아버지의 역사적 가치를 재조명하려 애썼을까? 아버지는 살해의 대상이지 기념의 대상은 아닌데 말이다. 프로이트가 틀린 모양이다.

만화를 보며 마음이 무거워졌다. 박헌영은 고등학교 시절 영어 공부에 매달렸다. 세련되게 표현하면 근대성의 핵심에 닿고 싶어서였다. 그랬던 박헌영의 인식에 큰 전환이 일어난 것은, 예상할 수 있듯, 3·1운동이었다. 각성한 민중의 힘과 일제의 탄압을 확인하면서 식민 지배를 끝장낼 새로운 이념에 대한 갈구가 일었다. 만약 청년 박헌영이 미국으로 갔다면 그의 삶에는 어떤 변화가 있었을까? 민족사적으로는 항일운동의 한 페이지가 공백으로 남을 뻔했다. 일신의 출세를 꿈꾸었다면, 그는 비운의 혁명가로 기록되지 않았으리라. 오히려 민족해방을 위한 헌신이 그를 남과 북 모두에게 버림받게 한 것이 아니겠는가.

만화라 하지만 시대 배경을 충분히 설명하고 박헌영과 동지의 삶을 잘 복원해 놓았다. 말풍선에 들어간 글씨가 큰 데도 책을 빨리 읽어내지 못하는 이유이기도 하다. 술술, 넘기기보다는 곱씹어 보며 읽어야 할 내용이 많다. 다른 무엇보다 이 만화를 보고 나면, 적어도 일제시기에 숱한 열혈청년들이 공산주의 노선을 따른 이유를 이해할 수 있을 성싶다. 식민지를 운영하는 나라의 체제가 자본주의이며, 이 체제가 반드시 제국주의적 속성으로 내부 모순을 해결할 수밖에 없다고 인식한 마당에 해방된 나라가 자본주의이기를 바랄 수는 없다. 더욱이 혁명이 성공한 다음 소련은 피지배 국가의 해방을 적극적으로 지원했다. 안팎의 조건이 공산주의에 호감을 품게 했고, 민족 해방을 위해 혁명가로 변신할 수밖에 없었던 셈이다.

만화는 1930년대 이후 한반도에서 실제로 항일운동을 한 세력은 박헌영을 비롯한 공산주의자임을 공들여 설명한다. 숱한 구금과 체포, 무지막지한 고문을 이겨내고 공산주의자는 줄기차게 독립운동을 해왔다. 더욱이 만주에서 활약한 조선의용군과 연대해 무력 투쟁을 준비했다는 대목은 눈여겨볼 만하다. 비록 조선의용군이 속한 팔로군이 관동군에 막혀 한반도로 진입하지 못했지만 말이다. 스스로 독립하지 않고는 민족의 운명이 외세에 휘둘릴 수밖에 없다는 것을 알고 있었다는 점이 중요하다.

『만화 박헌영』은 해방을 맞이하는 대목까지만 나와 있다. 해방 공간에서 벌였던 박헌영의 활약상이나, 월북 이후의 삶은 아직 작품화하지 않았다. 근데 내 생각으로는 그 부분은 만화로 그리지 않았으면 싶다. 이 부분은 학문적 성과를 바탕으로 일대 논쟁을 벌여야 하는 부분이라 여겨서이다. 박헌영의 복권은 남북한에 걸쳐 아직 더 많은 시간이 필요해 보인다. 그래서 현재까지 나온『만화 박헌영』이 오늘 우리에게 주는 메시지가 선명해 보인다. 해방 이후 행적에 대해서는 얼마든지 비판할 수 있지만, 일제시대의 활약상에 대해서는 높이 평가하자는 점이다. 물론, 친일 세력이 청산되지 않고 그 2세들이 권력을 잡은 마당에 한동안 동의를 구했던 이런 문제의식을 현실화하기가 쉽지 않을 터다. 그럼에도 이데올로기를 문제 삼아 독립운동사를 왜소화해서는 안 된다. 식민 지배가 장기화하며 일제에 타협하고 협력할 수밖에 없었다는 핑계가 가능해지기 때문이다.

『만화 박헌영』을 덮으며 착잡했다. 이 불굴의 혁명가도 결국 미소의 대립으로 상징되는 세계사의 맷돌에 힘업이 빨려 들어가 으깨지고 말았지 않았던가. 그의 불행은 결국 한반도의 비극, 그리고 우리 사회의 정치적 퇴행을 예고했다고 볼 수 있다. 어떻게 살아야 하는가? 풀리지 않는 화두를 또다시 만지작거린다.

역사 인식의
이중성

『베트남 전쟁』

　　베트남 전쟁은 오랫동안 우리사회의 금기였다. 기본적으로 베트남 전쟁의 성격을 둘러싼 논쟁을 가로막았고, 파병의 목적, 그리고 우리 군이 저지른 민간인 학살을 문제 삼지 못하게 했다. 1970, 80년대 숱한 청년을 의식화했던『전환시대의 논리』가 주로 베트남 전쟁을 다루었고, 그 내용이 정부나 주류 언론의 입장과 달랐다는 점은 시사하는 바가 크다. 쓰지도 읽지도 못하게 했던 시절이 있었는데, 이즈음에는 아예 관심이 없는 듯해 격세지감을 느낀다. 간혹 대통령이 베트남을 방문했을 때 호찌민 묘를 참배하느냐 마느냐로 논란이 되는 수준에 머물고 말았다.

2014년은 우리가 베트남에 파병한 지 50주년 되는 해였다. 상당히 중요한 해였는데, 이를 주제로 한 사회적 논의는 기대 이하였다. 리영희의 문제적 저서 말고는 베트남전을 주제로 한 탁월한 책이 나오지 않았다는 것도 아쉬운 일이다. 이런 상황에서 '잊혀진 전쟁, 반쪽의 기억'이라는 부제를 단 박태균의 『베트남 전쟁』이 출간된 것은 크게 환영할 만하다. 베트남 전쟁을 둘러싼 수많은 질문에 대해 매우 실증적이면서도 무척 친절하게 설명하고 있어서다.

지은이는 세 가지 점에 무게중심을 두고 베트남 전쟁을 톺아보고 있다. 그 하나는 역사적 사실을 명확히 밝히자는 것이다. 그래서 이 책에는 의문투성이로 남았던 사건의 진실이 다 까발려 있다. 미국이 베트남전에 전면 개입하게 된 통킹만 사건은 조작되었다고 보는 것이 중론이다. 베트남전에 미국이 개입한 것은 동남아 시장을 잃어버릴까 싶어서였는데, 이것은 동북아 전략의 중요한 파트너인 일본을 감안했다는 사실도 밝혀냈다. 우리가 파병을 결정한 것은 본디 주한미군과 국군의 동시 감축을 추구한 미국의 계획을 막기 위해서였다. 이 과정에서 박정희 정권은 미국의 군사원조와 경제원조를 최대한 이끌어냈으나, 닉슨 집권 이후 이 전략은 좌절하고 말았다. 다른 무엇보다

"베트남 전쟁의 본질은 남베트남 정부에 반대하는 남베트남 사람들의 저항"이었다는 점을 명확히 드러냈다. 북베트남의 지원으로 베트콩이 창궐한 바가 아니다. 중국의 지지가 전황을 베트공이 유리하도록 이끈 것이 아니다. 시민의 지지를 얻지 못한 독재 정권을 지키려고 외국 군대가 개입한, 정의롭지 못한 전쟁이었을 뿐이다.

두 번째는 베트남 전쟁을 부분적으로만 기억하는 점에 대한 일침이다. 베트남전을 통해 우리가 놀라운 경제성장을 한 것은 맞다. 그런데 몇 가지 짚고 넘어갈 점이 있다. 그 이익을 위해 미군이 철군한 다음에도 우리 군은 남아 있다가 큰 피해를 당했다. 참전자에 대한 보상은 본디 적었고, 사상자에 대한 보상도 너무 적었다. 포로는 아예 없다며 모르쇠로 일관해 희생자가 나왔다. 이런 점은 다 잊어버리고 베트남 특수만 기억한다. 바로 이런 왜곡된 기억 탓에 파병 문제가 나올 적마다 인도적 차원이나 세계 구성원으로서 의무보다 경제 이익을 위해 파병해야 한다는 말이 다수를 이루고 말았다. 더욱이 베트남 파병에도 주한미군은 감축되었고 남베트남 정부는 정의롭지 못했으며 민간인 학살이 있었고 그 시절에 김신조 사건으로 대표되는 안보 위기가 있었다는 사실은 기억하지 못한다. 부분적인 기억은 현실을 왜곡하기 마련이다.

세 번째는 이 전쟁에서 우리가 배워야 할 교훈이다. 지은이는 "국민이 지키고 싶은 정부가 되어야 한다. 그것이 안보이다"라고 말하며 베트남 전쟁은 민주주의와 투명성, 그리고 공정성이라는 교훈을 주었다고 말했다. 그렇다면 종전된 다음 우리는 이 교훈을 실천했는가? 아니다. 오히려 "독제 체제의 수립과 사회 통제의 강화"가 이루어졌다. 만약 박정희 정권이 베트남전의 교훈을 잘 되새겼더라면 비참한 몰락은 피했을지도 모르겠다.

아베 정권의 역사인식에 대해 핏대를 올리며 비판하고 있다. 일본이 동북아시아에서 저지른 범죄행위를 부정하고, 전쟁도 할 수 있는 군사 대국으로 변신하겠다고 설레발치니, 당연한 반응이다. 그런데 우리는 베트남에 대해서는 어떤 태도를 보이는가? 정의롭지 못한 전쟁에 참여해 경제 특수를 누렸는데, 이에 대한 사죄가 있었는가? 베트남전쟁은 우리 역사 인식의 이중성을 되돌아보게 하는 거울이기도 하다.

균형 잡힌 시각으로
역사를 바라보는 법

『호모 히스토리쿠스』

　　많은 시민이 광화문에 모여 촛불을 켜 들면서 역사의 현장에 있다는 감격을 맛보는 듯하다. 청산하지 못한 역사 과제를 이번 기회에 해소하려는 강한 의지도 엿보인다. 이런 상황에서 한 번쯤 역사란 무엇인가, 라는 주제를 곱씹어 보는 것도 좋을 성싶다. 그동안 재미나 교양으로만 역사책을 읽어왔거나 드라마나 영화를 통해 역사를 이해해왔다면, 더 고민해볼 만하지 않나 싶다. 그래야 지금의 역사성도 이해하고, 과거를 제대로 이해할 수도 있을 테니 말이다.

　　역사 그 자체인 인간이라는 의미로『호모 히스토리쿠스』라는 제목을 단 책이 있다. 지은이는『조선의 힘』『광해군─그 위험한 거울』을 펴낸 오항녕 교수. 그동안 역사란 무엇인가라는 질문에 대한 답으로는 E. H 카가 말한 현재와 과거의 대화라는 말이 널리 회자해 왔다. 그렇다면 오항녕은 역사를 어떤 관점에서 파악하고 있을까. 그는 한마디로 "모든 사건에는 언제나 객관적 조건, 사람의 의지, 그리고 우연이 함께 들어 있다"라는 관점에서 역사를 바라보자고 제안한다.

먼저 객관적 조건. 이 말은 "사람의 노력으로 넘어서기 힘든 엄중한 조건이 더 규정적인 힘을" 발휘한다는 뜻이다. 왜 아니겠는가. 뭇사람은 이미 주어진 조건에서 그 무엇인가를 해야 한다. 조건은 구속이나 억압일 수도 있고 한계라는 말이 될 수도 있겠다. 조건을 설명하기 위해 지은이는 사도세자 이야기를 한다.

이준익 감독이 연출한 『사도』가 오항녕과 정병설의 관점을 수용한 것은 널리 알려진 사실이니, 영화를 본 사람은 쉽게 이해할 터. 사도세자가 뒤주에 갇혀 죽게 된 사실을 놓고 그동안 대중을 휘어잡았던 해석은 일종의 당쟁희생설이다. 사도세자가 소론과 관계를 맺으려다 노론한테 죽임을 당했다는 것. 그러나 지은이는 이 비극의 원인을 세습 왕정이라는 조건에서 바라보면 전혀 다른 결론이 나온다고 말한다. 영화에 나온 대로 지은이는 다양한 사료를 바탕으로 사도가 사람을 죽이고 정신이상이 되었음을 입증해낸다. 그렇다면 영조의 처지에서 이를 어떻게 해결해야 하는가. 혼군이 될 게 뻔한 세자를 폐위하고 정조에게 왕권을 물려주는 방법 말고는 무엇이 있었겠는가. 세습왕조라는 구조에서 영조가 택할 방법은 결국 뒤주에 사도를 가두는 것이었다는 분석이다.

의지는 "인간은 자신의 사상과 행동을 스스로 결정할 수 있는 존재"인 바, 바로 결정하는 힘을 뜻한다. 이 점은 역사적 인물의 업적을 보면 이해할 수 있겠다. 구조나 조건에 제약받지만, 이를 넘어서는 자유의지가 새로운 역사의 장을 열어젖히는 법이다.

우연은 "서로 목적이 다른 두 개 이상의 행위(사실)가 만나거나, 서로 목적이 같은 두 개 이상의 행위(사실)가 만나지 못한 것"을 이른다. 우연은 잘못 이해하면 한낱 가십거리로 떨어질 수도 있는지라 지은이는 나폴레옹의 워털루 전투를 예로 들어 공들여 설명한다. 나폴레옹은 포병 장교 출신답게 전쟁에서 포격을 통한 작전에 능했다. 워털루 전투도 낙승이 예상되었다. 나폴레옹에게는 240문의 대포가 있었지만, 웰링턴은 159문의 대포만 있었다. 승부의 갈림길은 기상 조건이었다. 만약 땅이 말라 있었다면 전투는 아침 6시에 시작했을 터다. 그런데 밤새 도록 비가 내리고 말았다. 들판 곳곳이 파헤쳐졌고, 물이 고였다. 전투는 예정한 것과 달리 11시 35분에 시작했다. 오후 4시 영국군은 패색이 짙어졌다. 그런데 5시경 일군의 지원군이 나타 났다. 프랑스군이 아니었다. 프로이센군 블뤼허의 부대였다. 전세는 역전되고 말았다. 만약 전투가 두 시간만 일찍 벌어졌더라면, 나폴레옹이 승리했을 테다. 밤새 비가 내리는 우연이 아니었더라면 역사는 달리 쓰였겠다.

지은이는 조건, 의지, 우연 가운데 그 어느 것에 무게중심을 오롯이 싣는 것을 극히 경계한다. 말하자면 역사는 삼발이라는 셈이다. 세 다리가 균형을 잡고 있을 적에 제대로 역사를 볼 수 있다는 뜻이다.

나라 없는 삶을
산다는 것

『빨간 기와집』

생각해 보면, 봉기 씨가 본 '나라'는 늘 이방의 국가였다. 봉기 씨가 태어났을 때 한국은 이미 일본의 식민지 지배를 받고 있었다. 미군 지배하의 오키나와에 살던 전후 시절에도 그랬고, 오키나와가 일본에 반환된 뒤에도 봉기 씨에게 '나라'는 이방의 국가였다. 봉기 씨가 '나라'라고 할 때 그것은 늘 고향을 의미했을 뿐 국가를 상기시키는 경우는 없었다.

가와다 후미코가 쓴 『빨간 기와집』을 읽으며 오랫동안 생각에 잠겼던 구절이다. 위안부 문제로 잡음이 일고 있다. 일본 우익은 계속 일제의 강제 동원을 인정하지 않는다. 국내의 일부

학자는 협력자에 더 방점을 맞춘 발언을 하고 있다. 대체로 가난한 집안 출신으로 못 배운 여성이 가족을 위해 위안부로 팔려 갔다는 식이다. 식민지의 강제성보다 가부장 체계가 낳은 희생양으로 보는 시각이다. 거기다 현 정부는 한일 위안부 합의문을 발표해 국민의 공분을 샀다.

이런저런 잡음에 짜증이 나다가 이 구절을 보며 깊은 한숨을 내쉬었던 것이다. 그 엄청난 고통을 겪을 적에 그 문제를 해결해 주려 나섰던 국가는 없었다. 태어난 나라, 그러니까 모국은 식민지로 전락해 제 땅의 여인을 지켜 주지 못했다. 제국의 야욕에 눈멀어 반인륜적 위안소를 차렸던 일제는 패배하자 희생자를 방기했다. 해방군으로서 미군은 조선 출신 위안부에 대해 특별한 배려를 하지 않았다. 오키나와를 되돌려 받은 일본은 위안부 제도를 아예 부정했다. 해방된 모국은 남북으로 갈라져 상처 입은 딸을 보호하지 못했다.

위안부는 그야말로 유령이 되고 말았다. 보호하는 나라도, 사죄하는 나라도, 여생을 챙겨주는 나라도 없었다. 이 막막하고 어처구니없는 상황에 대한 깊은 이해가 없고서는 위안부 문제를 제대로 볼 수 없다. 그렇지 않으면, 자료 더미에서 얻은 부분적 사실을 침소봉대해서 위안부 문제를 왜곡할 뿐이다. 주변에서 자꾸 잠음이 들리는 이유도 여기에 있는 듯싶다.

오랫동안 유령으로 살던 배봉기가 비로소 한 인간이 되는 과정도 가슴 아프다. 배봉기는 1944년 가을 오키나와의 도카시키섬으로 끌려왔다. 군대와 민간지역의 접경에 빨간 기와집이 있었는데, 여기에 위안소를 차렸다. 책 제목을 빨간 기와집으로 삼은 이유다. 일본 패망 후 배봉기는 미군의 수용소에 있다 나와 오키나와에서 작부 생활을 했다. 오키나와가 일본으로 반환된 다음 매춘이 금지되자 극빈자로 살았다. 이 와중에 배봉기는 불법체류자가 되어 공공의료 혜택을 전혀 받지 못하고 신경통을 심하게 앓았다. 이웃이 나섰다. 유예기간에 신청하면 체류허가를 내주는 조치가 내려져서였다. 등록하는 과정에서 자연스럽게 위안부였다는 사실이 밝혀졌고 1975년 10월 22일 고치신문에 보도가 나가면서 일본 사회에 큰 충격을 주었다.

최근 논란이 된 박유하의 『제국의 위안부』를 반박할 만한 이야기가 이 책에 나온다. 먼저 배봉기는 홍남에서 29세의 나이에 일본인과 한국인 남자가 짝을 이룬 여자소개꾼에게 "일하지 않고 돈을 벌 수 있는 데가 있는 데 가보지 않을래?"라는 말에 속아 위안부가 되었다. 그런데 지은이는 전쟁 말기에는 "공식기관이 직접 대규모로 게다가 폭력적으로 젊은 여성을 끌어모았다"

라고 했으며, 한 일본인이 군 명령에 따라 제주도에서 일주일 만에 250명의 여성을 모았다는 증언집을 소개했다. 배봉기는 일본에 오기 전 부산의 한 숙소에서 만난 여성들 대부분이 10대 후반에서 20대 전반이었다고 회고했다.

책 말미에 지은이가 배봉기의 고향인 신례원을 찾아가 언니를 만나는 장면이 실려 있다. 가난한 농부의 딸로 태어난 두 자매가 겪은 신산한 삶에 눈가에 눈물이 맺히지 않을 수 없다. 배봉기는 말년에 두통을 심하게 앓았다. 파스를 잘게 잘라 얼굴 여기저기에 붙이면서 이겨냈다고 한다. 파스를 자를 때마다 가위로 목을 찌르고 싶은 충동에 한두 번 사로잡힌 게 아니었단다. 삶에 미련이 있어 찌르지 않은 게 아니다. 한번에 죽지 못할까 싶어 참았다고 한다. 나라 잃은 백성이 겪을 서러움 가운데 최고의 고통을 온몸으로 겪은 그들에게 학문의 이름으로, 정치의 이름으로 더는 모욕을 주지 않았으면 한다. 영화 〈귀향〉이 다 끝났는데, 자리에서 일어나지 못하던 뭇사람의 마음도 이와 같으리라.

한반도에
드리워진 주술

『황구의 비명』

　　어느 날, 딸내미하고 대화를 나누다 대학원 입학 구술 문제가 화제가 된 적이 있다. 전공을 바꿔 예술학과를 지원한 딸내미는 연구과제를 '오리엔탈리즘에 맞선 아시아의 현대미술'로 잡았단다. 면접시험에서 전공 교수가 이 점을 놓칠 리 없다. 아시아 현대미술의 정체성은 무엇인지 물었고, 열심히 답변은 했는데 교수들이 싱긋이 웃었다고 한다. 스스로 생각하기에도 적절한 답을 못했다고 본 모양이다.

　　나는 딸내미한테 '오리엔탈리즘에 맞선'에 방점을 두고 이것저것 물어보았다. 물론, 큰 기대는 안 했다. 깊이 있는 인문학 공부가 아직 안 된 상태에서 일종의 유행어처럼 오리엔탈리즘이란 말을 이해했을 테니 말이다. 성의껏 말해 주는 딸내미에게 내가 해준 말은 아시아, 오리엔탈리즘, 현대라는 열쇳말은 반드시 미국을 염두에 두어야 한다는 것이었다.

기실, 아시아에 대한 문화적 경제적 침략에서 비롯하여 마침내 식민지로 삼은 것은 유럽의 열강이다. 그러나 2차 대전이 한창이던 시절부터 냉전 시대에 걸쳐 오늘날까지 아시아는 미국의 세계전략에 엄청난 영향을 받아왔다. 오랫동안 아시아는 소련 봉쇄의 역할을 해왔다. 이 와중에 냉전이 열전으로 바뀌어 고통을 겪은 곳이 바로 한반도를 비롯한 아시아다. 지금은 중국 봉쇄 전략의 파트너가 되어 세계질서의 재편을 목격하고 있다. 이런 일련의 역사를 감안하지 않고 아시아를 바라본다면 그곳의 예술적 저항을 이해하기 어려울 테다. 더욱이 저항의 예술적 형식이 서구적인 것이 주를 이루는 역설적 상황을 염두에 둔다면, 단순한 실마리를 찾기보다는 복잡한 미로에 놓일 거라 일러주었다.

미국. 개인적으로 이 나라에 대한 감정에는 큰 변곡점이 있다. 어릴 적에야 당연히 선망의 대상이었다. 미제라면 최고급이었다. 이상하게 미제 연필깎이가 탐났다. 바라면 더 안 이루어지게 마련이다. 한 번도 써보지 못했으니. 청소년때 보았던 할리우드 영화는 미국을 일종의 유토피아로 바라보게 했다. 자유와 인권이 보장되는 나라, 물질적 풍요와 문화적 완성도가 드높은 나라. 거기에다 전쟁에서 대한민국을 지켜준 나라라는 이미지가 첨부되며 말 그대로 아름다운 나라로 여겼다.

그러다 인식의 대전환이 이루어진 것은 대학에 들어오고 나서다. 광주민주화운동을 추체험하며 미국의 존재를 재평가하게 되었다. 그때 나뿐만 아니라 우리 세대에게 들었던 의문이 있다. 전시는 물론 평시 작전권이 있는 주한미군은 왜 전두환 일당의 부대 이동을 허락했을까. 그리고 군이 시민을 학살하는 현실을 왜 용인했을까? 이 질문 앞에 그 모든 것이 무너져 내렸다. 지금껏 배우고 알고 있는 것을 송두리째 부정하게 됐다. 우리 역사를 다시 읽어 보고, 미국의 대외전략을 곱씹어 보게 되었다. 그리고 우리 현대사에서 미국이 지은 원죄를 확인했다.

그때쯤 읽은 소설이 천승세의 『황구의 비명』이었다. 되돌아보면, 엄청 읽어대던 시절이었다. 갈급했다, 새로운 지식에. 두려웠다, 거짓의 동굴에 갇힐까 봐. 열어 나가고 싶었다, 새로운 인식의 길을. 그러다 만난 작품이니 기억이 선명할 수밖에. 작품의 얼개를 볼라치면, 이렇다.

아내가 돈놀이하다 친하게 지내던 양색시에게 큰돈을 떼였다. 키도 작고 볼품도 없는, 고향에 두 살짜리 딸애가 있는 "그년의 양색시 이름, 담비 킴". 사내는 아내의 성화에 못 이겨 그년에게 돈을 받으러 파주의 용주골로 간다(첫 장면에서 사내는 변비에 걸린 모양새로 그려진다. 어차피 시원하게 뚫리는 일은 없을 테다. 돈 받기는 무망한 일이라는 이미지가 강하다). 한여름이었다. 답답하고 무겁고 막혀 있고 들끓는다. 견고한 것은 모두 흘러내릴 테다. 민족의 자부심이든 전통적인 도덕관이든 여성의 순결이든, 용주골은 용광로라는 이미지를 심어준다. 흉터투성이 구멍가게 주인이 확인해 주듯, "첫때루 안면몰수하구 둘때루 예의 사절하구, 세때루 악발 교육해야 사능게야."

단비 킴은 숏타임 출장을 나갔다. 슬레이트를 지붕으로 얹은 초라한 단층 여인숙 라스팔마스로. 사내는 단비 킴이 들어가 있는 방 앞에 놓여 있는 신발대를 보고 가슴 아렸다. "기껏 한 뼘이 될까 말까 한 하얀 고무신 곁으로 두 뼘이 다 되는 워커가 묵중하게 놓여 있었다." 이 대목에 이르면, 작가가 강한 이미지를 통해 어떤 주제의식을 드러내고자 하는지 짐작하게 된다. 읽는 이가 일찌감치 가슴이 아리고 분노가 치미는 이유이기도 하다. 드디어 만났다. 굳이 은주라는 본명을 말해 사람들이 모른다고 했던 그녀를. 돈 받을 생각은 이미 사라졌다. 욕심을

냈다. 은주를 고향으로 보내겠다고. 설명은 없다. 앞서 설정한 강한 이미지의 힘으로 밀어붙인다. 은주는 거절한다. 다음날 비가 억수로 쏟아지는데 고향으로 내려가라 채근한다. 여기서 비는 정화의 신화적 이미지다. 절대 고향으로 가지 않을 거라는 이의 믿음은 무너진다. 사내는 주머니에 있는 전세금 가운데 5만 원을 헐어준다. 이 과정에서 황구의 비명이 터져 나온다. 어마무시한 수컷과 조그마한 황구인 암캐가 흘레붙었다. 일방적이고 폭력적이었다. 성에 차지 않았는지 수컷이 암컷 목덜미를 물기도 하더니 마침내 암컷 뒷다리를 물고서는 끌고 다녔다.

이 대목이 강한 인상을 남겼다. 누가 보아도 뻔한 상징이다. 수캐는 미국을, 암캐는 우리 민족을 가리킨다. 일방적으로 지배당해 앙칼진 비명만을 지르는 존재가 우리다. 사회과학적 시선에서 보자면, 아무리 풍자적이고 상징적이라 해도 상투성이 드러난다고 비판할 수 있다. 이렇게 단순화해서 볼 수 있는 문제가 아니라고 말이다. 그런데 나는 그것보다 응축된 상징적 이미지로 이 작품을 읽었다. 거기다 은유로 금기의 영역에 도전하지 않았는가. 도대체 우리가 겪은 현대사 비극의 한 원인이었던 미국에 대해 왜 비판할 수 없단 말인가.

『황구의 비명』은 오늘날의 관점에서 다시 읽을 수 있을 테다. "서럽지 않은 황구와 황구로—"라는 마지막 구절을 들어 지나치게 단순한 해결을 내세웠다 볼 수 있다. 또는 가부장제가 만들어낸 기지촌 문제를 정면으로 다루지 못했다고 지적할 수도 있다. 하지만, 나는 이 작품에서 읽은 그 비명 소리가 여태 쟁쟁하다. 한반도에 사는 구성원의 동의도 없이 북한을 얼마든지 선제타격할 수 있다는 트럼프의 발언을 접하고서도 황구의 비명소리가 들리지 않을 수 있겠는가. 분단의 원인이지만, 전쟁에서 체제를 지켜 주었기에 우리는 미국과 오랫동안 스톡홀름 증후군 관계를 유지해왔다. 어떻게 해야 이 주술에서 풀려날 수 있을까? 깊은 탄식만 터져 나올 뿐이다.

하와이의
잔혹사이자 부활사

『하와이 원주민의 딸』

　책을 읽고 나서 가장 먼저 든 생각은 잘 몰랐다, 였다. 그럴 수밖에, 하와이 역사를 잘 알 리는 없지 않은가. 그럼에도 마음 한편이 불편했다. 몰랐다고 해서 해결될 문제가 아니다. 다른 민족이 겪고 있는 고통에 그만큼 둔감했다는 뜻이지 않은 가. 누구나 이곳을 지상의 낙원이라 여기며 최고의 관광지로 생 각했을 터다. 아름다운 풍광과 훌라춤으로 상징되는 일탈의 공 간. 그것이 하와이 하면 떠오르는 이미지다. 그러나 그 관광 때 문에 정체성을 잃고 상품화의 나락으로 떨어진 원주민 문화나, 관광 수입이 원주민 몫으로 돌아가지 않는 구조적 원인, 그리고 외국 자본의 부동산 사재기 때문에 겪는 고통을 알아보려 하지 않았다. 그러다 보니 당연히 그 섬에 수많은 원주민의 설움과 아픔이 새겨져 있다는 사실을 알지 못했고, 더욱이 그들이 뭉쳐 다시 자신의 권리를 회복하려고 몸부림치고 있는 사실을 몰랐을 테다.

하우나니 카이 트라스크가 쓴 『하와이 원주민의 딸』은 우리가 미처 몰랐던 하와이의 잔혹사와 더불어 그 하와이의 부활사다. 이 책에서 가장 흥미로웠던 대목은 말하자면 '역사 미러링'이라 할 부분인 바, 다음과 같다.

> 그들이 원주민을 게으르다고 쓴다면, 노동은 끊임없이 계속되어야 하며 고통과 다름없다고 쓰는 것과 마찬가지다. 우리의 성생활이 문란하다고 쓴다면, 서양의 기독교 사회에서는 연예가 죄악이라고 말하는 것과 같다. 서양인보다 우리가 자신만의 방식을 더 고집한다는 이유로 우리를 인종주의자라고 공격한다면, 그들의 문화야말로 다른 문화를 지배해야 할 필요가 있다고 말하는 것이 된다.

통렬하다. 미국이 지배하는 하와이의 원주민으로서 진정한 문화적 독립선언서이면서 제국주의 침략 세력에 대한 도전장이다. 그동안 백인이 써온 하와이사는 그야말로 오리엔탈리즘의 전형이다. 그러나 이에 반기를 들었다. 오히려 하와이의 역사와 문화가 오래된 미래이며, 참된 가치이며, 이를 바탕으로 할 적에 새로운 문명을 열 수 있다고 당당하게 말한다. 도대체 이런 탈식민주의적 의식을 가진 지은이는 어떤 삶을 살아왔는지 궁금하지 않을 수 없다.

하와이 원주민 출신이라 그녀가 겪었던 고난은 이 책의 〈백인 대학의 하와이 원주민〉 장에 잘 나왔다. 그녀가 위스콘신 대학에서 페미니즘 이론으로 박사논문을 쓸 적에 하와이 대학의 미국 연구학과에 교수 채용 공고가 났다. 그녀는 정상적인 절차를 거쳐 응모했으나 '백인 외 출입 금지' 구역에 발을 디뎠다는 사실을 깨달았다. 학과에서 최종적으로 그녀가 교수 후보로 결정되었지만, 권위적인 학과장이 이를 반대하며 일이 커졌다. 하와이 원주민 운동을 하는 단체와 학교의 지원그룹 덕에 겨우 교수가 되었다. 그 과정에서 그녀는 모욕감을 느끼고 분노해야 했다. 그런데 여교수가 학과장이 되었는데도 차별은 그치지 않았다. 그 교수는 백인이었다. 그녀는 "어떤 연구를 가르칠 권리, 배운 것을 옹호할 권리, 불일치에 맞서고 논쟁할 권리, 배운 것 때문에 괴롭힘당하지 않을 권리" 등을 보장받지 못했다. 당연히, 굴복하지 않았다. 제도적인 인종차별과 성차별에 맞서 싸웠다. 긴 전쟁은 그녀가 하와이연구센터의 초대 전임교수가 되면서 일단락되었다.

하와이의 수난사를 단 한 단어로 요약하면 '폭력'이 되는 바, "떼죽음을 일으킨 폭력, 기독교 전도라는 폭력, 원주민 문화의 파괴를 초래한 폭력 그리고 미국 군대에 의한 폭력"이다. 더불어 "교육의 식민화라는 폭력으로, 외국인인 하올레(백인)의 가치관이 하와이 원주민의 가치관을 뭉개버렸"다. 이 책을 통해 새롭게 알게 된 사실 두 가지가 있다. 첫째는, 하와이가 "극단적으로 군사기지화 됐고 태평양 지역에 핵 배치도 늘어났다"라는 점이다. 두 번째는 아메리칸 인디언에게 적용되는 연방 정책이 놀랍게도 하와이 원주민에게는 해당하지 않는다는 점이다.

『하와이 원주민의 딸』은 환상을 깨고 현실을 직시하게 한다. 그곳은 낙원이 아니다. 슬픔과 원한, 고통과 한숨의 섬이다. 그러나 포기하지 않는다. 침략과 지배의 역사를 끝내고 주권을 되찾으려 한다. 그들은 이미 카 라후이라는 원주민 주도의 자치 정부를 창설했다. 그녀가 명명했듯 명목상으로 독립 또는 자치 상태로 정의되는 단계에서의 억압의 경험을 뜻하는 신식민주의를 끝장내고자 한다. 제주, 오키나와, 대만, 그리고 하와이. 어

찌 이 아름다운 섬은 다 같이 슬픈 역사를 간직하고 있다는 말
인가! 그들의 깊은 상처가 치유되길 꿈꾸어 본다.

우리도 그 한 명이
될 수 있을까?

『한 명』

읽다가 몇 번이나 책을 덮었다. 내용을 음미하고 문장을 곱씹기 위해서가 아니었다. 일단, 고통스러웠다. 어떤 상황을 치밀하게 묘사하고 그 상황을 자극적으로 과장하지도 않았다. 오히려 그러기에는 소략했다. 그렇지만 더는 못 읽겠더라는 말이다. 진저리를 치며 읽은 대목이 뇌리에서 사라지길 바랐다. 그냥 중도에 포기하고 싶은 마음도 들었다. 그래도 읽어야만 한다는 강박증마저 생겼다. 이 아픈 역사를 모른 척할 수 없다는 양심의 발로였다.

김 숨의 『한 명』은 아흔셋의 나이에 이른 위안부 출신을 주인공으로 내세운다. 제목이 한 명인 까닭은, 자신이 위안부였음을 나라에 밝힌 238명 가운데 생존자가 유일하게 한 명인 상황을 가상해서다. 주인공은 위안부였음을 세상에 밝히지 않았다. 대구에서 버스를 거듭 갈아타고 들어가야 하는 까막골 출신이다. 고향마을 강가에서 다슬기를 잡다가 강제로 끌려왔다. 그때 나이가 열세 살이었다. 위안부가 한 명만 살아 병원의 중환자실에 입원한 상황에서 주인공은 과거를 회상한다. 그 과거가 읽는 이를 고통스럽게 한다.

소설에는 여기저기 각주가 달려 있다. 상황에 대한 회상이나, 지문에 붙어 있다. 무엇을 참조했나 보았더니 위안부의 증언이었다. 왜 작가는 자신이 상상해서 그 말을 쓰지 굳이 인용했을까? 아마도 필설로도 형언할 수 없는 상황인지라 작가의 상상력으로도 더 낫거나 더 정확한 표현을 할 수 없다고 여겨서였을 법하다. 읽으며 숨이 막혔던 부분이 대체로 이런 대목이었다. 나라 잃은 백성의, 그리고 그런 나라의 여성이 겪어야 했을 고통에 전율하게 된다.

만주의 위안소 생활만 끔찍한 바는 아니었다. 주인공은 위안소에서 도망쳐 나오고도 5년 만에 고향에 돌아온다. 그 과정에서 겪고 목격한 내용이 기막히다. 총 맞아 죽고 윤간당하고 억류당하다 겨우 두만강에 이르렀지만, 소용돌이에 휘말려 죽기도 한다. 내 나라에 들어와도 지옥도는 계속 펼쳐진다. 고향으로 돌아갈 여비가 없다. 행랑살이에 식모살이에 입에 겨우 풀칠하며 어떤 때는 주인의 전대에서 돈을 훔치며 고향에 겨우 돌아온다. 끔찍한 일을 겪으면서도 죽지 않고 살아낸 것은 엄마를 보고 싶어서였다. 그러나 어머니는 이미 돌아가셨고, 아버지는 중풍으로 누웠다. 살아 돌아와 반가운 가족이 아니라 군식구가 되어 버렸다. 다시, 풍찬노숙의 삶을 살아야 했다.

작가는 이 여인의 이름을 불러주지 않았다. 그저, 무심히, 그녀라고 했다. 그냥 읽으면 작가가 여인의 이름을 밝히지 않은 까닭을 알 수 없다. 그런데 후반부에 이르면 그 이유를 짐작할 수 있다. 그녀가 마지막 남은 위안부의 근황을 텔레비전으로 보며 마침내 결심한다.

그녀는 티브이 받침대 서랍을 열고, 그 안에 넣어두었던 백지를 꺼낸다. 반으로 접힌 백지를 펼치자 또박또박 힘을 주어 쓴 글자들이, 억눌려 있던 스프링처럼 앞다투어 튕겨오른다.

나도 피해자요

그 한 문장을 쓰기까지 70년이 넘게 걸렸다.

그녀는 한 명 남은 위안부를 만나러 간다. 역사의 증인이 사라지게 할 수는 없잖은가. 그녀가 죽는다면, 그녀의 자리를 자신이 잇겠다는 결의다. 그때 비로소 작가는 그녀의 이름을 부른다. 풍길. 한 많은 삶을 산 한 여인의 이름이다. 왜 작가는 이런 구도로 작품을 썼을까? 나는 알겠다. 우리가 그 한 명이 되어 달라는 소망의 표현이라는 점을. 정치인들이 어떤 협잡을 해 위안부 문제를 덮으려 해도, 학문의 이름으로 거짓 화해를 강변하더라도 이따위 것에 흔들리지 말고 증언하는, 기억하는 한 명이 되어달라고.

　누가 읽더라도 이 작품은 중도에 멈추게 될 터이다. 그 중단이 뜻하는 바를 고민해 보았으면 좋겠다. 그러면 우리도 그 한 명이 될 수 있다.

디아스포라의
운명

『주기율표』

프리모 레비는 니스와 인연이 깊다. 자서전『주기율표』에서 그 인연이 무엇이었는고 톺아보기에 앞서, 레비가 니스를 어떻게 정의하는지부터 알아보자. 사전적 의미에서 니스는 불안정한 물질이란다. 이 물질은 사용하는 어느 순간 액체에서 고체가 되어야 한다. 고체로 변화하는 순간이나 장소가 적절해야 하는 것은 두말할 나위가 없다. 만약 창고에 있는 동안 고체가 되면 폐기처분을 해야 한다. 너무 일찍 반응이 나타나면 안 되는 것이다. 거꾸로 쓰고 났는데 굳지 않은 경우가 있다면, 이는 웃음거리가 된다. 너무 늦어도 안 된다. 니스가 하는 일이란 무엇인고 하면, 결국은 치밀하고 단단한 망을 만드는 것이다.

니스에 대한 설명을 듣다 보면, 마치 화학으로 말하는 인생론 같다. 살아가는 것은 연금술과 비슷하다. 둘 다 비루한 것을 빛나는 그 무엇으로 바꾸고자 하는 열망을 자양분으로 삼고 있다. 변화라는 열쇳말을 함께하는 것이다. 그런데 그 결정적 변화가 적시적소에서 이루어지지 않으면 소용없다. 삶을 되돌아보며 회한에 빠지는 것은, 바로 이런 안타까운 경험이 누구에게나 있기 때문이다. 우리는 세파에 무방비 상태로 노출되어 있다. 칼바람을 맞으며 버티려면 우리를 감싸주는 그 무엇이 필요하다. 갑옷은 관두고라도 삼베옷이라도 누군가 입혀주었더라면 좋았을 텐데. 살아가면서 본의 아니게 원망과 한이 쌓이는 것은 헐벗은 채로 살아왔다 여기기 때문이리라. 곱씹어 볼수록 니스의 특징과 우리네 삶은 닮아 보인다.

잠시 옆길로 샜다. 본론으로 돌아오자. 프리모 레비는 이탈리아에서 태어나고 자라난 유대인 화학자다. 대학 재학 중 파시스트들이 만든 인종법으로 고난의 삶이 예고된다. 유대인이라는 주홍글자가 새겨져 있음에도 주변의 배려로 잘 버텨 나갔다. 하지만 파시즘은 예외를 두지 않았다. 저항의 길을 택했고, 그 결과 아우슈비츠로 갔다. 믿기지 않는 운과 복이 따랐다. 그 무간지옥에서 살아 돌아왔으니 말이다. 어찌 평상을 회복할 수 있겠는가. "내가 인간이라는 것에 죄의식을 느꼈다." 산 사람보다 죽은 사람에 더 가까웠다. 시를 썼다. 그야말로 "피가 묻어나는 시"였으리라. 그것이 쌓여 한 권 분량이 되어 가자 평온을 느꼈다. 사람이 된 듯한 기분이 들었다. 목구멍이 포도청이라 일자리를 얻었는데, 그곳이 니스 공장이었다.

온 나라가 전쟁 후유증을 앓는데 공장이 제대로 돌아갈 리 없다. 남는 시간에 글을 쓰면서 버텼다. 그러다 일이 떨어졌다. 버려진 니스 덩어리가 잔뜩 있는데, 원래로 돌리는 방법이 있는지 알아보라는 것이었다. "반은 화학자로, 반은 수사관으로" 일에 매달렸다. 젊은 날, 그에게 화학은 구름이었다. 앞날을 가리는 걸림돌의 수사적 표현이 아니다. 오히려 그것은 성경의 상징을 통해 무궁한 가능성을 뜻한다. "마치 시나이산을 어둡게 둘러싼 구름" 같은 것이니, "그 구름 속에서 내 율법이, 내 내부와 내 주변, 세계의 질서가 나타나 주길 기다렸다."(카오스에서 코스모스로!) 그는 과학에서 궁극적인 것을 얻으리라 기대했다. 거기에 "최고의 진리에 도달하는 새로운 열쇠"가 있으리라 믿었다. 처음에는 열쇠를 찾으려 했다. 시간이 지나면서는 열쇠를 만들기로 했다. 아니, 거기서 그치지 않았다. "억지로라도 문을 열 거야"라고 마음먹었다. 아, 과학에 미친 어린 시절에는 얼마나 행복했던가. 모든 것이 "저마다 그 신비를 밝혀 달라고 졸라"대고 있었으니.

그는 이 시기에 비로소 절대 사라지지 않을 듯했던 상처에서 벗어날 수 있었다. "무게를 달고 나누고 측정하고 어떤 실험에 대해 판단을 내리고 그 이유에 대한 답을 찾으려고 온 힘을 다하는" 화학자의 길을 되찾았기 때문이다. 평생의 반려자를 만난 것도 빼놓을 수 없는 일이다. "마침내 기쁨과 활력을 안고 삶 속으로 들어갈 준비"가 되었다. 글쓰기가 그의 해방감을 더해 주었다. 가혹했던 기억의 짐이 이제 희망과 기쁨의 씨앗이 되었다.

레비의 삶이 문제적인 것은 그가 훗날 자살했기 때문이다. 도저히 살아남을 수 없는 곳에서 돌아온 자가 스스로 자신의 삶을 끊었다. 경악과 충격이라 하지 않을 수 없다. 서경식의 『시대의 증언자 쁘리모 레비를 찾아서』는 그 죽음의 원인이 어디에 있는가에 초점이 맞추어져 있다. 그는 왜 죽었을까? 이 수수께끼를 푸는 데 실마리가 될 만한 이야기도 니스와 관련 있다.

생환한 지 22년이 되는 해였다. 역시 니스 관련 회사에서 일하고 있었다. 니스에 쓰는 수지 원료를 수입했다. 그런데 문제가 생겼다. 니스를 공급한 업체는 독일의 대기업이었다. 정중하게 항의 편지를 썼지만, 상대방은 뻔한 답변만 해 왔다. 편지를 주고받으며 독일 쪽 책임자가 L 뮐러 박사라는 사실을 알게 되었다. 퍼뜩 떠오르는 사람이 있었으나, 속단할 수는 없었다. 뮐러라는 이름은 남산에서 돌팔매질하면 김 씨나 이 씨 집 마당에 떨어지는 격이다. 독일에서는 흔한 이름이었던 것이다. 그러다 철자를 달리 쓰는 습관을 발견했다. 그렇다면 바로 그 사람이었다, 아우슈비츠의 실험실에서 만났던.

레비는 그와 세 번 이야기를 나눈 적이 있다고 한다. 처음에는 작업에 대한 질문만 했고, 두 번째에는 수염이 왜 기냐고 물었다고 한다. 면도기도 없고 손수건도 없는 데다, 월요일마다 떼거리로 수염을 깎는다고 대답했다. 세 번째 만났을 때 쪽지를 건네주었다. 목요일에도 면도할 수 있도록 해주고, 가죽 신발도 한 켤레 주겠다는 내용이었다. 그러면서 물었다. "왜 그렇게 불안해 하느냐?" 기가 막힌 질문이 아닐 수 없다. 도저히 인류사회에서 벌어질 수 없는 방법으로 무고한 사람들이 살육당하고 있는 현장에서, 언제든지 그 희생양이 될 수 있는 사람에게 던져서는 안 될 질문이었다.

물품을 둘러싼 분쟁을 해결하면서 레비는 뮐러에게 자신의 저서를 보내주고 옛일을 기억하는지 묻는 편지를 띄웠다. 드디어 답신이 왔다. 자신이 그때 만났던 사람이 맞다며 레비가 살아남아 기쁘다고 했다. 이제 답장을 써야 한다. 예상할 수 있듯 레비는 당혹스러워한다. 특히 그에게 묻고 싶은 게 많았다고 회고한다. 당장 "아우슈비츠는 왜? 판비츠(레비를 실험실에서 일하게 한 독일인)는 왜? 어린아이들은 왜 가스실로 가야 했는지"라고 묻고 싶었다. 편지가 오고 가며 그의 고뇌는 더 깊어진다. 뮐러는 아우슈비츠의 사건을 전 인류의 탓이라 했다. 실험실에서 일할 수 있도록 레비를 뽑은 사람이 자신이라고 밝혔다. 그리고 아우슈비츠의 공장이 유대인을 보호할 목적으로 운영되었고, 포로에게 동정심을 품지 말라는 명령은 위장이었다고 말했다. 더욱이 자신은 아우슈비츠에 머무는 동안 "유대인 학살을 목적으로 하는 그 어떤 활동에 대해서도 알지 못했다"라고 했다. 그러고는 레비에게서 "유대 정신을 극복하여 자신의 적을 사랑하는 기독교 신자의 계율을 잘 지키고 있으며 인간에 대한 믿음이 있다는 증거를 발견"했노라고 했다.

편지 어느 곳에도 진실한 반성과 참회의 마음을 읽어낼 수 없다. 개인이 막아낼 수 없는 체제의 폭력이었다고 발뺌할 따름이다. 가해 집단의 일원으로 돌팔매를 맞을 각오보다는 피해자의 용서를 서둘러 요구하는 꼴이다. 역사의 범죄 앞에서 어느 사람도 손을 씻으며 죄 없다 할 수 없는 법이다. 이미 레비의 절망은 여기서 시작되었는지 모른다. 그는 편지의 초고 내용을 다음처럼 썼다. 그러나 이 편지는 끝내 부쳐지지 않았다. 이탈리아로 찾아오겠다는 뮐러 박사가 급사해서였다.

> 적을 용서할 준비가 되어 있으며 아마 그들을 사랑할 수 있을 것 같지만 그것은 그들이 후회의 표시를 보이는 경우에만, 그러니까 그들이 적으로 남아 있기를 포기한 경우에만 가능했다. 반대의 경우, 여전히 적으로 남아 있고, 남에게 고통을 가하려는 고집스러운 의지를 고수하는 사람이라면 그를 용서해서는 안 되었다. 그 사람을 구원할 수 있고 그와 대화를 나눌 수 있겠지만(나누어야만 한다!) 우리에게 의미 있는 일은 그를 심판하는 것이지 용서하는 것이 아니다.

『주기율표』는 최고의 자서전이라 평할 만큼 빼어나다. 담고 있는 주제의식도 대단한데다 문장도 뛰어나다. 더욱이 삶을 연대순으로 정리하지 않고 주기율표를 원용해 글을 써나간 방식도 독특하다. 주기율표 순서대로 원소를 나열하고, 이것이 환기하는 일화를 소개하고 있다(네그리 자서전 『귀환』은 알파벳 순으로 되어 있는데, 이 책의 구성도 상당히 특이하다). 개인적으로는 이 책의 가치를 다른 데서도 찾을 수 있다고 여기고 있다. 책을 읽으며 내내 들었던 두 가지 의문이 바로 이 책의 또 다른 의미를 돋을새김해 준다고 보는 것이다.

그 하나는 우리가 과연 『주기율표』를 제대로 이해할 수 있느냐 하는 것이다. 교양 도서로서는 잘 받아들일 수 있으리라. 그렇지만 이 책에 담긴 디아스포라의 운명에 대한 절실한 이해에 과연 우리가 이를 수 있는가 하는 의문이다. 정주의 삶은 유목의 애환을 속 깊이 알 수 없다. 나는 그런 점에서 국내에 레비를 알리는 데 크게 이바지한 서경식을 주목한다. 재일 조선인으로 살아가는 삶만이, 형제가 독재의 희생양이 되었던 경험이 있는 자만이 레비를 제대로 이해할 수 있다. 『시대의 증언자 쁘리모 레비를 찾아서』는 바로 이 두 층위로 레비를 읽고 있다.

또 하나는 자꾸 레비와 리차드 파인만을 비교하게 된다는 점이다. 둘 다 유대인이었는데, 유대적 전통에서 자유로웠다. 어릴 적부터 관찰과 실험을 즐겼는데, 여기에 얽힌 재미있는 일화가 둘 다 많다. 나중에 친구하고 작은 회사를 꾸린 점도 비슷하다. 도전정신이 충만한 데다 자유로운 영혼이었다는 점을 보여주는 사례다. 그런데도 그 둘이 맞이했던 운명은 달랐다. 유럽에서 살았던 한 사람은 역사의 수레바퀴에 깔려 죽기 직전 살아 돌아왔다. 이후 과학자보다 문필가로 명성을 떨쳤다. 미국에서 살았던 사람은 노벨 물리학상을 받으며 과학계의 상징이 된다. 다시, 니스를 떠올린다. 한쪽의 반응은 예정대로 이루어지지 않았다. 한쪽은 제때 제대로 화학반응을 일으켰다.

그렇다고 우리가 운명의 뒤웅박 팔자라는 말을 하려는 것은 아니다. 개인에게 역사는 가혹하기도 하고 축복이 되기도 한다. 그렇다면 역사는 고삐 풀린 망아지일까? 개인의 삶이 역사적 가치를 띠게끔 살았던 사람들은 그래서는 아니 된다고 말하는 듯싶다. 결코 역사가 개인의 삶을 짓밟지 못하게 해야 한다고 자기의 삶을 걸고 주장하고 있다. 아마 자서전을 읽는 이유가 여기에 있는 듯싶다. 운명이라는 가혹한 발톱에 상처를 입고도 마침내 일가를 이룬 사람의 이야기이니까. 그리고 그들의 성취가 개인의 영역에 머물지 않고 이웃과 공동체로 확대되는 이야기이니까. 삶은 모방이다. 그들의 삶을 뒤쫓고자 열망할 적에 그런 삶을 살 수 있는 법이다. 이제, 훗날 자서전을 쓸 수 있는 사람이 되기를 갈망해 본다.

자본이라는
리바이어던

『나의 1960년대』

"나는 1960년에 도쿄대에 입학했다." 책의 첫 구절이다. 읽자마자 상상력에 불이 붙었다. 전공투 얘기를 할 모양이다. 야스다 강당 점거 사건을 어떻게 증언할까. 적군파 이야기도 곁들이겠지. 이런저런 상식을 총동원해 다음 구절을 짐작하게 한다는 점에서 매우 자극적인 문구이다. 그럴 만하다. 도쿄대 전공투 의장을 맡았고, 학원강사를 하며 재야 과학사가로 산 사람이 쓴 책이다. 더욱이 책 제목이 『나의 1960년대』이다. 상상이 아니라 기대였는지도 모른다. 그런데 야마모토 요시타카는 이 책에서 읽는 이의 바람을 일정 충족해 주면서 예상하지 못한 새로운 이야기보따리를 풀어놓는다.

이야기의 한 축은 기대한 대로 1960년대 일본 학생운동사이다. 1960년 안보 투쟁과 1962년 대학 관리법 반대 투쟁을 자세히 다루었고, 1960년대 중반의 베트남 반전운동과 1968년 도쿄대 야스다 강당 점거 농성을 회고했다. 그런 측면에서 보면 이 책은 "오로지 물리학과 수학 공부를 공부하고 싶어서" 대학에 들어간 한 과학도가 어떻게 학생운동의 맨 앞자리에 서게 되었는지를 보여주는 정치적 성장사라 할법하다.

　그가 학생운동을 하게 된 계기는 일단 미일안보조약 개정 비준을 강행한 기시 노부스케에 대한 반감에서 찾을 수 있다. "전전에는 도조 히테키 내각의 각료였고 전후에 곧바로 A급 전범으로 체포되었다 운 좋게 기소를 면한 후에 우경화한 점령군 권력의 환심을 사서 재차 지배층으로 올라간, 말하자면 전전과 전후를 관통하는 반동을 체현한 듯한" 인물이다. 그가 학생운동을 지속한 이유는 일종의 부채감이다. 1960년 6월 국회 앞에서 벌어진 대규모 집회에서 간바 미치코가 사망하는데, 지은이는 마침 그때 감기에 걸려 기숙사에서 자고 있었단다. 살아남은 자의 슬픔이 그를 계속 운동하게 했다는 뜻이다.

　이 책을 통해 새롭게 알게 된 것도 수두룩하다. 1968년 도쿄대 투쟁은 의학부 학생들이 불을 붙였다. 1년간 무급이던 인턴제도가 유급 2년이 되어 시중병원으로 확대되는 등록의사제도에 의대생들이 반대하며 집회를 열었다. 이 과정에서 학생들이 부당하게 징계받는 일이 벌어졌고 6월에 야스다 강당을 점거했는데, 1,200명의 기동대가 투입되어 진압했다. 이 사건이 기폭제가 되어 의대생의 투쟁이 전 도쿄대 학생의 저항으로 확산했고, 우리가 잘 알고 있는 야스다 강당 점거 사태가 벌어진다. 그리고 이 저항 과정의 주축이 대학원생이었다는 점도 밝혀놓았다.

그런데 지은이는 학생 운동사를 회고하면서 일본의 과학기술이 국가를 중심으로 군부와 자본에 포획되는 과정을 소상히 밝혀놓았다. 1962년 일본 정부는 대학 관리법을 공표한다. 그럴듯한 이유야 많았지만 안보 투쟁에 놀란 권력 집단이 학생운동을 제압하려는 조치였다. 또 다른 목적도 있었다. "산학 협동을 추진하며 대학에서 이루어지는 연구의 더 효율적인 조직화를 지향"했다. 이 조치를 둘러싸고 학생과 교수가 갈등을 벌이는 과정에서 일본의 과학기술의 민낯이 드러난다. 예를 들어 지구물리학은 지진학, 해양학, 기상학, 지구 전자기학 등으로 이루어졌는데, 이 분야는 군사적 필요성이 큰 학문이다. 실제로 이 분야에 종사한 "물리학자는 세상의 움직임에 민감하게 반응하며 전쟁에 솔선해서 협력"했다. 일본의 과학기술은 태생적으로 "진리 탐구에서만 기쁨을 발견하는 한 줌의 탈속적인 사람들에 의해 추구"된 게 아니라 "국가의 정치·경제·군사에 기본적이고 불가결한 영위로서 존재"했던 것이다.

학생 운동사를 날줄로, 과학기술을 씨줄로 삼은 이 책이 펼쳐 보이는 새로운 지평은 무엇일까? 나는 책의 맨 앞에서 찾았으니 "1960년 안보 투쟁은 일본의 전후 사회로부터의 탈각과 근대화를 왼쪽에서 추진한 셈이다. 그리고 고도성장은 당연히 과학기술의 진흥을 필요로 하고 있었다"라는 대목이다. 실로 자본이라는 리바이어던은 저항마저도 발전의 동력으로 삼는다. 과학기술은 한낱 수단이었음은 이미 밝혀졌다. 참으로 자본을 넘어서기는 난망하기만 하다. 물론 꿈꾸기마저 포기하자는 바는 아니지만.

창조와
혁신의 비밀

『파인만씨, 농담도 잘하시네!』

파인만의 동료 과학자 프리먼 다이슨은, 파인만이 모험과 우스개의 주인공으로만 알려지는 것이 영 못마땅했던 모양이다. 축구로 치자면 개인기가 출중해 문지기마저 희롱하는 화려한 플레이를 자랑하는 골잡이로만 돋을새김된 면이 있다고 본 것이다. 프리먼 다이슨도 그런 점이 있음을 부인하지는 못한다. 파인만의 과학 스타일은 빛나고 인상주의적이었던 바 "불투명한 미분 방정식이 아니라 투명한 그림으로 자연을 설명했고, 칠판을 가득 메운 비의적인 기호가 아니라 극적인 몸짓과 온갖 의성어를 동원해서 강연했"으니 말이다. 그럼에도 그의 과학 정신은 보수성을 짙게 띠었다고 프리먼 다이슨은 힘주어 말한다.

파인만은 물리학 분야에서 혁명적인 아이디어가 나타났을 적에 그것이 얼마나 멋지냐보다 얼마나 올바른 것이냐를 판단의 잣대로 내세웠다. 그 자신이 일순간의 놀라운 발명으로 과학의 새 지평을 열기보다는 기존의 것을 바탕으로 세심하고 고된 과정을 거쳐 새로운 이론을 내놓았다. "그가 만든 것 중에서 서둘러 구축한 것은 하나도 없고, 이 모든 것들은 세월의 시험을 견디고 서 있다."

하지만 파인만의 진중함과 진정성, 그리고 끈기를 동경해서 『파인만씨, 농담도 잘하시네!』(이하 '파인만!')를 읽을 리는 없다. 결코 과학자에게서는 기대할 수 없는 일화, 그러니까 과학자와 군사 전문가가 한데 모여 있는 데서 남의 금고를 열어젖히고, 죽음이 예고된 여성과 결혼하는 순애보를 남기고, 밴드에서 드럼을 치며 삶을 즐길 줄 알고, 바에서 만난 여성을 꼬드기려고 애썼다는 전설적인 이야기의 주인공에 흥미를 느끼지 않을 사람이 어디 있겠는가. 기행만 일삼았다면 무에 대단하겠느냐만, 그 와중에도 1965년 노벨물리학상을 받았고 1986년에 일어난 우주 왕복선 챌린저호의 폭발 원인을 밝혀낸 출중한 학자였기에 그의 자서전에 대한 관심이 높은 것이리라.

나는 '파인만!'을 읽으면서 대뜸 "개체발생은 계통발생을 반복한다"라는 말을 떠올렸다. 그의 일대기를 보노라면 과학자가 겪었음 직한 성장 과정의 특징이 잘 드러나 있다는 말이다. '이름하여 천재 과학자는 어떻게 태어날까?'라는 관점으로 이 책을 읽노라면 새로운 것을 깨우치게 된다.

먼저 아버지의 역할. 그의 아버지는 제복 장사를 했다. 아내에게 만약 아들이 태어나면 과학자가 될 거라 했다니, 과학에 대한 열정이 대단했던 모양이다. 파인만의 회고에 따르면 아버지는 그를 무릎에 앉혀 놓고 백과사전을 읽어주곤 했다. 동화책이 아니라 백과사전을 읽어주었다는 것도 특이하지만, 읽어주는 방식도 남달랐다. 공룡 항목에 티라노사우루스 렉스가 나오고, "이 공룡은 키가 7~8m이며 머리둘레가 2m 정도"라고 풀이되어 있었다. 이 구절을 읽고 나서 아버지는 무슨 뜻인지 생각해 보자 했다. 공룡이 만약 집 앞 뜰에 서 있다면 책을 읽는 2층 창문에 닿을 만한 크기인데 머리가 커서 창문으로 들어올 수는 없겠다고 말해 주었다. 딱딱한 내용을 실감 나게 풀어 설명하는 과정에서 과학적 흥미는 배가되었다. 아버지는 늘 예를 들어 설명하고 대화로 가르치려 했다. "강요나 억압은 전혀 없었고 단지 흥미롭고 사랑이 깃든 대화가 있을 뿐이었다." 훗날 그가 명강의로 이름을 날리게 된 힘의 근원이 어디 있는지 짐작할 수 있다.

모든 아버지는 스승이자 경쟁자이기도 한 법이다. 열세 살 적에 도서관에서 미적분학책을 빌리려 하자 어린아이가 왜 이런 책을 보려 하느냐고 사서가 물었다. 아버지께서 보려 한다고 거짓말하고는 빌려와 혼자 공부했다. 아버지도 읽었는데, 복잡하다며 잘 이해하지 못했다. 자신은 비교적 쉽고 간단하다고 느꼈는데 말이다. 늘 가르침을 받아왔는데, 이제 가르쳐 드릴 정도로 훌쩍 자라났다. '청출어람'은 이럴 때 쓰라고 사전에 있는 말이다. 믿기지 않을 정도로 유사한 내용이 장회익의 자서전 『공부도둑』에도 나온다. 그의 아버지는 초등학교 졸업이 최종학력이다. 그럼에도 동료들이 '장 박사'라 부를 만큼 견실한 토목기술자로 살아갔다. 평소 수학과 물리학을 깊이 이해하고 있었는데다 꾸준히 관련 학문을 공부해온 덕이다. 장회익이 일찌감치 이들 과목에 흥미를 느낀 이유이기도 하다. 그런 아버지가 여러 차례 미적분학을 혼자 힘으로는 공부해낼 수 없다고 실토한 적이 있었다. 고등학교 시절, 러브의 『미적분학』을 읽고 나서 눈을 떴다. 그래서 아버지에게 미적분을 이해했다며, 가르쳐 드리겠노라 선언했다. 아버지는 아들의 설익은 지식을 아랑곳하지 않고 흔쾌히 가르침을 받았다고 한다.

무릇 이 땅의 아버지는 스스로 물어보아야겠다. 다음 세대에게 지적 흥미와 자극을 주는 살아 있는 교육을 하고 있는가라고. 그리고 기억해야겠다. 모든 것은 아버지한테 배우는 법이라는 것을.

두 번째는 어린이를 위한 과학자 위인전에 물릴 정도로 나오는 내용이다. 왕성한 지적 흥미를 이겨내지 못해 실험을 하다 사고를 겪는 일이 많다는 점이다. 개구쟁이에 익살꾼이었던 그가 남 보기에 아슬아슬한 일을 얼마나 자주 저질렀을지는 불을 보듯 뻔하다. 기껏 말했는데 친구들이 믿지 않으면 실제로 보여 주겠다고 나섰다. 오줌이 중력으로 떨어진다고 우기는 친구에게 물구나무서서 오줌 눌 수 있다며 실연을 해보였다. 코카콜라와 아스피린을 같이 먹으면 기절한다고 말한 친구가 있었다. 논쟁이 이상하게 발전해 무엇을 먼저 먹어야 하는지로 번졌다. 그래서 몸소 나섰다. 세 번 실험했는데, 아스피린 먼저 먹기, 둘 섞어 먹기, 콜라 먼저 먹기. 결과는? 기절하는 것은 고사하고 잠이 안 와 수학 문제를 실컷 풀어 보았단다. 동네 꼬마들을 대상으로 화학을 이용한 마술쇼를 한 적도 있다. 광대 기질이 있는지라 인기를 끌었던 모양이다. 벤젠을 이용해 손에 불을 붙이고는 불이 났다고 호들갑을 떨며 쇼를 마쳤다고 한다. 친구들이 믿지 않자 재연을 해보였다. 이번에는 손에 화상을 입는 큰 사고가 났다. 이유인즉슨, 어릴 때와 달리 손등에 난 털이 심지 역할을 했던 것이다.

자서전의 백미라 할 프리모 레비의 『주기율표』에도 실험에 얽힌 이야기가 여럿 나온다. 그 가운데 인상적인 대목 하나. 형이 등산 가면서 실험실 열쇠를 맡겼다며 같이 가자고 친구가 찾아왔다. 고양이에게 생선가게를 맡긴 격이다. 열 여섯 살 때다. 둘 다 화학자가 되리라는 사실을 의심하지 않았다. 친구는 그 것으로 돈벌이와 안정된 삶을 꿈꿨다. 프리모 레비에게는 미래의 모든 가능성을 뜻했다. 두 사람은 실험실에서 화학 교과서에 나와 있는 현상들 가운데 적어도 하나 정도는 직접 확인하기로 했다. 처음에는 웃음가스로 알려진 아산화질소를 만들려 했다. 연기가 엄청나게 피워 올라 웃음은 고사하고 질식할 뻔했다. 결과가 확실한 실험에 도전하려고 물을 전기분해 해보기로 했다. 양극 쪽의 병에 기체가 절반 정도 찼는데, 친구가 그것이 수소와 산소라는 증거가 없다 했다. 모욕감을 느낀 프리모 레비가 음극 쪽의 유리병 주둥이 근처로 성냥을 켰다. 폭발이 일어났다. 그때를 회고하며 적은 문장이 참으로 아름답다. "그러니까 그것은 수소였다. 태양과 별들 속에서 타고 있는 것이고, 영원한 침묵 속에서 뭉치면서 온 우주를 구성하고 있는 바로 그것이었다."

　그들에게는 집에도 실험실이 있었다(형 것이든 친구 것이든). 큰 사고가 날 뻔하기도 했지만, 어린 시절부터 지적 호기심을 실험으로 풀어가며 과학자로 성장해 나갔다. 예전과 달리 학교에 실험실이 많이 늘었다는 말을 전해 듣기는 했으나, 입시에 치인 청소년이 얼마나 자유롭고 흥미롭게 실험에 매달릴 지 모르겠다. 기반도 만들어주지 않고 노벨상 받자고 팔 걷어붙이는 것은 도둑놈 심보일 뿐이다.

　계통발생의 과정을 거친 파인만이 독자적인 학문 세계를 세울 수 있는 절대적인 힘은 어디에서 비롯했을까. '파인만!'을 읽으면서 이 점을 찾아내기는 어렵지 않다. 이 책의 가치를 높이고 흥미를 돋워주는 대목도 여기에 있는 바, 권위에 대한 도전이 바로 그것이다.

　로스엘러모스에서 파인만은 위대한 과학자들을 만난다. 막 박사학위를 마친 그에게 눈길을 돌릴 거물은 없다. 단, 한스 베터는 예외였다고 한다. 그는 사무실로 들어와 건방진 젊은이를 붙들고 논쟁을 벌인다. 그러면 그 젊은이는 이렇게 말한다. "아니요, 아니요, 그건 미친 생각이에요. 이건 이렇게 될 거예요."

그러자 한스 베터는 '잠깐만'이라 하고는 왜 자신이 미치지 않고 젊은이가 미쳤는지 설명한다. 무례한 젊은이가 파인만이라는 것은 두말할 나위도 없다. 닐스 보어가 만나자고 했다. 효율적으로 폭탄을 만들 아이디어가 있다며 설명하자 파인만은 그렇게는 잘 안될 거라고 대꾸했다. 닐스 보어의 반론이 있자 약간 나은 것 같지만 여전히 바보 같은 생각이라며 비판했다. 두 시간 남짓 공방이 벌어졌다. 그때야 닐스 보어가 말했다. "이제 거물들을 불러 모을 수 있겠군."

창조와 혁신은 권위에 대한 도전에서 비롯된다. 창의의 영역에 영원한 법칙은 없다. 지금까지 유효한 것만 있을 뿐이다. 의심하고 비틀어 보고 다시 생각해 보고 질문해 나갈 때 새 지평이 열리는 법이다. "남이야 뭐라 하건!" 자기의 주장을 당당히 펼치는 정신이 우리에게는 절실하다. 그리고 그 도전을 높이 쳐주는 너그러움 또한 간절하다.

파인만에게도 아킬레스건은 있다. 과학의 사회적 책임에 대해 그는 무심했다. 원자폭탄 실험이 끝났을 때 로스앨러모스는 잔치 분위기였다. 그런데 윌슨은 울상을 하고 있었다. "우리가 만든 것은 흉악한 거야"라는 말에 모든 것이 함축되어 있다. 이에 대해 파인만은 "우리는 충분히 이유가 있어서 시작했고, 열심히 한 덕분에 성공했고, 이것은 즐거운 일이고, 짜릿한 일이다"라는 반응을 보인다. 이 문제를 더 깊이 있게 고민하려면『파인만의 과학이란 무엇인가?』를 보아야 한다. 이 강연집에서 그는 "이것은 '과학자의 책임과 윤리의식'에 대한 문제라고 볼 수 있을 텐데, 난 여기에 대해 더 이상 깊이 들어가진 않을 것이다. 이것을 '과학의 문제'라고 말하는 건 좀 과장이라고 보기 때문이다. 이건 오히려 인도주의적인 문제에 훨씬 더 가깝다. 과학을 통해 어떻게 그 힘을 얻는지는 분명하지만 그걸 어떻게 규제할지는 분명치 않은데, 그것은 이 문제가 그다지 과학적이지 않기 때문이며 과학자가 여기에 대해 많이 알고 있는 것도 아니다"라고 했다. 황우석 사태를 겪으며 과학과 사회, 그리고 윤리의 문제가 얼마나 중요한지를 뼈저리게 느낀 바 있다. 오로지 발견의 가치 때문에 과학자가 면죄부를 받을 수는 없는 노릇이다.

'파인만!'은 일반적인 자서전과 달리 대필한 책이다. 동료였던 로버트 레이턴의 아들 랠프 레이턴이 파인만과 어울리면서 들은 이야기를 정리했다. 파인만이 원고를 검토하고 가필하고 출판을 승인하는 절차를 거쳤다. 그래서 이 책의 지은이는 리처드 파인만이고 엮은이는 랠프 레이턴이다. 저작권도 유족과

엮은이가 공유한다. 스스로 자신의 삶을 되돌아보며 쓰는 글이 자서전이다. 그런데 우리는 돈 벌고 힘 있는 사람이 문필가를 고용해 자신의 삶을 미화하는 것이 자서전인 양 여긴다. 당연히 자신이 직접 쓴 듯 허세를 부리기도 한다. 구술하고 이를 대신 써줄 수는 있다. 그러나 누가 썼는지를 밝히느냐 아니냐는 분명히 다른 문제다. '파인만!'은 우리의 천박한 자서전 문화를 되돌아보게 한다.

두꺼비를 탐한
어리석은 뱀

『후쿠자와 유키치 자서전』

　　춘원 이광수가 그의 묘지를 다녀와서 글을 남겼다. "태서의 신문화로써 침체한 구사상, 구제도를 대代해야 할 줄을 확신하고 단연히 지志를 결決"했으니, "천天이 일본을 복福하려 하시매 여사如斯한 위인"이라는 것이다. 일본이라는 낱말만 없다면 마치 구한말 풍운아처럼 살다간 개화파의 한 인물을 평가한 듯한 글로 읽힐 공산이 크다. 그렇지만 이 글은 놀랍게도 일본의 계몽사상가 후쿠자와 유키치福澤諭吉를 기린 글이다. 도대체 그가 어떠한 인물이기에 젊은 날의 이광수가 침을 튀기며 그의 삶을 칭송했던 것일까.

　　4년 뒤의 죽음을 예견이라도 한 듯 이순에 접어들어 후쿠자와는 속기사에게 자신의 삶을 구술했다. 이때의 기록이 바로 『후쿠자와 유키치 자서전』이다. 봉건 질서가 강고하게 자리 잡은 시대에 하급 무사 가문의 막내로 태어난 그는 '탈아^{脫我}'에 대한 욕망이 강렬했다. 아버지는 본디 한학자였다. 그러나 번에서 하는 일은 회계 담당. 오사카의 갑부와 교제하면서 번의 채무를 해결하는 일을 도맡았다. 세 살 때 아버지가 돌아가셨으므로 자서전에 기록된 아버지의 회한은 뒷날의 평가라 보아야 한다. 원래 책만 읽는 학자로 성장하고 싶었으나, 뜻대로 되지 않아 주판을 들고 돈 계산하는 것을 업으로 삼아야 했으니, 아버지의 좌절감은 깊었으리라 말한다.

아무리 뛰어나더라도 신분의 벽을 넘어설 수 없었다. 어른들의 교제는 당연하거니와 아이들의 놀이에도 상하 귀천의 구별이 있었다. 불평이 없을 리 없었다. 나중에 학교에 가서 독서 회독을 하면 언제나 상급 사족을 이겼다. 완력에서도 지지 않았다. 하지만 다 소용없는 짓이었으니, 차라리 승려로 키우기로 했다. 하찮은 생선가게 아들이 대종사가 되었다는 말은 널려 있었다. "중노릇을 시키는 한이 있더라도 세상에 이름을 남기도록 하겠다고 결심한 그 괴로운 속마음, 그 깊은 애정, 나는 그것만 생각하면 봉건적 문벌 제도에 분노하는 동시에 돌아가신 아버지의 심정을 헤아리게 되어 혼자서 울곤" 했다고 회상한다.

떠나야만 했다. 아버지가 돌아가신 다음 돌아온 번지藩地 나카쓰에서는 질식할 것만 같았다. 분명히 학문적인 재능을 타고난 듯싶었다. 남보다 늦게 시작했는데도 금세 따라갔다. 나중에는 서당 선생보다 실력이 나았다. 주변에서 불평불만이 나오면다 쓸데없는 짓이라 여겼다. 사람을 실력으로 평가하지 않고 문벌로 나누는 이상 희망은 없었다. 떠나지 않을 거라면 불평도하지 말라고 퉁을 놓았다. 마침내 나가사키로 떠났다. 나카쓰에 전통과 문벌이라는 악령을 묻어버리고 싶었으리라. 가슴에는 못다 이룬 아버지의 꿈을 품었으리라. 그러지 않고서야 어찌뒤돌아서 침을 뱉고는 바삐 달려갔겠는가.

그즈음 미국의 페리 제독이 함대를 이끌고 우라가에 내항한 사실이 널리 퍼졌다. 세상은 이미 크게 변하고 있었다. 나가사키에서 처음으로 서양 글자를 배웠다. 스물 몇 자를 외우는데도 상당히 애를 먹었다지만, 네덜란드어 문법을 깨우쳤다. 얼마 안 가 선생을 가르칠 수 있겠다는 자신감마저 들었다. 오사카로 옮겨 오카타의 주쿠(사설학교)에 들어갔다. 이제 비로소 제대로 된 교육을 받게 되었다. 난학을 배우는 데라 대체로 동료의 직업이 의사였다. 이 점은 특별히 강조할 필요가 있다. 후쿠자와의 공부는 말하자면 '서기'西器를 배우는 데 초점이 맞춰져 있었다. 본디 형과 함께 네덜란드어를 배우기로 한 것도 페리 충격 이후 일본열도를 달군 포술砲術을 공부하기 위해서였다. 그가 베끼거나 번역한 책도 주로 의학서나 축성서 따위였다. 서양문명이 가능했던 거대한 뿌리는 제쳐놓고 성급하게 열매만 따려고 혈안이 되었던 것이다.

후카자와가 무엇을 포기하고 공부하려 했는지를 보여주는 상징적인 사건이 있다. 형이 갑작스럽게 죽어 고향에 다시 돌아갔다. 전통에 따라 가독상속을 해야 했는데, 이를 거부하고 오사카로 다시 나오기로 했다. 어머니에게 "공부를 하면 어떻게든 성공할 수 있습니다. 그러나 이 번에는 있어 봤자 대단한 출세를 기대할 수 없습니다"라고 말했다. 아들이 가는 길을 막을 어미가 어디 있겠는가. 여비를 마련하려고 아버지가 남긴 장서를 팔아치웠다. 이 과정에서 그의 이름에 얽힌 일화가 나온다. 아버지는 진귀한 책도 여럿 있는 장서가였다. 오랫동안 갖고 싶었던 '명률'明律의 '상유조례'上諭條例를 마침내 사게 되어 무척 기뻐하고 있었는데, 그날 밤 막내아이가 태어났다. 겹경사라며 상유의 유자를 따 사내아이의 이름을 지었다. 그런데 이 일화의 당사자가 그 장서를 판 돈으로 오사카로 간 것이다. 이로써 그는 확실히 전통이라는 탯줄을 잘라낸 셈이다.

25살, 드디어 도쿄에 입성했다. 이제는 영어의 시대였다. 곤혹스러웠다. 개방의 상징인 요코하마에 갔는데, 글도 모르겠고 말도 안 통했다. 어렵게 네덜란드어를 배웠는데 무용지물이 되나 싶었다. "몇 년 동안 수영을 배워 간신히 헤엄칠 수 있게 되자 수영을 포기하고 나무타기를 시작하는 것이나 마찬가지"였노라고 했다. 그가 누구인가. 훗날 『학문을 권함』을 써낸 인물이 아니던가. 공부하느라 베개를 베고 잔 기억이 없다는 인물이 아니던가. 배우고 익혔으니, 그러지 않고서는 뒤처질까 봐 조바심이 났을 터다. 고생 끝에 낙이라더니, 1860년 미국에 갈 기회가 생겼다. "일본 개벽 이래 미증유"의 사건이라 할 만한데, 사령관의 수행원 자격으로 그 유명한 간린마루에 승선했다. 이후 후쿠자와는 미국을 한 번 더 방문하고 유럽도 다녀왔다. 이때 보고 느낀 바를 기록한 『서양사정』은 베스트셀러가 되었다. 이론뿐만 아니라 체험적으로도 예외적인 인물이 될 수밖에 없는 조건을 두루 갖추게 되었다.

후쿠자와는 탈아脫我에 성공한다. 하급 무사의 아들은 이제 일본을 대표하는 계몽사상가로 우뚝 선다. 그렇다면 다음 단계로 그가 추구한 목표는 무엇인가. 바로 '탈아'脫亞였으니, '입구'入歐

를 목표로 삼았다. "나는 어떻게든 양학이 성행하도록 해서 반드시 일본을 서양 같은 문명 부강국을 만들겠다는 야심을 품고 있었다." 그러기에 처음으로 미국에 가면서 겪은 고초를 일러 "서양에 대한 나의 신념이 뼈에 사무쳐 있었기 때문에 조금도 무섭다고 생각한 적이 없었다"라고 회고할 수 있었다.

서양의 실체를 마주하면서 그는 당당하게 과학 문명을 접하고도 주눅이 들지 않았다고 흰소리를 늘어놓는다. 하긴 그럴 만도 하다. "증기선을 눈으로 본 뒤 7년, 항해술을 전수받기 시작한 지 5년째 되는 해에 결정을 내려, 드디어 이듬해"에 독자적으로 태평양을 가로질러 미국에 들어갔으니 말이다. 문제는 정치적인 것이었다. 그들에게는 너무 기초적인 지식이라 사전에도 실려 있지 않은 사항을 이해하기가 어려웠다. 그 일례로 병원을 들 수 있다. 궁금한 것이 매우 많았다. 유지비는 어떤 식으로, 누가 내는가. 돈의 출납은 어떻게 관리하는가 하는 점을 알고 싶었다. 우편법을 시행하고 있는데, 그 법은 어떤 취지로 만든 것일까.

알쏭달쏭한 것도 있었다. 프랑스는 징병제라는데 영국은 징병제가 아니란다. 도대체 왜 나라마다 제도가 다른 것일까 궁금했다. 선거법은 아예 이해조차 되지 않았다. 도대체 어떤 법

률에 기초해서 실행하는지, 국회는 어떤 관공서인지 물었다. 그
러니 질문받은 상대방은 그저 웃을 수밖에. 더 황당한 것은 당
파가 둘로 나뉘어 태평천하에서도 정치적인 싸움질을 해댄다는
점이다. 그런데 더 놀라운 것은 적인 상대방과 함께 술 마시고
밥을 먹는다. 도저히 이해할 수 없는 일이었으니 "닷새고 열흘
이고 걸려서 간신히 납득"했다.

동양적인 것과 결별하고 서양적인 것을 탐닉했던 후쿠자와
가 도달한 지점은 어디일까. 이미 예상할 수 있듯, 서양적인 것
만이 문명의 총화라고 여겼다. 그리고 하나 더 있다. 국가의 독
립에 대한 지대한 관심이 바로 그것이다.

동양에는 유형의 것으로는 수리학, 무형의 것으로는 독립심
이 두 가지가 없었다. 정치가가 국사를 처리하는 것도, 실업가
가 상거래와 공업에 종사하는 것도, 국민에게 보국의 생각이
많고, 가족이 단란한 정으로 충만한 것도, 그 유래를 따져보
면 자연히 그 근본을 알 수 있다. 비근한 예를 들면 지금의 이
른바 입국이 그렇고 확대해서 말하면 인류 전체가 그렇듯이
인간 만사는 수리를 빼놓고는 논할 수 없으며 독립 외에는 의
지할 곳이 없다는 소중한 진리를 우리 일본에서는 가볍게 여

기고 있다.

그는 세계사적 전환기에서 일본의 국체를 온전하게 지킬 수 있는 방책이 무엇인가 고민했을 뿐이다. 국민을 상대로 계몽했던 것도 결국은 "일본을 병력이 강하고 상업이 번창한 대국으로 만들겠다는 생각" 때문이었다. 그가 눈물을 흘린 적이 있으니 바로 청일전쟁에서 승리를 거두었을 때였다. 나라 전체가 오직 개진과 진보로 기울어 맺은 열매라고 평가했기 때문이다. 그의 문명론은 이미 국가주의와 제국주의라는 독을 품고 있었다. 그 정점에 올라 있을 때 발표한 글이 1885년 3월 16일 『지지신보時事新報』에 실은 사설이다. 그 글에서 그는 "오늘의 꿈을 펴기 위해 이웃 나라의 개명을 기다려 함께 아시아를 일으킬 시간이 없다. 오히려 그 대열에서 벗어나 서양과 진퇴를 같이해 중국·조선을 접수해야 한다. 접수 방법도 인접 국가라는 이유만으로 사정을 헤아려줄 수 없으며 반드시 서양인이 접하는 풍에 따라 처분해야 할 뿐"이라고 말했다.

만 엔짜리 지폐에 초상이 실린 인물. 게이오대학의 창립자. 칼을 버리고 붓을 들어 일본의 근대화를 이끈 스승. 그것은 어디까지나 일본의 평가다. 갑신정변을 일으킨 김옥균의 후원자,

청일전쟁을 독려한 주전론자, 탈아입구론으로 동북아시아의 평화를 깬 원흉. 이것이 우리가 바라본 그의 또 다른 얼굴이다. 이광수는 몰랐던 것이리라. 저것을 잡아먹기만 하면 기사회생할 줄 알았다. 눈앞에 얼쩡거리는 두꺼비를 바라보는 뱀의 마음과 같다. 그러나 그 몸에 독이 있으니 잡아먹으면 죽는다는 것을 몰랐다. 이광수는 두꺼비를 탐한 어리석은 뱀이었다. 먹음직스러우나 독을 품은, 그리고 죽은 뱀의 몸에 새끼를 치는 두꺼비! 후쿠자와 유키치는 우리 근대사에 꼭 그와 같은 인물이었다.

더 나은 세상을 위해
보태는 작은 힘

『에드거 스노 자서전』

중국의 내전 9년째. 장제스와 맞서 싸우는 홍군은 어떤 사람들인가. 또 그들은 진짜 공산주의자인가. 누구도 제대로 알지 못했다. 스노는 봉쇄를 뚫고 '동굴 속의 예언자'를 만나러 홍구에 들어가서 넉 달을 지냈다. 이때 보고 들은 바를 정리한 글이 『중국의 붉은 별』. 서구인이 중국 공산당 실체를 이해하는 데 큰 도움이 된 책이다. 스노는 중국 공산당이 본토를 장악할 것이라 점쳤는데, 훗날 현실이 되었다.

그는 호기심이 왕성한 청년이었을 뿐이다. 열네 살 적, 무전여행을 다녀오고 나서 배포가 커졌다. 다른 대륙에서 건너왔을 태평양의 파도를 바라보며 그 미지의 땅에 가보길 꿈꾸었다. 캘

리포니아 해안의 절벽과 협곡을 오르내리며 모험의 묘미와 자연과 인간의 다양성을 깨달았다. 운이 좋았다. 증권에 투자해 재미를 봤다. 1년 동안 지구를 주유하며 여행의 즐거움을 만끽할 수 있는 종잣돈이 마련된 셈이다. 열정과 돈이 있으니 도전해볼 만했다. 그래서 박차고 나왔다, 더 큰 세계로. 1928년이었으니, 좋았던 시절의 일이다.

에드거 스노가 미국을 떠날 때만 해도 계획표에는 중국에 6주 머물 예정이었다. 혈기 왕성한 젊은이는 운명이라는 것을 인정하지 않는 법이다. 모든 게 뜻대로 되리라 기대했다. 세계 일주를 마치면 뉴욕으로 돌아가 서른 되기 전 대박을 터트리겠노라 다짐했다. 먹고 튀자는 속셈이었는데, 이유가 소박했다. 한가로이 책 읽고 글 쓰며 여생을 보내고 싶었다. 그는 어디까지나 "풍요로우며 열려 있는 프런티어 문명의 아들"이었다. 그러나 마침내 운명의 덫에 걸렸다. 훗날 셈을 해보니, 무려 13년 동안 중국에 머물렀다. 그것도 인류 역사에 길이 남을 중국의 대격변을 지켜본 증인으로서 말이다.

배운 도둑질이 '기자질'이었던 것이 화근이었다. 떠날 때 은사한테 받아온 소개장을 차이나 위클리 리뷰의 편집장이자 시카고 트리뷴의 특파원이었던 존 벤저민 파월에게 내밀었다. 아마도 그는 사람 보는 눈이 있었던 모양이다. 스노에게서 "투쟁하고 있는 약자라면 그 누구든 쉽사리 편을 드는 식의, 많은 중서부인들의 내면에 숨겨져 있는 정서"를 발견했다. 풋내기 기자로 동분서주하며 중국의 민얼굴을 만난다. 그는 보았다. 가난하고 후진적이며, 탄압과 착취가 인간을 모욕하고, 아이들이 노예로 사고 팔리는 현장을. 인민의 힘으로 견제되지 않는 개별 군벌이 지배하고, 최고 권좌에 있는 몇몇 집안이 가장 많은 폭리를 취하며, 외국인이 항구를 점거하고 중국 경제의 많은 부분을 통제하고 있는 현실을. 빈사 상태에 놓인 거인을 본 것이다.

동남아시아를 취재하면서는 제국주의자의 오만함을 목격한다. 보르네오에서 만난 영국인은 말한다. "우리가 떠나면 여긴 당장 내일이라도 오랑우탄들에게 돌아갈 겁니다. 동양이 우리의 문명을 습득하기까지는 한참을 기다려야 합니다. 100년은 걸릴 거예요." 그러나 여기에 맞서는 민중의 힘도 함께 느낀다. 발리에서 전해 들은 이야기. 고상한 척하기를 즐기는 네덜란드 총독 부인이 남편에게 베갯머리 송사를 했다. 여인네들이 윗도리를 홀라당 벗고 다니는 풍속을 막아야 한다고. 즉각 명령이 떨어졌다. 여자들은 윗도리를 가리고 다녀야 한다고. 총독 부부가 교회 가는 길에 발리 여인들이 길게 늘어서 있었다. 보여줄

게 있어서다. 차가 지나갈 때 여인들은 치마를 머리 위로 높이 들어 올려서 가슴을 가렸다. 아랫도리는 맨살을 그대로 드러낸 채로!

스노는 단지 "호기심과 진지한 기삿거리를 얻겠다는 생각" 만 있는, 그리고 "모든 것을 보(고 그 10분의 1을 쓰)는 것"인 기자의 임무와 특권을 즐길 줄 알았을 뿐이다. 그러나 그는 서서히 변해 간다. 반란하는 아시아를 바라보며 "제 나라와 자유를 사랑하고 외세에 지배받는 것을 미워하자면 공산주의자가 되어야 하는 것일까"라는 의문을 스스로 던진다. 그리고 그 답을 찾아낸다. 특히, 역사의 격랑에 휩싸인 인도와 중국은 그의 눈을 덮은 비늘을 벗겨낸다. 그는 말한다.

서구의 계속되는 지배에 대해 역사상 최대의 도전을 하게 만든 것은 공산주의나 그 밖의 다른 어떤 이념 또는 종교도 아니었다. 그것은 두 나라의 굶주리고 배우지 못한 대량의 농민 대중과 후진적이고 탐욕스러운 지주 계급, 그리고 과학기술과 농업 및 산업의 근대화에 있어 1세기를 뒤졌기 때문에 열등한 것으로 찍혔지만 고대문명 발상지의 상속자로서 두 나라 지식인들이 느끼는 상처 입은 자존심과 이 같은 엄청난 차이를 메

울 지름길을 찾고자 하는 공동의 노력, 그리고 유럽 제국주의
를 제 나라에서 쫓아내 버리고자 하는 거의 민족적 편집증에
가까운 결의 등이었다.

그의 인식 변화는 값진 것이다. 스노는 결코 이념형이 아니
었다. 자신의 삶과 배움을 통해 바람직한 체제가 무엇이어야 한
다는 프레임이 없었다. 있다면 미국 특유의 문화에서 자라났다
는 사실과 예민한 저널리즘 감각 정도를 꼽을 수 있다. 그가 아
시아의 저항을 이해하게 된 것은 전적으로 "체험을 통해 흡수"
한 덕이다. 뛰어난 저널리스트는 연역론자가 아니다. 진리를 독
점하고 다른 것을 평가하는 자리에 있지 않다는 뜻이다. 들끓
는 현장을 맨발로 뛰어다니며 직접 보고 들은 이야기를 바탕으
로 진실을 구성해 나가는 귀납론자이다. 물론 그에게도 원칙은
있었다. 그것을 위반하는 세력에게 분노 의식을 품었더랬다. 그
가 한결같이 맞서 싸우고자 했던 것은 "인간적 우애의 원칙마저
부정하고, 야만적 폭력과 인종 말살을 찬미"하는 세력이었다.

　그의 삶에 일대 전환이 되는 일이 일어난다. 장제스 정권과
맞서 싸우는 이른바 홍비를 만나려 계획했다. 중국의 내전이 9
년째 계속되고 있지만, "누구도 홍군이 어떤 사람들인지 알지

못했"고, "그들이 '진짜' 공산주의자인지 여부도 확실히 알지 못했다". 스노가 보기에 중국은 변화냐 멸망이냐 라는 갈림길에 있었다. 혁명만이 살길이었다. 그런데 장제스는 전제정치로 혁명적 요구를 억압했다. 궁지에 몰려 있으나 중국을 이끌 새로운 세력에 관심이 가는 것은 당연한 일. 마침내 봉쇄를 뚫고 '동굴 속의 예언자'를 만나러 홍구에 들어간다. 장제스가 제6차 홍비 토벌 작전을 선언할 무렵인 1936년의 일이었다.

이때 그가 보고 들은 바를 정리한 내용은 출세작 『중국의 붉은 별』에 소상히 기록되어 있다. 이 책은 서구인이 쓴 중국 혁명에 대한 보고로 가장 뛰어나다는 평가를 받았다. 특별히 서구인이 중국 공산당의 실체를 정확히 알고, 이들이 인민의 광범한 동의를 얻는 이유가 어디에 있는지 이해하는 데 큰 도움이 된 것으로 알려졌다. 더불어 그 누구도 인정하지 않았던 사실, 그러니까 중국 공산당이 중국 본토를 장악할 것이라 조심스럽게 점쳤는데, 이는 훗날 현실이 되었다. 스노는 역사에 엄청난 균열을 일으키는 진앙에 발을 내디뎠고, 거기서 비로소 미래를 정확히 내다볼 수 있는 능력을 얻었다. 그는 진짜, 기자다.

자서전에서 눈길을 끄는 대목은 마오쩌둥에 대한 평이다.

그에게서는 '일종의 응결된 기본적 활력이랄까, 확실한 운명의 힘이 느껴진다'라고 나는 1936년에 썼다. 의식되지 않으며 확고한 형태도 없는 중국의 요구는 '대부분의 인민' 가운데 존재할지도 모르지만, 만일 사회혁명이 '중국을 재생시킬 원동력이 된다면 마오쩌둥은 이 같은 심오한 역사적 의미에 있어서 대단히 위대한 인물이 될 것'이라고 나는 결론을 내렸다."

홍구에서 넉 달 동안 보내면서 그는 중국 혁명의 당위를 이해하게 된다. 혁명 세력이 "중국의 약점과 후진성, 임박한 완전 붕괴의 위험"을 깨달았고, "다른 모든 방법이 실패한 데다 점진주의를 택하기에는 시간"이 없고, "중국 역사가 구원의 수단으로서 혁명의 정당성을 여러 차례 입증한 바" 있어서였다.

스노는 "분명 더 이상 '중립'은 아니었다"라고 고백했다. 베이징이 일본군에 점령당한 이후 자신의 삶에 대한 회고담이다. 중국인의 투쟁 대열에 동참했으며 "그들이 패배했을 때 그들과 함께 대륙을 건너며 투쟁했으며 그들과 함께 울고, 무엇보다 그들과 같은 신념을 공유했던 것이 자랑스럽다"라고 말했다. 그가 공산주의자가 되어서? 아서라, 그런 천박한 인식으로는 스노의 삶을 제대로 이해할 수 없다. 그 대열에 함께하는 것이 "전 세계의 파시즘과 나치즘, 제국주의에 대한 반대"라 여겨서였다. 하나, 그는 어디까지나 외국인이었다. 더 깊이 빠져들지 않으려면 물러서야 했다. 세상의 온갖 불의와 이에 맞서는 희망을 목격한 '캉디드'는 귀국하기로 했다. 1941년의 일이었다.

역마살이 낀 운명이었던 모양이다. 자서전의 원제가 '시작을 위한 여행'Journey To The Beginning이란 점은 시사하는 바가 크다. 스노에게 안주는 없었다. 유목의 삶만 있을 뿐이다. 이번에는 소련이다, 스노의 예리한 시각에 포착된 곳은. 그는 소련이 개인의 소망을 들어주지 않는다는 사실을 깨달았다. 우크라이나를 방문하고 나서는 더 심하게 평가한다. "러시아 혁명의 위대한 도덕적, 창조적 힘이 관료주의의 낡고 완고한 틀 속으로 들어감에 따라 점차 소멸"해 간다고 보았다. 그럼에도 스노는 문제적이고 논쟁적인 질문을 던진다. 스탈린의 집단수용소와 나치의 죽음의 공장 사이에는 차이가 있는가, 없는가 라고. 이 질문은 인도와 중국을 방문하고 났을 때도 제기한 바 있다. 파시즘인가 공산주의인가 라고. 스노는 단호하게 둘 중 하나를 선택해야 한다면, 공산주의라고 말한다. 거듭 말하거니와, 공산주의자여서가 아니다. 나치즘이 인류의 더 큰 적이라 여겨서다. 더욱이 공산당의 목표가, 비록 나쁜 수단을 동원한 탓에 빛이 바랬지만, "인간적인 연대, 인류 전체의 진보 및 자유, 평등, 박애 이념과 직접적으로 관련되어" 있다고 보았기 때문이다.

스노의 자서전을 읽다 보면, 기자는 점진적 사회주의자여야 하지 않을까 싶어진다. 사회적 소수자와 약자를 배려하고, 이들의 삶이 개선될 때 비로소 사회가 발전했다 여긴다는 점에서 사회주의자일 것이다. 하지만, 이해관계를 숨긴 이념을 앞세워 세상이 그렇게 되도록 계몽하지 않고, 더 나은 세상을 만들어가는 데 작은 힘이나마 보태려 노력하기에 점진주의자일 듯하다. 그 자리에 서 있을 수 있다면, 권력을 탐하지 않고 부를 노리지 않으리라. 그렇다면 우리 언론의 현주소는 어떠한가. 분노한 시민들이 특정 언론사의 회사 로고를 떨어뜨리고, 사기社旗 대신 쓰레기봉투를 걸어놓고, 현관에 쓰레기를 잔뜩 쌓아놓았다. 광고 불매운동까지 벌이지 않았던가. 권력을 잡은 이들은 시민의 불매운동을 탄압하고 방송을 장악하려 혈안이다. 언론이 일대 위기를 맞이했다. 스노 같은 기자들이 있다면, 이 위기를 헤쳐 나갈 수 있을 터다.

윤리적 대안일까,
과학적 분석일까

『노동가치』

    오래전 '마르크스를 읽는 밤'이라는 책을 써볼까 궁리한 적이 있다. 『자본』도 번역되었고, 『칼 맑스 프리드리히 엥겔스 저작선집』도 나온 마당에 다 읽어 보고 느낀 바를 정리하는 것도 뜻깊겠다 싶었다. 거기에다 요설과 현학으로 점철된 포스트모던 관련 도서를 읽으며 느꼈던, 해석만 하지 변혁의 길을 펼쳐 보이지 못한다는 실망감이 다시 마르크스를 읽고 싶게 했다. 그런 열망도 잠시, 혼자 밤새 읽는 거야 무어라 하겠느냐만 죽은 개취급 받는 마르크스를 읽고 쓴 책을 누가 보겠느냐 자책하며 스스로 계획을 접었다. 다시 그런 책을 써보겠다는 마음은 없지만, 이런저런 일이 동기가 되어 몇 달 전부터 찬찬히

강신준이 옮긴『자본』을 다시 읽고 있다.

『자본』을 읽으며 학생때 읽었던 토미즈카 료조富塚良三의『경제학원론』이 얼마나 친절한 해설서인지 새삼 느꼈다. 1장 상품부터 7장 잉여가치율까지는 긴장하고 정성들여 읽어야만 이해가 되는데, 30년 전에 읽은 책 내용이 어슴푸레 떠올라 도움이 되었다. 그러다 노동가치설에 해당하는 부분을 거듭 읽다가 불현듯 엉뚱한 생각이 들었다.『자본』은 자본주의를 과학적으로 분석한 책이라기보다는 벼랑 끝에 몰린 노동자의 삶을 개선해야 한다는 절박한 심정에서 비롯한 윤리학이 아닐까 싶었다. 이런 관점에서『자본』의 목차를 재편성하면 흥미롭겠다는데 생각이 미쳤다. 8장 노동일을 1장으로 삼고, 24장 본원적 축적을 2장으로 내세우는 것이다. 원래의 1장부터 7장은 그다음에 이어지게 하고 말이다.

『자본』을 잠시 접어놓고 '망상' 수준의 발상에 근거를 얻고 싶어『노동가치』를 펼쳤다. 책을 읽어 나가면서 내 망상은 한방에 날아갔다. 마르크스는『경제학-철학 수고』때까지만 해도 윤리적 관점에서 고전경제학을 비판했으나, 이후에는 자본의 작동방식을 "체계적이고 과학적으로 해명"했다는 설명이다. 하지만, 나는 계속 마르크스가 말한 "잉여가치는 오로지 v(즉 노동력으로 전화한 자본 부분)에서 일어나는 가치 변화의 결과일 뿐"이라는 대목을 문제 삼고 싶었다. 정말, 잉여가치는 오로지 노동에서만 비롯하는 것일까. 고전경제학도 이 문제를 고민했다. 이윤의 원천을 "●수요와 공급에 따른 가격변동을 이용한 상인의 영민한 능력, ●그 상품의 내재적 가치, 즉 인간의 욕망을 충족시키는 효용의 희소성"으로 보는 시각이 있었다. 단순 물물교환에서는 물건에 투하된 노동시간에 따라 교환이 이루어지지만, 자본주의에서는 이윤, 지대, 임금으로 상품 가격이 결정된다는 애덤 스미스의 주장도 설득력 있다. 특히 지식정보사회에서는 가치생산의 핵심인 정보재가 무형의 정신노동에 근거하고, 무한복제가 가능한지라 노동가치론은 폐기되어야 한다는 주장도 흥미로웠다.

나는 아무래도 『자본』이 귀납적 구성이라기보다는 연역적 사고의 결과물이라고 읽고 싶어 하는 모양이다. 노동자가 겪는 삶의 토대를 근본적으로 바꾸려는 윤리적 의지가 노동가치론을 재평가하고 이를 토대로 잉여가치론을 세운 것이 아닐까 상상한 것이다. 하지만 그 어느 곳에서도 나를 지지하는 글을 찾아보지 못했다. 그러다 우연히 노동가치론을 다룬 정운영의 논문을 읽었는데, 그 마지막 구절은 이러했다. "나는 가치이론 자체가 철저한 휴머니즘 위에 구축되었다고 단언한다.”

다시, 『자본』을 펼쳤다. 윤리학으로 계속 '오독'해 나가 보아
야겠다.

맹자,
루소와 칸트를 만나다

『맹자와 계몽철학자의 대화』

『맹자』를 거듭해서 읽다 보면 서양 근대철학의 루소나 칸트와 유사한 점을 느낀다. 아무리 미증유의 혼란기였다 하더라도 철학적 평등관을 내세웠다는 점이나, 인간의 본성은 선하다고 한 점이 정언명령으로 '번안'되기에 그러하다. 그런데 이런 생각이 들 때마다 외려 무척 조심스러워진다. 섣부른 비교가 오독을 일으키는 경우를 자주 보아왔고, 비교되는 철학을 깊이 있게 이해하게 되는 것보다 한낱 흥밋거리로 전락하고 마는 경우를 겪은 탓이다.

그러니, 일종의 비교철학자한테 도움을 받아야 한다. 일찌감치 풍우란의 『중국철학사』에서 공자와 소크라테스를 비교한 대목에서 상당히 큰 통찰을 얻은지라, 프랑수아 줄리앙의 『맹자와 계몽철학자의 대화』에서 전문가적인 식견을 만나 보기로 했다. 지은이는 세 철학자의 공통점을 도덕의 기초를 세운 점에 두었다. 그러면서 맹자 사상의 특징으로 동정심의 자연발생성과 무조건성, 그리고 개인을 관계의 일부로 인식하는 데 두었다. 이를 바탕으로 지은이는 동정심은 개인횡단성과 감동연계성의 발현이라 말했다.

칸트는 인간의 첫 번째 도덕적 성향인 동정심을 분석하면서 경험에 근거한 요소를 제거하고 인간 본성의 유일한 측면으로 이성적인 성향만을 강조했다. 이런 관점으로는 도덕의 동기를 설명하기 어려운데, 칸트는 "법을 존중할 수 있는 인간의 마음에 도덕이 영향을 미친다"며 이 문제를 해소했다고 한다. 하나, 지은이는 의무에서 출발한 칸트는 도덕의 존재 이유를 밝히지 못했다고 지적했다. 루소는 도덕의 기초를 동정심에 두었고, "인간이 (자연발생적 반응처럼) 자신의 의지를 동원할 수 있다"고 보았단다. 하지만 루소는 어떻게 하면 의도성을 배제할 수 있는지 설명하지 못했다는 게 지은이의 분석이다.

맹자는 성선性善이더라도 방심하면 그 본성을 잃고 구방심求放心하면 되찾는다고 하였다. 루소에게 맹자의 성선에 해당하는 것은 "인간 정신의 깊은 곳에는 정의심과 덕행에 대한, 천부적으로 타고난 원칙"인 의식이다. 이 의식은 신이나 양치기의 목소리와 같아서 이 소리를 억누르며 듣지 않으면 의식은 거부되어 꺾이고 만다고 보았다. 맹자와 유사하다. 지은이는 간혹 맹자와 니체도 비교한다. 니체 철학의 귀결점이 의지라 본 지은이는, 의식을 가지고 바란다는 의미의 의지는 맹자에게 없고, 용기가 어떤 일을 결정하는 기본요소라 말했다. 자유라는 개념도 맹자에게 없다고 한다. 루소는 자유 없이는 도덕의지가 있을 수 없다고 보았고, 칸트는 자유가 도덕의지의 주인이라 말했다.

지은이는 시선을 근대철학에서 고대철학으로 돌려, 인생에서 유일한 가치가 도덕적 선이라고 본 점, 살면서 일어나는 고민이나 문젯거리가 있을 적에 감정을 억제하는 성향, 덕행에도 불구하고 실패할 때 그 보상을 운명의 차원에 두는 점 등에서 스토아 철학과 유사하다고 논증한다.

책의 주제의식은 맹자와 계몽철학자의 비교이지만, 맹자철학 입문서로서 손색없다 역성혁명의 주창자로만 맹자를 안다면, 그의 깊고 넓은 철학세계를 엿보는 첫걸음으로 읽어볼 만하다.

인류지성의
타나토스적 충동

『아메리칸 프로메테우스』

영화 〈오펜하이머〉를 보자마자 원작을 읽어 보기로 한 것은 라비의 발언 때문이었다. 그는 오펜하이머에게 대량살상 무기를 만드는 것으로 물리학 300년의 정점을 찍고 싶지는 않다고 말했다. 가만히 따져 보니 파인만의 책에도 원폭 실험이 끝난 후 모두 들떠 있을 때 한 과학자가 의기소침해 있었다는 내용이 떠올랐다. 확인해 보니, 로버트 윌슨이었다. 대량살상 무기를 만들어 놓고 마냥 좋아할 수만은 없었으리라. 루스벨트 대통령에게 핵무기 만드는 프로그램을 시작해야 한다고 처음으로 건의한 사례오 질라르드는 핵무기 사용을 막기 위해 노력했다. 호리병에서 핵이라는 지니 요정이 나오면 어떤 비극이 펼쳐

질지 알았던 과학자가 있었던 셈이다.

영화는 원폭투하 이후 오펜하이머의 변화를 설명하는 데는 역부족이었다. 원작에는 이 대목이 소상히 나오는데, 닐스 보어 한테 절대적인 영향을 받았다는 점을 힘주어 강조했다. 보어는 전쟁이 끝난 다음 미국과 소련이 경쟁적으로 핵 무장할 일을 염려했다. 이를 사전에 막으려면 맨해튼 프로젝트를 알리고, 이 무기가 소련을 위협하지 않을 거라며 안심시켜야 한다고 했다. 이 조치가 훗날 원자력 에너지의 국제 통제에 관한 조기 합의를 이루는 결정적인 조건이 될 거라고도 이야기했다. 핵무기가 인류 문명을 끝장내는 프랑켄슈타인이 될 수도 있다는 위기의식이 있었고, 이 폭탄의 물리적 원리는 소련에도 곧 알려져 상당히 빠른 속도로 개발되리라 내다보았다. 천재적인 과학자들은 다 알고 있었고, 멍청한 정치인들만이 이를 무시했다.

전쟁이 끝난 다음, 오펜하이머는 원자력 에너지와 관련된 모든 사항을 독점하는 국제기구를 세우자고 제안했다. 그는 원자력 에너지 부문에서만이라도 각국이 주권을 부분적으로 포기해야 한다고 주장했다. 일례로 원자력개발공사를 세워 전 세계의 모든 우라늄 광산, 핵발전소, 연구소를 소유하게 하자고 했다. 무척 이상적인 제안이지만 영구평화론을 내세운 칸트나, 국가폭력을 국제기구에 증여하자는 가라타니 고진과 유사한 면이 있어 흥미롭다. 이런 제안이 무시되자 현실은 예측대로 되었다. 1950년대말 미국의 핵탄두는 1만 8,000기에 이르렀고 "이후 50년 동안, 미국은 7만기 이상의 핵무기를 만들게 되고 핵무기 프로그램에 5.5조 달러라는 엄청난 자금을 쏟아붓게 된다." 오펜하이머가 핵 경쟁이 심해지자 미국과 소련을 일러 마치 유리병에 든 두 마리 전갈과 같은데, "서로 상대방을 죽일 수 있는 능력을 가졌지만, 그러려면 자신의 목숨을 걸어야 하는 것이지요"라고 말한 이유다.

분명히 오펜하이머의 몰락은 매카시즘이라는 시대 배경과 루이스 스트라우스의 복수심 탓인 면이 있다. 하지만 더 큰 이유가 있다. 그것은 오펜하이머가 핵이라는 지니 요정을 호리병에 가두려 애썼기 때문이다. 권력자는 손에 피가 묻었다는 오펜하이머를 울보 과학자라 조롱하며 오히려 그를 호리병에 가두어 내다버렸다. 아인슈타인, 보어, 하이젠베르크라는 영웅을 탄생시킨 300년 물리학의 결과가 원자폭탄이고, 그 지성의 힘이 권력에 종속되고마는 역사는 오늘 우리에게 무엇을 말해 주는가? 혹 인류 지성의 타나토스적 충동이 아닐까 싶어 무척 씁쓸해졌다.

우리 시대의
'공산당 선언'

『녹색 계급의 출현』

　마르크스는 "철학자들은 세계를 다양하게 해석해왔을
뿐이다. 중요한 것은 세계를 변화시키는 것이다"라고 말했다. 기
후위기를 알리는 '경계경보'는 계속 울렸다. 특히 지난 10년은
위기 상황이 한껏 고조되었다. 그럼에도 철학의 지배적인 흐름
은 해석하는 데 매달렸지, 변혁의 물꼬를 트는 데 앞장서지 않
았다. 그러다 보니 기이한 현상이 벌어졌다. 파국이 눈앞에 다
가왔는데 인류는 반응하지 않았다. 팽만한 불안감이 오히려
"행동을 마비"시켰다.

　일찌감치 기후위기를 극복할 철학적 대안을 내세워온 브뤼
노 라투르는 니콜라이 슐츠와 함께 이 아이러니한 상황을 돌파

할 전위를 빚어낸다. 그 전위는 아마도 하나의 유령일 터, 지구를 배회하는. 그 유령의 정체를 지은이들은 녹색 계급이라 명명했다. 이 계급은 "사람들이 살고 있는 장소로서의 세계와 사람들이 살아가는 수단으로서의 세계를 동일"하다고 여기고 "지구 차원의 거주 가능성을 떠맡는다."

지은이들은 녹색 계급은 생산 개념에 강력하게 이의를 제기한다고 명토 박았다. "사회를 희생시켜 경제를 자율화한 것"을 전면적으로 거부한다. 그동안 인류는 생산을 위한 자원의 동원에만 관심을 기울였고, 인간에게 유리한 물질적 조건의 재생산에만 힘썼다. 그 결과는 우리가 지금 맞이한 총체적 파국으로서 기후위기다. 인류는 뒤늦게 생산 체계는 파괴 체계와 동의어라는 사실을 깨달은 셈이다.

녹색 계급은 생산 체계의 장악만을 목표로 하는 것보다 훨씬 더 급진적이고 혁명적인, "거주하고 생성의 실제를 돌보는 방식"에 방점을 찍어야 한다고 지은이들은 주장한다. 브뤼노 라투르 특유의 개념인 '생성 시스템'이 등장하는 대목이다. 이것은 우리 시대의 계급투쟁이다. 그동안 생산의 열매를 나누는 문제에만 매달려 지구의 물질적 조건이 드러낸 한계에는 눈을 감았다. 기득의 세력은 여전히 생산관계를 확장하고자 한다. 하지만 녹색 계급은 생산관계의 자리를 제한한다. 번영, 해방, 자유의 허상을 까발리면서 거주 가능 조건을 유지하기 위해 기존 체계와 투쟁해야 한다고 지은이들은 목청을 높인다.

브뤼노 라투르는 가이아 이론을 받아들여 지구라는 행성에서 거주 가능한 상황을 생명체들이 스스로 만들어냈다고 여긴다. "스스로를 생성하는 과정"을 거쳤다는 뜻이다. 그런지라 이 지구에서 거주가능한 존재는 호모 사피엔스에 국한되지 않는다. "녹색 계급은 영토와 땅이라는 용어를 쇄신하여 거기에 많은 생명체를 완전히 다시 거주하게 했다." 이 관점에 동의하면 "나는 의존한다. 이것이 나를 해방하는 것이다"라는 가치의 전복을 기꺼이 받아들이게 된다. 그리고 마비 상태에서 벗어나 "마침내 행동할 수 있다."(생성 시스템과 가이아 이론을 이해하려면 『지구와 충돌하지 않고 착륙하는 방법』을 읽어야 한다.)

마르크스는 "프롤레타리아가 혁명에서 잃을 것이라고는 쇠사슬뿐이요 얻을 것은 세계 전체다"라고 선언했다. 지은이들은 이 책에서 "녹색 계급이 얻을 것은 뭇 생명이 거주가능한 지구 전체다"라고 선언한다.

4장

세계에서 발견하기

되찾은
인문학의 불온성

『필링의 인문학』

    이즈음처럼 인문학의 정체성을 두고 논란이 활발한 적이 없었던 듯하다. 하도 오랫동안 푸대접받던 인문학이 이러저러한 계기로 널리 퍼지고 있다는 사실을 좋게 보았을 터다. 물론, 내심 불안했겠지 싶다. 대학에서 철학과가 폐과된다는 소식도 들렸고, 학생들이 대체로 취업에 유리한 과목을 듣는지라 기초 차원의 인문학에 대한 훈련이 안 된다는 볼멘소리가 들려와서 그러했다. 그래도 사회에 인문학 바람이 불면 일종의 적하효과가 있지 않을까 싶었을 터다. 이른바 CEO마저 인문학 공부에 동참하니 다양한 계층도 혜택을 보리라 하며 말이다. 그런데 이건 좀 아니다 하는 성찰과 비판의 목소리가 터져 나왔다. 인문학이 무슨 신흥종교 같은 분위기에서 인생 상담이나 하자는 게 아니잖느냐는 말이다. 그러니 고민할 수밖에. 인문학은 낱낱의 삶에 구체적인 위안과 격려가 되면 안 되는 것일까? 만약 아니라면, 인문학의 본령은 어디인가 등속의 주제를 놓고 시끌벅적했다.

소란이 한창일 적에 읽은 책이 고병권의 『살아가겠다』였다. 강연을 모은지라, 비슷한 주제가 반복되는 단점이 있으나 인문학은 무엇이어야 하는지 되살펴 보는 데 좋은 고민거리를 던졌다. 고병권은 이 책에서 'professer'에 대한 해석과 해설에 빗대 철학 또는 인문학을 "진리를 사랑해왔으며, 앞으로 어떤 권위에도 굴하지 않고, 계속해서 진리를 사랑할 것이라고, 고백하고 약속하고 맹세하는 것"으로 정의한다. 특히 칸트를 원용해 철학이나 인문학을 공부하는 것이 한낱 박식한 사람이 되기 위해서가 아니라 "'감히' 알려고 '감히' 따져 물을 줄 아는 용기 있는 사람"이 되기 위해서라 말했다. 이 책을 읽으며 무릎을 쳤다. 옳거니! 인문학의 정신이란 바로 이런 것이다. 현실을 지배하는 압도적 권력 앞에서도 진리가 무엇인지 알고자 용기를 부리는 것이며, 설혹 지금껏 진리로서 받들어져왔더라도 여전히 진리이냐고 따져 물을 용기를 낼줄 아는 힘을 길러주는 것이 인문학인

법이다.

주변에 책 읽는 이가 많다. 귀하고 훌륭한 사람이다. 그럼에도 나는 늘 의문을 품고 있다. 왜 그렇게 열심히 책 읽을까? 내가 두는 혐의점은 속물 교양적 과시를 위해서가 아닐까 하는 점이다. 책 읽어 교양을 쌓아 남과 구별되고 싶은 욕망, 유행하는 지적 담론도 잘 알고 있다는 허세가 목적일 수 있다는 말이다. 당연히 이런 혐의는 나 자신에게도 두고 있다. 남들보다 먼저 읽고 많이 읽어야 하는 직업이다 보니 이런 함정에 빠지기 쉽다고 여겨서이다. 아무튼 최근의 인문학 열풍에는 속물 교양적 특징이 다분히 드러난다. 앎에 대한 진정성이 사라지고, 함에 대한 열망도 엷어지고 있다. 몇몇 인문학자가 이런 분위기를 이끌고 가거나 편승하고 있는 모양새가 불편한 이유이기도 하다.

운이 좋았나 보다. 고병권을 읽고 나서 유범상의 『필링의 인문학』을 만났으니까. 이 책 역시 인문학의 정체성을 사유한 결과가 오롯이 담겨 있다. 개인적으로는 지은이에 대한 이야기를 귀동냥으로나마 들었다. 사는 지역에 뿌리내리고 활동하는 학자이고, 공공도서관에서 시민과 다양한 앎과 삶에 대해 이야기하는 이라고 들었다. 현실을 분석만 하려 하지 않고 바꾸려는 학자를 만난다는 것은 이제 드문 일이다. 소문으로 먼저 알고 있던 이의 책을 만났으니 '열독'할 수밖에!

책 제목에 낯선 낱말이 쓰이면 도대체 그 뜻이 무엇일까 고민하며 읽어야 하는 법이다. 필링^{peeling}이라, 잘 쓰지 않는 말이긴 하지만 '감'이 오긴 했다. 힐링의 대척점에 놓여 있는 말이겠지, 라고. 그만큼 위안의 인문학이 바람을 일으켰다는 뜻이기도 하다. 지은이는 한 예화를 들어 필링과 힐링의 차이를 설명하는데, 내용인즉 이러하다.

한 인디언이 말을 급하게 몰다가 갑자기 멈추었단다. 너무 빨리 달린지라 자신의 영혼이 따라오지 못할까 걱정되어서였다. 영혼이 지친 것을 눈치챈 인디언은 잠시 자신의 영혼을 돌아보기로 했다. 이 이야기를 하며 지은이는 인문학이 "지친 현대인을 쉼과 성찰로 인도하는 안식처" 기능을 하는 면이 있다며, "이 인문학이 개인을 배려하는 성찰의 힘이 있다는 점에서 그 긍정성을 인정"한다. 힐링으로서 인문학의 역할을 일정 부분 인정한 셈이다. 만약 여기서 그쳤다면 나는 이 책에 크게 실망했으리라. 본디 책 읽는 행위에는 위안과 격려의 기능이 있다. 특히 문학이 그러했다. 그런데 그것을 지나치게 강조하는 것은 위험하다. 다양한 기능 가운데 어떤 하나만을 내세우는 격이기 때문이다. 이렇게 되면 왜곡이 일어나고 상품화의 혐의에서 벗어나지 못하게 된다. 이미 위안으로 제한돼 상품화한 인문학을 옹호한다면, 문제다 싶었다. 그러나 지은이는 힐링의 인문학을 전적으로 인정하지는 않는다. "계몽, 교양, 치료, 위로, 위안을 목표로 하는 이 인문학에는 권력, 정치, 계급, 억압이 빠져 있기" 때문이다. 그러면 그렇지!

지은이가 다시 드는 예화를 보자. 다른 인디언도 말을 멈추었다. 내려서는 지친 몸과 영혼에 안식을 준 것이 아니라, 말을 살펴보았다. 무엇이 이 말을 질주하게 했는지 찾아내기 위해서다. 눈가리개 때문일까? 채찍질을 자주 해서일까? 초점을 나에게만 두지 말고 무엇이 빨리 달리게 했는지, 이렇게 달리면 누구에게 이익이 되는지 비판적으로 성찰했다는 뜻이다. 그렇다면 필링의 인문학이 무슨 뜻인지 짐작할 수 있을 터다. 지은이는 말한다.

인문학은 나와 내가 사는 공동체에서 당연하다고 생각하는 상식, 지식, 질서, 진리, 권력을 벗겨내 그 이면을 문제 삼는 것이다. 고달픈 현실을 힐링하며 더 높은 생산성을 위해 영감을 제공하는 것이 아니라 모든 현실을 필링하는 등에가 되어 새로운 상상의 산파가 되는 것이다.

필링의 사전적 풀이를 몰라도 지은이가 무엇을 말하고자 한
지는 인용 구절을 보면 짐작할 수 있다. 말이 잠들지 못하도록
늘 쪼아대고 물어대는 등에 같아야 한다는 것이잖은가. 그런
점에서 유범상은 고병권과 맞닿아 있다. 인문학이 개인의 차원
을 넘어 체제와 권력을 문제 삼아야 하며 골방에 갇혀 세상을
분석하는데 멈추지 않고 거리로 나와 세상을 바꾸려 해야 한다
는 점에서 말이다. 자본주의를 부정해야 한다고 말만 하지 않고
이를 위해 삶의 현장에서 다양한 형태의 삶과 연대하여 실천해
야 마땅하다. 고병권이나 지은이가 실천적 삶을 살고 있다는 점
은, 그래서 시사하는 바가 크다. 그러니 지은이가 "인문학은 단
순히 나를 해석하는 것이 아니라 나의 조건을 변화시키는 정치
적 실천"이라 언명할 때 고개를 주억거리며 동의할 수밖에!

　지은이가 친절하게 정리해 주었듯, 이 책은 크게 세 부분으
로 나뉘어 있다. 첫째는 '나는 생각하는가'이다. 전통적인 사고
와 달리 "만약 생각 당한다면 생각 당하는 배경과 생각하는 누
군가"를 찾아본다. 두 번째는 '나는 행복한가'이다. 사회관계 속
에 존재하는 나를 성찰하는데, 특별히 행복한지 아닌지를 놓고
논의를 이끌어간다. 세 번째는 '희망은 있는가'이다. 필링의 인문
학이 비판적인 질문을 통해 성찰하고 권력관계와 구조를 바꾸

려는 상상임을 힘주어 말한다.

본문을 읽다 보면 지은이가 전문적인 지식을 대중의 눈높이에 맞춰 전달하는 데 익숙하다는 점을 알게 된다. 더불어 인문적인 이론과 사회과학적 지식을 잘 아우르며 절망의 현실을 희망의 내일로 바꾸어나가는 길을 열어나가고자 한다는 점도 눈치챌 수 있다. 그러다 보니 본문 내용이 전반적으로 대학교 신입생 정도의 수준에 적합하다 싶다. 더 깊은 지식을 요구한다면 이 책으로는 성이 차지 않는다는 말이기도 하지만, 인문학에 대한 입문서로서는 그만큼 적절하다는 뜻이기도 하다.

이런 판단을 내리면서 떠오른 씁쓸한 이야기가 하나 있다. 잘 아는 사회학자와 대화를 나누다 선뜻 동의한 말이 있었다. 지금 대학 강의실에서 느끼는 역설은, 1980년대 출신 학자가 1990년대생 학생을 만나고 있다는 사실이란다. 익히 알다시피 1980년대 대학은 타락한 현실과 맞서는 학생으로 가득한 만큼 무기력한 학자도 그득했다. 그들한테 배웠다기보다 현장과 자기 학습으로 인식의 지평이 확장되었던 경험을 했다. 공부에 대한 자발적 욕구가 상당히 높았던 세대였던 셈이다. 이런 과정을 거쳐 교수가 되었는데, 오늘의 대학은 지극히 포스트모던한 학생으로 채워졌다. 과거 같은 공부가 대학 현장에서 되살아나기 어려울 수밖에 없는 이유다. 그 학자 왈, 만약 1980년대 출신 교수와 1980년대다운 학생이 만났다면 대학은 달랐을 거란다.

신세 한탄 같은 말을 늘어놓은 데는 『필링의 인문학』이 꼭 그런 운명을 타고난 듯싶어서다. 현실을 바꾸고자 하는 의욕으로 가득 찬 시대에는 대학생에게 이른바 필독서 목록이 있었다. 선배가 읽어 보고 후배에게 권하는 책이었다. 만약 그 시대 같으면 이 책은 대학 신입생이 꼭 읽어야 할 책 목록에 반드시 들어갔을 터다. 1980년대적 문제의식을 학문적으로 깊이 있게 갈고닦아 쉽고 재미있게 오늘의 상황에 맞게 풀어내었으니, 얼마나 좋은 책인가. 그런데 현실은 1980년대적 문제의식을 계승한 젊은 집단이 별로 눈에 띄지 않는다. 이 역설이 너무나 아쉽다는 뜻이다. 하긴, 이런 발상 자체도 계급성을 띤 것인지도 모르겠다. 독자의 대상에서 노동자나, 40대 이상의 중년층은 제외하고 있으니 말이다.

이 책을 읽으며 미처 생각하지 못했던 부분인데 죽비로 한 대 내려 맞은 듯한 기분으로 깨우친 바가 몇 있다. 먼저 인문학 열풍이 왜 노동운동과 노동조합 영역에는 불지 않느냐는 질문이다. 한 활동가는 현재의 인문학이 노동자 의식화와 조직화에 해롭다고 말했다는데, 왜 그런지 곱씹어볼 만하다. 또 하나는 비판 그 자체가 대안이라고 지적한 대목이다. 비판은 "현실에 대한 비판에 기반해서 미래에 대한 구체적인 상을 준비하고 제시하는 과정에서 현실에 개입하려는 행위"란다. 그러니 "대안 없는 비판이란 말은 똑똑한 바보처럼 형용모순"일 수밖에 없게 된다. 지배적인 상식을 전복하고 있는 적절한 사례라 할밖에!

나는 비판이라는 말을 일부러 멀리한다. 그 말 자체가 품고 있는 가능성을 무시해서가 아니다. 인터넷이 자리 잡은 이후 비판이 비난이 되는 일을 숱하게 보아왔기 때문이다. 그래서 흔히 쓰는 말이 분석이다. 기실, 비판은 분석을 포함하고 있다. 분석하고 해석해야 비판을 할 수 있는 법이다. 그럼에도 분석이란 말을 즐겨 쓴 것은, 잘못된 비판 문화를 바로잡으려면 섬세한 분석을 강조하지 않으면 안 된다고 여겨서였다. 그런데 『필링의 인문학』을 읽으며 그것이 혹 내가 순치된 결과가 아닌지 되돌아보게 됐다. 서양어에서 분석이나 비판이나 동일하게 쓰인다는 것은 다 아는 사실이다. 그럼에도 무게중심을 분석에 둔 것은, 인문학이 힐링이어서는 안 된다는 말에 동의하면서도, 인문학의 전복적 가능성에서는 한발 물러서 있던 꼴이 아니었나 싶다. 다시, 비판이라는 말에 주목해야 하겠다. 나를 성찰하고 권력을 분석하고 구조를 바꾸려면 비판해야 하니까 말이다. 지은이는 말한다.

상식의 전복과 정치의 회복. 이것은 파놉티콘을 인식하고 그
이면의 권력과 숨어 있는 억압을 필링하는 것이다. 이것이 바
로 생각 당하는 내가 비로소 내 생각의 주인이 되는 것이다.
이때부터 나는 나 자신의 주인으로 회복하기 시작할 것이다.
공동체와의 관계에서 나를 이해하고, 현실에 개입하기 시작하
기 때문이다.

무릇 모든 것이 권력과 자본에 포섭되는 시대에 『필링의 인
문학』은 인문학 본디의 불온성을 되찾자고 한다. 이 땅의 삶을
벼랑 끝으로 몰아가는 시대에 적절한 지적이라 할밖에. 그런데
당신은 어떻게 생각하는지?

가짜 욕망에서
벗어나기

『마담 보바리』

강의할 일이 있어 『마담 보바리』를 다시 읽었다. 역시 플로베르가 대단하다는 생각이 들었다. 번역이 워낙 잘 된 덕이기도 하겠지만, 여전히 현대적인 세련미마저 있는 작품이었다. 19세기의 풍광을 현대의 것으로 바꿔도 될 만했다. 정말, 고전의 품격을 물씬 풍긴다. 이 작품을 다시 읽으며 내가 주목한 인물은 두 사람이니, 레옹과 오메다.

레옹은 공증인 기요멩의 사무실에서 서기 일을 본 청년이다. 엠마와는 문화적 취향이 비슷해 상당히 친밀하게 지낸다. 읽는 이가 두 사람 사이에 정분이 날까 봐 마음 졸이며 보게 한다. 그런데 두 사람은 일종의 플라토닉 러브의 관계였다. 하지만 레옹이 파리로 가서 공부하고 돌아와 루앙에 근무할 적에 재회하면서 관계는 달라진다. 레옹은 엠마의 두 번째 정부가 된다.

르네 지라르 덕에 『마담 보바리』를 읽는 인문적 시선이 확보되었다. 욕망의 삼각형이 그것으로, 엠마가 결혼생활에 만족하지 않고 바람을 피우게 된 이유가 그녀가 읽은 연애소설에서 비롯했다고 했다. 이 점은 나는 욕망한다 라는 문장에 남의 욕망을 이라는 삽입구를 넣어야 한다는 점을 밝혔다는 점에서 매우 뛰어난 독해였다. 그런데 작품을 꼼꼼하게 읽으면 레옹이 엠마를 사랑하게 된 동기도 이른바 간접화한 욕망임을 알게 된다. "그녀는 모든 소설에 등장하는 사랑에 빠진 여자, 모든 연극의 여주인공, 모든 시집의 막연한 그녀였다"라는 구절이 이를 입증한다. 『마담 보바리』는 (여자인) 엠마에만 초점을 맞추어 욕망의 삼각형을 드러낸 것이 아니라 (남자인) 레옹에게도 해당하는, 그러니까 인간의 보편적인 욕망 구조임을 말하고 있다.

약제사 오메는 용빌의 터줏대감이다. 수완도 좋고 속물주의자이면서도 현실주의자이며 과학적 사고를 하는 진보주의자연하는 인물이다. 작품에서 엠마가 남편 샤를르에게 크게 실망하게 되는 계기가 굽은 다리 수술이 실패하면서인데, 이 수술을 부추긴 인물이기도 하다. 처음에는 이 인물을 주목하지 않게 마련인데, 잘 읽어 보면 엠마와 대척점에 놓여 있다는 점을 깨닫게 된다. 엠마가 허영의 삶을 살다 비극적으로 삶을 마감한다면, 오메는 돈과 명예를 한꺼번에 거머쥔 인물로 나온다. 그런데 흥미로운 것은 플로베르가 이 인물을 긍정적으로 그리지 않는다는 점이다. 시종 풍자적이고 냉소적으로 그린다. 그렇다면 질문을 던져볼 만하다. 엠마의 삶이 너무 비대해져서 파국에 이르렀다면, 오메는 지나치게 바짝 마른 영혼의 꼴을 한 것은 아닐까? 엠마의 삶을 드러내놓고 비판할지라도, 오메의 삶이 상찬할 만한 것일까? 어쩌면 플로베르는 근대가 태생적으로 숨겨놓은 천박함을 오메를 통해 상징적으로 드러내고 싶었는지도 모른다.

르네 지라르적 독법을 따른다면, 오늘의 관점에서 볼진대, 『마담 보바리』는 하나의 알레고리일 법하다. 어떤 욕망이 나한테 비롯한 것이 아니라 대체로 누군가의 욕망을 따라한 것이고, 그런 욕망을 따를 때 파국에 이르고 만다는 관점을 일단 수용해 보자. 그리고 오늘 우리는 어떤 상황에 놓여 있는지 보자. 여전히 우리는 그 어떤 욕망이 나한테서 비롯되었다고 여기지만, 알고 보면, 누군가의 욕망을 흉내 내고 있을 뿐이다. 그 간접화한 욕망을 적나라하게 자극하는 게 광고다. 광고는 당연히 소비 욕망을 부추기며, 이를 통해 자본이 거두어야 할 이득을 극대화한다. 이 일련의 과정에서 과도한 생산과 소비의 문제가 발생한다. 그리고 이러한 구조가 오늘날 지구 차원의 환경위기를 몰고 왔다.

사랑이라는 차원에서 간접화한 욕망을 따라간 엠마는 결국 자살이라는 극단적인 선택을 하고 말았다. 무한정의 소비라는 간접화한 욕망을 실현하는 호모 사피엔스의 끝은 무엇일까? 상동성의 원리로 보면 호모 사피엔스의 멸종이다. 나는 그런 측면에서 『마담 보바리』를 새롭게 읽어 보기를 권유한다. 이 작품은 본디 창작 의도와 달리 오늘의 우리에게 문명사적 성찰을 요구한다. 가짜 욕망에서 벗어나지 못한다면, 인류의 끝이 엠마의 그것과 같다고 말이다.

우리 시대의
절박한 문제의식

『프랭클린 자서전』

잘나가는 아들에게 자신이 살아온 삶을 들려주기로 했다. 오늘의 명성과 부를 쌓아온 과정을 아들이 시시콜콜 알 리 없다. 젊은이는 어제보다는 내일에 더 관심이 많은 법이지 않은가. 마침 짬이 났다. 시골에 1주일 머물면서 쉴 수 있는 여유가 생긴 것이다. 그래서 자서전을 써서 아들에게 읽히기로 마음먹었다. 물론 오로지 아들만을 위해 썼다고 할 수는 없다. "자신의 자만심을 만족시키고 싶은 마음"도 있었다. 개정판을 펴내며 초판의 오류를 고치는 작가처럼 기회를 주면 바로잡고 싶은 삶의 대목이 왜 없겠느냐만, 이 정도면 모범적이고 자랑할 만하다고 여겼다.

독립전쟁이 벌어지면서 자서전 쓰기를 중단했다. 숱한 위기를 겪으며 드디어 승전했다. 그즈음 에이블 제임스가 편지를 보내왔다. 그가 쓴 자서전 자필 원고를 우연히 손에 넣었단다. 복사해서 보내니 뒷부분을 마저 써달라고 '압박'했다. 그러면서 "당신의 자서전이 세상에 나온다면 —틀림없이 그렇게 되리라고 생각합니다만— 젊은이들은 당신이 젊었을 때만큼이나 성실하고 절제 있는 생활을 할 수 있게 될 겁니다. 이 얼마나 축복된 일입니까?"라고 치켜세웠다. 이 편지를 본 벤저민 보건이 맞장구쳤다. "선생님의 자서전으로 자서전들이 더 많이 나오게 되고, 그래서 사람들이 자서전에 실릴 만한 삶을 살고자 노력한다면 그것은 『플루타르크 영웅전』을 모두 합친 것만한 값어치가 있겠지요"라고. 두 사람은 그의 삶에서 근면, 검소, 절제가 얼마나 가치 있는지 세상에 알려야한다고 힘주어 말했다. 이럴 때는 못이기는 척하며 받아들여야 하는 법이다. 벤저민 프랭클린의 『프랭클린 자서전』은 이렇게 해서 완성되었다.

"나는 가난하고 이름 없는 집안에서 태어나고 자라났다." 자서전 두 번째 문단은 이렇게 시작된다. 종교의 자유를 찾아 신대륙으로 건너온 아버지는 양초와 비누 제조업을 했다. 17남매를 키우는 집안이 넉넉할 리 없다. 라틴어 학교에서 1년 동안 공부하다 쓰기와 셈하기를 학교에서 1년 더 배웠다. 그리고는 가업을 도왔다. 미국인이 '건국의 아버지'라 부르고, 100달러짜리 지폐에 초상이 실린 프랭클린의 학력은 여기서 끝난다. 바닷사람이 되고 싶었다. 아마도 수평선을 바라보며 더 큰 꿈을 품었으리라. 하지만 아버지가 위험하다고 반대하며 인쇄소를 운영하는 친형 밑으로 보냈다. 책벌레였던 그에게 잘 맞는 직업이라 여긴 때문이다. 따지고 보면, 프랭클린을 키운 것은 8할이 책읽기였다. 적은 돈이라도 생기면 책을 사서 읽었다. 아버지 서재에 있는 책도 게걸스럽게 읽어치웠다. 열두 살에 인쇄소 수습공이 되어서도 짬 나는 대로 책을 읽었다. 점심을 채식으로 때우며 남는 돈으로 책을 샀다. 식사를 간단히 해치우고 책을 읽었다. "독서는 나 자신에게 허락된 유일한 오락이었다."

형과 불화를 일으켜 독립해 인쇄소를 차렸고, 성실과 진실함으로 승부를 걸어 마침내 성공의 발판을 마련했다. 여기까지가 1부의 내용이다. 스스로 말하듯 "남들에게는 별로 중요하지 않은 여러 가지 자잘한" 이야기다. 『프랭클린 자서전』의 빛나는 대목은 2부와 3부 앞부분에 있다. 누구나 꿈꾸는, 그의 인생 역전 프로젝트가 가능했던 근원적인 힘이 무엇인지가 잘 드러나 있기 때문이다.

맨 앞자리에 놓인 것은 검소함이었다. 가정을 꾸린 다음에도 꼭 필요한 하인만 두었다. 빵과 우유만으로 아침 식사를 했고, 차는 마시지 않았다. 가구도 값싼 것만 쓰고, 먹을거리를 2페니짜리 토기에 담아 백랍 수저로 떠먹었노라고 밝힌다. 두 번째는 근실함이다. 그는 어릴 적부터 아버지한테 귀가 따갑게 들어온 솔로몬의 잠언이 있었노라고 말하는데, "네가 자기 사업에 근실한 사람을 보았느냐. 이러한 사람은 왕 앞에 설 것이요, 천한 자 앞에 서지 아니하리라"(잠언 22:29)가 그것이었다. 이 성경 구절은 그의 영혼에 불도장을 찍었다. 열심히 일하면 부귀영화를 얻으리라는 신념을 품게 해서다. 신앙심이 부족해서였을까(그는 이신론자였다). 그는 아무리 그렇더라도 자신이 왕을 알현할 일은 없으리라 여겼는데, 나중에 따져 보니 정말 다섯 명의 왕을 만났고 그 가운데 덴마크 왕과는 저녁을 함께했노라고 너스레를 떤다.

『프랭클린 자서전』이 여전히 읽히는 데는 그의 덕목 때문이라 할 수 있다. 다른 것은 몰라도 이 사실만 아는 사람도 많은 듯싶다. 13가지에 이르는 덕목과 그에 걸맞은 규율을 정하고 이를 "자연스러운 습관으로 만들기 위해" 표를 만들어 검토해 나갔다. 그가 1주일 단위로 실천하기로 한 덕목은 절제, 침묵, 질서, 결단, 검약, 근면, 진실함, 정의, 온건함, 청결함, 침착함, 순결, 겸손함이다. 더불어 시간을 정해 놓고 일을 하기로 하고 이를 지키려고 계획표를 짰다. 이 가운데 그를 성공한 사람으로 이끈 열쇳말은 역시 '검약'과 '근면'이다. 이런 사실은 리처드 손더스라는 달력에서 다시 확인된다. 프랭클린은 1732년 교훈이 될 만한 글귀를 써넣은 달력을 펴내 큰 성공을 거둔다. 이때 인용한 구절은 주로 "나태는 모든 일을 어렵게 만들고 근면은 모든 일을 쉽게 만든다" "게으름은 발걸음이 느려 가난에 금세 따라잡힌다" "기름진 식탁은 보잘것없는 유언장을 남긴다" "여자와 술, 도박과 거짓은 재산을 탕진시키고 욕심만 늘게 한다" 류였다.

그는 자서전 3부를 쓰면서 앞머리에 전쟁통에 자서전 집필을 위해 모아두었던 자료를 상당수 잃어버렸다고 밝혀놓았다. 그러다 보니 프랭클린의 내밀한 세계를 더 알고 싶어 하는 독자의 마음을 충분히 만족시킬 만한 자서전을 써내지는 못했다. 성공한 사업가로 그친 것이 아니라 과학자이자 발명가로 성장하게 된 계기, 정치가로서도 성공하게 되는 과정이 소략하게 처리된 것이다. 특히 미국 독립전쟁기부터 미국 헌법의 기초를 닦는 과정까지 그가 보였던 활약상은 아예 기록으로 남기지 못했다. 그럼에도 이 책의 가치는 훼손되지 않는다. 그 이유가 궁금해질 터인데, 그 답은 막스 베버가 해주고 있다.

고전의 반열에 오른 막스 베버의 『프로테스탄트 윤리와 자본주의 정신』을 보면 『프랭클린 자서전』에 대한 분석이 나온다. 널리 알려졌듯, 이 책은 자본주의 생성의 비밀을 밝혔다. 더욱이 마르크스의 '경제결정론'에 대항해 문화와 정신의 가치를 내세우는 책이기도 하다. 베버는 프랭클린을 통해 자본주의 정신이 무엇인지 추적한다.

베버가 자서전에서 주목한 것은, 이 책에 드러난 윤리의 최고선이 과거와 달리 "돈을 벌고 더욱더 많은 돈을 버는 것, 그것도 모든 적나라한 향락을 엄격히 피하면서 행복주의적이고 쾌락주의적인 모든 단점을 전적으로 벗어나 돈 버는 것"에 있다는 점이다. 여기서 베버는 근대 자본주의 정신의 실체를 추출해내는데, 그것은 "벤저민 프랭클린의 예에서 분명히 했던 방식으로 직업으로서 체계적이고 합리적으로 정당한 이윤을 추구하려는 정신적 태도"라는 것이다. 이 같은 분석이 결코 도덕적 비난을 목적으로 한 것이 아니라는 점을 기억해야 한다. 자본주의 이전 사회에서는 돈벌이가 물질적 욕구를 채우려는 수단이었으나, 자본주의사회에서는 그것이 삶의 목적이 되었다는 것이고,

바로 그 점이 자본주의의 특징이라 보고 있기 때문이다. 베버는 프랭클린을 통해 자본주의 정신의 "거의 고전적인 순수한 형태"를 엿본 셈이다.

베버의 분석은 두 가지 의미가 있다. 그 하나는 '마르크스 이겨내기'다. "사상이 경제적 조건의 반영이나 상부구조로 발생한다는 소박한 사적 유물론"에서 벗어나 문화와 정신의 가치를 돋을새김하고 있다. 프랭클린의 인쇄업은 수공업적 형태를 크게 벗어나지 못했다. 더욱이 그가 활동한 뉴잉글랜드 지역은 대자본가가 세운 남부 식민지와 달리, 종교적인 동기로 세운 곳이다. 자본주의적 발전이 아직 이뤄지지 않았다는 뜻이다. 그런데도『프랭클린 자서전』에서 볼 수 있듯, 자본주의 정신은 피어났다. 이 점은 베버의 책을 관통하는 주제의식이다. 자본주의 정신이 자본주의보다 앞섰다고 보고 있으니 말이다. 다른 하나는 검약과 성실이 자본주의 발전에 어떤 영향을 미쳤나 하는 점을 해명한 것이다. 그것은 자본 증대와 관련이 있다. "금욕주의적 절약 강박을 통한 자본 형성은 쉽게 얻을 수 있다. 벌어들인 것의 낭비를 막는 것이 투자자본으로서의 생산적 사용을 야기시키는 것은 말할 필요도 없다"라는 것이다.

베버의 분석을 따라가다 보면, 프랭클린은 '자본주의의 벨

에포크'라는 생각이 강하게 든다. 자본주의가 역사의 우세종으로 자리 잡은 데는 그럴 만한 이유가 있다. 신분 질서에서 벗어나 근면과 성실로 무장하면 더 나은 삶을 살 수 있다는 희망을 주었다. 물론 새 생명의 탄생에는 핏자국이 반드시 남게 되어 있다. 본원적 축적 과정에서 희생된 약자의 비명을 잊을 수는 없는 노릇이다. 그럼에도 역사는 자본주의 체제가 더 낫다고 판단했고, 이에 다수의 사람이 동의했다. 자본주의는 봉건주의에 죽음을 선고하고 발전한 것만이 아니다. 가장 강력한 짝패였던 사회주의와 벌인 싸움에서도 승리했다. '역사의 종언'이라는 말은 그래서 나왔다. 『프랭클린 자서전』은 개인의 신화에 그치지 않는다. 자본주의가 역사에서 거둘 성공의 '예고편'이었다.

하지만, 여전히 그러한 것일까. 프랭클린의 신화는 따라만 하면 누구나 성취할 수 있는 것인가. 노명우는 『프로테스탄트 윤리와 자본주의 정신, 노동의 이유를 묻다』에서 부정적인 답변을 내놓는다. 그는 오늘 우리 곁에 프랭클린이 다시 살아났다고 말한다. 뚱딴지 같다고 통박부터 놓지는 말 것. 프랭클린 플래너가 의미하는 바가 무엇인지 성찰해 보라는 것이니. 자본의 축적 방식이 바뀌었다는 것은 두루 알려진 사실이다. 고용 없는 성장이 이를 입증한다. 이런 시대에 일하는 사람들은 고용불안에서 벗어나려고 자기계발에 강박적으로 매달리게 되어 있다. 시간 관리의 중요성이 높아지자 프랭클린 플래너가 주목받았다. 노명우는 이를 "불안을 극복하기 위해 테일러리즘을 어떻게 스스로 적용하는지를 잘 보여주고 있다"라고 파악한다.

희망의 상징이었던 프랭클린이 불안의 그것으로 대체되었다. 검약과 근면으로 새로운 지평을 열었던 자본주의는 소비와 낭비 없이는 유지되기 어려워졌다. 자본주의 정신이 있기에 자본주의가 가능했는데, (금융)자본가가 자본주의의 토대를 치명적으로 허물고 있다. 어디에도 자본주의를 위협할 세력이 존재하지 않는다. 그럼에도 마르크스의 말을 비틀면, 모든 견고한 것은 사라진다 하더니, 내파의 조짐을 보이고 있다. 진정 누가 자본주의의 적인가? 『프랭클린 자서전』은 오늘의 우리에게 절박한 문제의식을 던지고 있다.

시대가 아무리
마음에 안 들더라도

『미완의 시대』

영국을 대표하는 마르크스주의 역사학자 홉스봄의 자서
전 『미완의 시대』는 다른 무엇보다 자서전에 대한 성찰이 돋보
인다. 그가 역사학자 특유의 시선으로 자서전을 문제 삼고 있어
서 그러하니, 심리학자라면 사실의 무의식적 왜곡을 염두에 두
는 것만큼이나 전문적이며 독자적이라 평가할 만하다.

그는 머리말에 자서전이 너무나 많아 적이 놀랐으며 그렇다
면 자기 같은 사람은 왜 자서전을 써야 하는지 되물어 보았다고
밝혔다. 공인으로서 기록에 남을 만한 사람도 아니잖은가 생각
했다. 사람들은 늘 "평생을 공산주의자로 좀 특이하게 살았던"
홉스봄에 호기심을 품었다. 그렇다면, 그는 대중적 관심사에 답

변하려 자서전을 쓴 것일까. 단호하게 아니라고 답한다. 지식인의 자서전은 "그 사람의 생각, 태도, 행동에 대한 기록도 담을 수밖에 없겠지만 그것이 한낱 변호로 끝나서는" 안 되는 법이다. 홉스봄의 고민은 계속된다.

동시대의 역사를 그려야 하는 역사가는 늘 개인의 경험과 객관적 역사가 충돌해 일으키는 긴장의 한복판을 가로질러야 한다. 어느 한쪽으로 치우치면 균형을 잃을 수밖에 없다. 그렇다면 흥미로운 질문이 하나 떠오른다. 역사가에게 역사와 자서전은 어떤 차이가 있을까. 그는 아그네스 헬러의 말을 인용하는데 "역사는 일어난 일을 밖에서 기록하는 것이고 회고록은 일어난 일을 안에서 기록하는 것"이란다. 이 말을 이해하면 홉스봄이 자서전을 일러 "세계사가 경험의 내용을 만들어 나가는 모습"을 그린 거라 말한 뜻을 눈치채게 된다. 그래서 『미완의 시대』는 홉스봄의 바람대로 두 층위로 읽어나갈 수밖에 없다. 전문가라면 역사가로서 "자기 몸 안에 있으면서도 동시에 바깥에 설 줄 아는 능력"이 어떻게 드러났는가 주목해야 하고, 일반인이라면 "다른 식으로는 살아갈 수 없었을 한 인간의 편력을 통해 세계사에서 가장 색달랐던 세기를 소개하는 책"으로 읽으면 된다. 나는 마땅히 후자의 독서법을 권하는데, 이것이 홉스봄이 자서전을 쓴 진정한 이유이기도 해서다.

『미완의 시대』를 읽다 보면, 어쩔 수 없이 홉스봄을 괴롭혀 온 대중적 호기심의 덫에 걸리고 만다. 그는 왜 공산주의자가 되었고, 왜 아직도 공산주의자이기를 포기하지 않았는가 하는 점이다. 자서전의 많은 부분이 이 질문에 대한 답변으로 할애되어 있지는 않다. 세 대륙에 걸쳐 살며 한 세기를 거의 다 산 인물답게 자서전의 내용은 풍요롭다. 역시 그는 20세기의 증인이다. 그럼에도 앞의 질문을 포기할 수는 없는 노릇이다. 여기에 대한 답을 얻는 것이 단지 괴팍한 이력을 자랑하는(?) 홉스봄을 이해하는 데 그치는 것이 아니어서 그렇다. 그것은 지난 역사에서 왜 그토록 많은 젊은 지성들이 공산주의를 신봉하게 되었는지를 이해하는 길이 되리라 기대하기 때문이다. 이와 더불어 공산주의자가 된다는 것이 그들에게 도대체 어떤 뜻이 있었는가 하는 물음은 20세기를 이해하는 열쇠가 될 가능성이 크다.

그는 놀랍게도 열여섯의 나이에 공산주의자가 되었다고 밝혔다. 아무리 올되더라도 너무 이르다는 생각을 떨쳐낼 수 없다. 그런 의구심에 대해 그는 1930년대 초반 베를린을 기억해야 한다고 말한다. 바이마르공화국이 몰락의 조짐을 보였고, 그 결과는 파국일 수밖에 없다는 것을 예측하고 있었다. 모두가 타이태닉호를 타고 있었고, 곧 빙산에 부딪힐 것이다. 관심은 하나로 모였다. "누가 새로운 배를 제공할 것인가?" 파시즘의 진군 앞에서 그는 공산주의에 희망을 걸었다.

시대 배경으로만 그의 정치적 선택을 이해할 수는 없다. 그가 공산주의에 매료된 이유는 다섯 가지로 정리할 수 있다. 먼저, 집단 황홀경과 유물변증법이 준 미학적 매료. 앞엣것은 섹스와 대중시위의 차이에 대한 분석을 통해 설명한다. 그는 육체적 경험과 맹렬한 격정이 가장 깊이 맞물린 행위로 섹스와 대중시위를 든다. 둘의 차이점은 섹스는 개별적 경험이고, 대중시위는 집단적 성격이라는 점이다. 그리고 섹스의 절정이 남자의 경우 순간에 그치지만 대중시위에서 맛보는 희열은 몇 시간이나 이어진다. 시위가 섹스보다 나은 황홀경을 느끼게 한다는 말인데, 결국 파편화한 개별자의 삶을 강요하는 체제에서 집단과의 일체감을 느끼게 하는 힘이 그를 공산주의로 이끌었다는 뜻이다. 변증법적 유물론에 대해서는 그 사상의 총체성에 매료되었노라 했다. "무기체와 유기체의 본성을 인간세계와 연결하고 집단과 개인을 연결하고 끝없이 유동하는 세계에서 모든 상호작용의 기본이치가 무엇인지를 일깨워주었다"는 것이다.

다음으로는 피억압자에 대한 연민과 새로운 예루살렘을 염원하는 소망. 그는 자본주의가 인류에게 바람직한 삶의 조건을 만들어줄 수 없다고 믿었다. 국민 대다수를 차지하는 임금 노동자의 이익을 지켜 주고 사회정의와 국민 복지에 온 힘을 쏟는 대안 체제에 관심이 있었다. 일찌감치 신화학자 엘리아데는 마르크스사상을 천년왕국에 대한 염원과 비교한 바 있다. 홉스봄도 이 점을 인정하고 있는데, 공산주의가 그리는 이상 낙원은 세 가지 점에서 새로운 사회에 대한 다른 열망과 차이가 있었노라 말한다. 마르크스주의가 자신들의 승리를 과학적으로 입증했다는 점, 국제주의가 살아 있었다는 점, 비극적인 의식 등이 그것이다. 마지막으로 속물근성에 대한 참을 수 없는 지적 혐오감이 그를 공산주의자로 만들었다.

홉스봄은 20세기를 일러 극단의 시대라 했다. 그 세기는 "패전의 파편과 허물어진 제국과 경제 파탄"에 둘러싸여 시작해서 "역사상 가장 규모가 큰 혁명과 대량 살상이 일어나는 시대"를 거쳐 오늘에 이르렀다. 말하자면, 홉스봄은 공산주의는 험난한 파고를 헤쳐나가는 인류의 배를 지켜 주는 바닥짐이라 여겼다. 좌초하지 않고 억압받는 자들이 열망하는 약속의 땅에 이르리라 믿었다. 과연 그랬는가?

홉스봄은 여전히 공산주의자로 남게 된 이유를 소상히 밝혀놓았다. 의혹과 의구심이 없을 리 없건만, 서양 제국주의에서 벗어나기 위한 투쟁의 동반자로서 제3세계 국가가 따를 만한 경제발전의 전범으로 소련을 지지할 수밖에 없었노라 말한다. 더욱이 나치의 강제수용소에 갇혔던 사람들이 다스리는 동독을 냉대하는 나라를, 민족해방운동보다는 낡은 제국주의를 선호하는 나라를 지지할 수는 없지 않으냐고 항변한다(그렇다고 흡스봄을 교조주의자로 몰지는 말 것. 그는 인정한다. "공산주의 이름으로 저질러진 모든 불의와 잘못에 대해 책임을 면할 길이 없다"라는 것을).

그는 공산주의자이기 때문에 영국 학계에서 불이익을 당했다. 쉰이 넘어서야 정년 교수가 되었고, 학술원 회원도 되고 명예박사도 받았다. 결코 자조 섞인 말이라 할 수 없지만, "남들 같으면 내리막길을 미루기 위해 골몰할 나이에 아직도 이루어놓아야 할 일이 많았다"라고 되돌아볼 정도다(물론 세계 역사학계에서 흡스봄의 위상은 높았다. 그러기에 그는 혹여 주류 역사학계에 마르크스주의자가 드물어 자신이 주목받는 것은 아닌지 꺼림칙하다고 말한다. 그는 끝까지 정직했다).

그런데도 공산주의자로 남은 데는 이유가 있다. 개인적으로는 자존심 때문이라 말했다. 공산당원이라는 멍에를 벗어버리면 얼마든지 잘 나갈 수 있었다. 미국 학계가 그를 원하기도 했다. 그럼에도 그는 냉전 시대에 이름이 알려진 공산주의자로 성공해 보이려 했다. 자신의 선택이 옳았음을 입증하고 싶었던 것이다. 또 하나는 기억의 문제다. 그는 자유와 정의라는 이상을 위해 생명을 바친 사람들을 잊을 수 없다고 했다. 도대체 "20세기에 실제로 그렇게 살다가 간 사람들을 기억조차 해주지 않고 인류가 어떻게 살아갈 수 있겠는가?"라고 묻는다.

『미완의 시대』에는 중요한 논쟁거리가 숨어 있다. 68혁명에 대한 주류적 평가와 다른 주장을 내놓았다. 홉스봄은 1968년 5월 파리에 있었다. 역설적이게도 마르크스 탄생 150주년 기념 학술대회가 그곳에서 열렸다. 현장에서 68혁명의 태동을 지켜본 그는, 상당히 회의적으로 평가한다. 알량한 권위를 쓸어버리겠다는 개인 의지, 그러니까 누구한테도 간섭받지 않겠다는 젊은 반항은 느낄 수 있으나, 새롭고 더 나은 세상을 이루려는 정치 목표는 찾아볼 수 없었다는 것이 그 대표적인 이유다. 물론, 그도 끊임없이 의문을 제기한다. "자본주의라든가 억압적이거나 부패한 정치체제를 타도하는 것이 아니라 기존의 사회 안에서 사람들과 개인의 행동 안에 고착된 인습 관계를 파괴하는 것"이라면 그 의미를 새롭게 평가할 수 있지 않으냐는 것이다.

그럼에도 홉스봄은 정통 좌파적인 시각을 버리지 않는다. 문화적 저항과 항거는 어디까지나 징후이지 그 자체가 혁명의 원동력은 아니었고, 그런 일이 두드러져 보이면 보일수록 정말로 큰일은 일어나지 않는다 믿었기 때문이다. 이런 입장은 우리의 촛불시위를 분석하는 데도 유효한 이론틀이 될 수 있겠다 싶었다.

소련의 몰락으로 인류의 선택은 확실해졌다. 근대를 이끈 이란성 쌍생아 가운데 형님 격에 해당하는 자본주의의 손을 든 것이다. 그래서 인류는 행복해졌는가. 그는 1990년에 "자본주의와 부자는 당분간은 겁먹을 일이 없다"라고 썼노라 했다. 정말, 그러하지 않았던가. 제동장치가 사라지자마자 이윤의 극대화라는 광란의 폭주를 감행한 것을 일러 신자유주의라 한다. 부자가 없어지면 나라가 망하고, 부자가 더 부유해져야 그나마 가난한 사람도 숨통을 틔울 수 있다고 협박했던 시대다. 힘없고 가난하고 소외된 사람들에게 배려와 연대의 손길을 내민 것이 아니라 경멸의 시선을 보낸 시대다. 그래서 오늘 우리가 목격하고 있는 것은 무엇인가. 놀랍게도 신자유주의의 성공이 아니라 그 몰락이다. 신자유주의의 나팔수를 자임했던 사람 가운데 누군가 답변해야 한다. "로자 룩셈부르크가 말한 사회주의냐 야만주의냐 하는 선택의 기로에서 사회주의에서 등을 돌린 것을 세계는 다시금 후회할 것이다'라는 홉스봄의 '예언'에 말이다.

홉스봄은 에필로그에서 "나만큼 오래 산 사람은 20세기를 겪으면서 역사의 힘이라는 것이 얼마나 무서운가를 뼈저리게" 느끼게 마련이라 했다. 그렇다면 그에게 겸손히 물어보자. 당신이 우리에게 전해 주고 싶은, 20세기의 역사에서 얻은 지혜가 무엇이냐고. 그 답은 이 책의 맨 끝에 나와 있다.

시대가 아무리 마음에 안 들더라도 아직은 무기를 놓지 말자. 사회 불의는 여전히 규탄하고 맞서 싸워야 하기 때문이다. 세상은 저절로 좋아지지 않는다.

시대의 아픔에 공감하고 함께 앓는 이들이 평생의 화두거리로 삼을 만한 말이다.

하이퍼링크 식으로 읽는
과학자 열전

『불멸의 원자』

사마천의 『사기』가 여전히 인기를 누리고 있는 비결을 백과사전식으로 표현하면 열전 형식으로 구성되어 있어서라고 할 수 있다. 기실 편년체 형식의 역사는 그 나름의 장점은 있으나 재미는 떨어지는 것이 사실이다. 사람 살아온 이야기만큼 재미있는 내용이 어디 있던가. 도전과 좌절, 그리고 재도전의 이야기는 그 자체로 한 편의 드라마다. 더욱이 영웅의 비극적 종말은 인간 조건에 대한 깊은 사색을 요구하게 마련이다. 그들만의 이야기로 큰 역사를 써낼 수 있다는 표본을 사마천이 보여준 셈이다.

이강영의 『불멸의 원자』 2부 〈쉬운 듯 우아하게〉는 이른바 과학자 열전이다. 이 책의 추천사를 쓴 나는, 현대물리학에 익숙하지 않은 독자라면, 이 부분부터 먼저 읽어 보라 도움말을 주었다. 흥미로운 데다 새로 알게 되는 내용도 많아서다. 2부에는 페르미를 필두로 아인슈타인이나 폴 디랙의 잘 알려지지 않은 삶의 이력이 나와 있다. 그런데 내 눈길을 끈 인물은 유진 위그너다. 이 물리학자에 관심이 간 이유는 크게 두 가지다. 하나는 1940~50년대 세계 물리학계를 이끈 헝가리 출신은 왜 반공 의식이 강했을까 궁금해서였다. 두 번째는 유진 위그너의 삶과 학문을 좇다 보면 다양한 인물을 만나니, 이른바 하이퍼링크식 독서가 가능하다는 점 때문이었다.

첫 번째 이유는 나중에 살펴보고, 유진 위그너의 삶과 학문 세계를 먼저 보자. 위그너는 1902년 헝가리의 부다페스트에서 태어났다. 아버지는 피혁공장을 했는데, 아들이 화공학을 전공하기를 바랐다. 그런데 위그너가 정작 공부하고 싶었던 것은 물리학이었다. 부자의 갈등은 쉽게 해결되었다. 위그너는 베를린공과대학에 진학해 화공학을 공부하면서 가까운데 자리 잡은 베를린대학에 가서 물리학 강의를 듣기로 했다. 이 대학에서는 수요일 오후에 독일 물리학회가 주최하는 콜로키엄을 열었는데, 아인슈타인, 막스 폰 라우에, 막스 플랑크, 발터 네른스트

등이 참여했다고 한다. 당대 최고의 물리학자들이 벌이는 지적 향연에 참여했던 것이 위그너에게는 큰 도움이 되었을 터다. 위그너는 미카엘 폴라니의 지도 아래 박사학위를 받는데, 이 폴라니는 『거대한 전환』을 쓴 카를 폴라니의 동생이다. (헝가리에는 빼어난 인문학자도 많았다. 루카치, 만하임, 하우저 등이 그들이다. 인문학자들은 대체로 사회주의 계열이었다. 물리학자와 정치관이 달랐던 점이 흥미롭다.)

이쯤 해서 폰 노이만이 나온다(『불멸의 원자』 2부의 〈반신반인의 좌절〉을 보면 된다). 두 사람은 시쳇말로 불알친구다. 양자역학의 태동기를 맞이해 위그너는 군^{group}이라는 수학적 구조를 이용해 결정구조를 이해하려 했다. 연구하면서 수학적인 난관에 부딪히자 위그너는 폰 노이만에게 도움을 요청한다. 폰 노이만이 누구이길래 노벨물리학상을 받을 위그너가 학문적 조언을 바랐을까. 위그너보다 한 살 아래인 폰 노이만의 아버지는 성공한 은행가였다. 아버지는 수학을 전공하고픈 아들이 화학을 배우길 바랐다. 그래서 위그너처럼 타협했다. 부다페스트대학에서 화학을 배우면서 베를린대학에 가 아인슈타인의 통계역학 강의를 들었다.

천재적인 수학자로 탄탄대로를 걸은 폰 노이만은 20대에 프린스턴 고등연구소의 종신교수로 임용된다. 양자역학의 수학적 기초를 닦은 것을 비롯해 폰 노이만 대수라는 체계를 세웠고 2차대전 기간에 미국 국방성의 중요한 자문으로 활동하면서 현대적인 컴퓨터와 자동기계 시스템을 구상했다. 지은이는 폰 노이만을 일러 "그에게는 전성기란 말이 의미가 없다. 그는 평생 어떤 문제건 남들보다 훨씬 빨리 해결했고, 손을 대는 분야마다 중요한 성과를 올렸"다고 평가했다. 폰 노이만의 천재성을 짐작게 하는 또 다른 일화가 있다. 연구소 사람들은 폰 노이만이 사실은 반신^{半神}인데, 주변을 잘 관찰해서 사람 흉내를 내고 있는 것이라고 했단다.

위그너는 훌륭한 제자도 많이 배출했다. 그 가운데는 노벨물리학상을 두 번이나 탄 존 바딘이 있다. 『불멸의 원자』에는 트랜지스터를 발명해 노벨물리학상을 받은 존 바딘과 윌리엄 쇼클리 이야기가 실려 있다(〈두 천재 이야기〉를 보면 된다). 바딘은 의대 학장을 지낸 아버지와 예술적 자질이 뛰어난 어머니를 두었다. 과묵하고 조용한 성격이었는데, 어릴 적부터 수학에 뛰어난 재능을 보였다. 쇼클리는 광산 엔지니어인 아버지와 스탠퍼드대학을 나온 재원인 어머니를 두었다. 만능 스포츠맨이고, 아마추어 마술사였으며, 뛰어난 웅변가인데다 물리 분야에서 빼

어난 통찰력을 발휘했다. 단, 어릴 적부터 자기주장이 강하고
독선적인 면이 있었다.

두 사람은 벨 연구소에서 만났다. AT&T가 모기업이었던 벨
연구소는 진공관을 대체할 고체소자 개발에 박차를 가했다. 문
제는 역시 쇼클리의 성격이었다. 이런저런 일을 겪으며 바딘은
브래튼과 함께 점—접촉 트랜지스터 개발에 성공한다. 충격을
받은 쇼클리는 혼자서 새로운 방식의 소자를 연구해 마침내 접
합형 트랜지스터를 발명하기에 이른다. 이 공으로 세 사람은 노
벨물리학상을 함께 받게 되는데, 쇼클리의 독선에 염증을 느낀
바딘은 일리노이대학으로 적을 옮겨 초전도 현상을 연구했다.
바딘은 쿠퍼, 슈리퍼와 함께 연구에 매진해 마침내 BCS 이론을
세우는 바, 고체물리학 연구의 절정을 보여준 한 예라는 칭송
을 들으며 두 번째 노벨상을 거머쥐었다.

그럼, 쇼클리는? 그 성격이 어디로 갔겠는가. 벨연구소를 나
와 투자자의 도움으로 회사를 세웠지만 바람 잘 날이 없었다.
그놈의 오만과 독선이 문제였다. 성난 연구원들이 회사를 때려
치우고 새로운 회사 페어차일드 반도체를 세웠다, 이 회사는 속
된 말로 대박이 났는데, 연구원이 새로운 사업 아이디어가 있으
면 페어차일드에서 나와 자유로이 회사를 창립하는 전통을 세

왔다. 이렇게 꼬리에 꼬리를 물며 새로운 회사가 생기면서 실리 콘밸리가 형성되었다고 한다. 자신을 배신한 후배들의 성공을 보며 자부심과 우월심에 큰 상처를 입은 쇼클리는 그야말로 악수惡手를 두고 만다. 우생학에 몰두하면서 사회적 지탄을 받고 말았다.

두 사람에 관한 평전이 나와 있단다. 한 권의 제목은 『진정한 천재』이고, 다른 하나는 『망가진 천재』다. 누구의 평전일지 한번 맞추어 보길.

『불멸의 원자』에 악연으로 맺어진 쌍만 나오지는 않는다. 〈물리학, 정치, 그리고 리더〉를 보면 라비와 오펜하이머의 우정 이야기가 나온다. 두 사람은 태생적으로 달랐다. 오펜하이머가 부모의 과잉보호를 받으며 자란 "매끈한, 기분 나쁠 정도로 착한 어린아이"였다면, 라비는 가난한 노동자 집안 출신이었다. 성격도 달랐다. 오펜하이머는 날카롭고 모호한 성격에 열정과 냉소가 뒤섞여 있었다. 라비는 솔직하고 개방적이며 균형 잡힌 시각이 있는 인물로 정평이 났다. 둘 다 유대인이었는데, 종교에 대한 관점은 달랐다. 오펜하이머 집안은 유대 전통을 존중하지 않았고 자신도 유대인이라 밝히지 않았다. 라비는 유대인이라는 사실이 자신의 중요한 정체성을 이룬다고 밝힌 바 있다. 그럼에도 두 사람은 돈독한 관계를 유지했다. 오펜하이머의 복잡한 심경을 진정으로 이해하고 도움말을 준 이가 라비였으며, 오펜하이머는 맨해튼 프로젝트의 부소장으로 라비를 데려가고 싶어 했다. '다름'이 오히려 '도움'이 되는 적절한 사례가 아닌가 싶다.

문제만 제기하고 말하지 않았던, 헝가리 출신의 물리학자들이 보인 정치적 보수성에 대해 살펴보자. 지은이는 위그너가 강한 반공주의자였는데 "점잖은 위그너뿐 아니라, 철두철미하게 냉정한 두뇌인 폰 노이만이나, 음악을 사랑하고 시적인 감수성을 지닌 텔러조차 그러했다"라고 말하면서 쿤 벨러의 공산혁명 정부를 겪었기 때문이 아니겠냐고 간단하게 언급했다. 이 문제는 과학(자)사회학의 영역에서 좀 더 깊이 다룰 필요가 있지 않을까 싶다.

『불멸의 원자』를 읽으며 그 어떤 과학자보다 더 큰 감동을 준 또 한 명의 물리학자가 있었다. 로버트 윌슨이 바로 그다(《어떤 지식인》을 보면 된다). 내가 그를 기억하는 건『파인만 씨, 농담도 잘하시네!』에 나온 한 일화 때문이었다. 최초의 원자폭탄 실험이 성공했을 때 맨해튼 프로젝트에 참여한 수많은 과학자가 환호성을 질렀다. 단 한 명의 예외가 있었으니, 침울한 표정으

로 고민하던 윌슨이 바로 그다. 파인만이 우울해 하는 이유를
묻자 그가 대답했다. "우리가 저 무시무시한 것을 만들어서"라
고. 그는 과학의 윤리성을 고민한 깨어 있는 과학자였다. 전쟁
이 끝난 다음 윌슨은 가속기연구소를 설립하려 했다. 한 상원의
원이 그 가속기가 국가안보에 도움이 되느냐고 묻자, 그가 대답
했다.

가속기는 좋은 화가, 뛰어난 조각가, 훌륭한 시인과 같은 것
들, 즉 이 나라에서 우리가 진정 존중하고 명예롭게 여기는
것, 그것을 위하여 나라를 사랑하게 하는 것들과 같은 것입니
다. 이 가속기는 우리나라를 직접 지키는 일에 쓰는 것이 아
니라, 이 나라가 지킬 만한 가치가 있는 나라가 되도록 하는
것입니다.

이익이 무어냐 물었더니 어찌 인의를 묻지 않느냐며 양혜왕
을 꾸짖던 맹자와 비견할 만한, 참으로 시적인 감동을 안겨 주
는 발언이 아닐 수 없다. 뱀다리를 굳이 붙이자면, 이거야말로
진정한 과학 정신일 테다.

수다로 푼
최첨단 과학 이야기

『과학수다』

　　술 좋아하고 산 좋아하다 보니 친구가 많다. 그 가운데 과학을 전공한 이들도 수두룩하다. 그들끼리 이야기 나누는 걸 지켜보면 참 흥미롭다. 깊은 지식, 열띤 토론, 상대방에 대한 존중, 그리고 빼먹지 않는 유머. 나 같은 '과학치'가 보면 다들 파인만의 후예들이었다 자랑스러웠다. 내 친구들이(그들이 나를 친구로 여기는지는 다른 문제이지만). 대체로 내가 만나는 과학자는 상아탑에 갇혀 있지 않았다. 현실 문제에 대해서도 깊은 관심을 보였고, 르네상스적 지식인답게 글도 잘 썼다. 같은 나라에서 태어나 같은 교육을 받았는데도 결과가 이렇게 다르구나 하며 장탄식을 내뱉은 적이 한두 번이 아니다. 그런데 나만 누렸던 복을 두루 경험할 수 있는 책이 나왔다. 이름하여『과학수다』.

이 책은 두 권으로 나왔는데, 첫 책은 암흑 에너지부터 3D 프린팅까지 여덟 가지 주제를 다루었고, 두 번째 책은 과학소설부터 핵융합까지 일곱 가지 주제를 다루었다. 책 제목대로 과학 분야에서 최근 크게 주목받는 주제를 일반인도 쉽게 알도록 과학자가 모여 수다를 떨듯 풀어냈다. 과학이라면 겁부터 먹는 이들에게 좀 더 친근하게 다가가려 과학자들이 '용'을 썼다고 보면 된다. 그러니까, 가장 중요한 것은 일단 읽어 보아야 한다는 점이다. 그러면 낯은 익으나 도통 무슨 뜻인지 알 수 없었던 용어를 이해할 수 있을 테니까. 물론, 간혹 읽을 때는 알듯 싶은데 읽고 나서는 무슨 말이었나 하는 증상을 겪는 이도 있기는 할 터다.

첫 주제인 암흑 에너지를 읽다 보면 과학에 대한 신화가 깨지는 경험을 하게 된다. 천문학자 이명현이 정리한 바를 인용하면 "우주의 나이는 약 137억 년이다. 가속 팽창을 하고 있다. 가속 팽창의 원인은 암흑 에너지 때문이다. 암흑 에너지는 우주 전체의 72% 정도를 차지한다. 우리가 아는 원자로 이루어진 보통의 물질은 4.6% 정도다. 그리고 우주의 약 23.3 퍼센트는 원자가 아닌, 그 정체를 아직 모르는 무거운 암흑 물질"이란다. 이 정도면 과학자가 우주의 원리를 꿰뚫어 보고 있는 듯싶다. 그런데 그게 아니었다. 황재찬 교수는 "암흑 에너지의 정체가 뭔가요? 아무도 몰라요. 암흑 물질의 정체는요? 역시 아무도 몰라요. 심지어 우주 전체를 통틀어서 우리가 관찰이 가능한 빛을 내는 물질도 0.5%에 불과"하다고 말한다.

가끔 과학을 대하는 태도를 보면 중세시대에 신학이 놓여 있던 자리에 과학이 대신 앉아 있는 듯한 생각이 들 때가 있다. 최근 과학자가 이렇게 말했다고 하면 이의를 달지 않는 분위기다. 암흑 에너지에 대한 황 교수의 수다에서 확인할 수 있듯, 과학이 그 모든 것의 원리를 파악하고 있지는 않다. 과학적인 자료를 바탕으로 얘기되고 있으나 실은 "일종의 믿음의 산물"일 수도 있다. 암흑 에너지나 암흑 물질은 '중력은 시공간을 초월해 존재한다'라는 믿음의 산물일 뿐이다. 그러니, 우리가 좀 더 냉정하고 비판적으로 과학을 대해야 한다. 어렵다고 피할 일이 아니라는 뜻이기도 하다.

혜성 충돌을 다룬 할리우드 영화가 '뻥'이지만은 않다는 것을 확인하려면 〈근지구 천체〉편을 보면 된다. 〈딥 임팩트〉나 〈아마겟돈〉의 과학 자문을 NASA가 맡았단다. 상당한 과학적인 근거를 바탕으로 영화를 찍었다는데, NASA가 이런 일까지 하는 것은, 예상할 수 있듯, 예산 신설이나 증액을 위한 여론을 환기하기 위해서라고 한다. 오해하지 말 것은, NASA가 세금 도둑이라 생각해서는 안 된다. 문홍규 박사에 따르면 "지구에 영향을 줄 가능성이 높은 킬로미터급 지구위협 천체는 154개"에 이른다니 말이다. 2012년에는 국제연합에서 소행성 움직이기 대회를 열었다. 미국에서 공부하는 한국계 대학생이 우승했는데, 아이디어가 흥미롭다. 흰색 페인트가 소행성 전체에 골고루 묻도록 하면 된다는 것. 이 아이디어로 왜 상을 받았는지 궁금하다면 책을 읽어 보길!

일찌감치 문리과를 나누는 교육 현실에서 문과 계통 출신이 과학책을 읽기는 쉽지 않다. 과학자는 수학적 단순함이 예술적 아름다움에 필적한다고 여긴다. 그러니, 많은 과학책에 수식이 나오고, 그러다 보니 읽어내기 힘든 것도 사실이다. 그러나 이번에는 과학자들이 쉽게 풀어 설명해 보겠노라고 나섰다. 모쪼록 『과학수다』를 읽고 우리 일상에서 과학을 주제로 한 '수다꽃'이 피었으면 하는 바람이다.

씨앗이 한 그루의
나무가 되기까지

『랩걸』

　　『랩걸』은 한마디로 놀라운 책이다. 과학자라면, 세상의 풍파에서 벗어나 자연과 우주의 비밀을 파헤치는 사람이라 여기기가 십상이다. 괴짜이지만 천재라는 이미지도 강하다. 부모 몰래 이런저런 실험을 하다가 사고를 치고, 이를 수습하려 애면글면하는 모습도 떠오른다. 그런데 이 책은 아니다. 대학교수 자리를 지키려고 전전긍긍하고, 연구비를 따려고 안절부절 못한다. 식물의 성장을 연구하지만, 연구비는 전쟁을 위한 과학에 몰렸다. 그래서 사제폭탄이 터질 때 나오는 아산화질소를 식별하는 기계를 연구했다. 일주일에 40시간은 폭발물 프로젝트에 전념하고 또 다른 40시간은 식물학 실험에 바쳤다.

인정받고 격려받기보다는 백안시의 대상이다. 너무 예민하다는 경고를 받았고, 비정하고 무감각하다는 비난도 들었다. 전공 분야의 대가가 그녀를 동료 과학자에게 소개했다. "내가 자신이 본 것 중 가장 열심히 공부하는 학생이었고, 처음 만난 순간부터 특별한 사람이라는 것을 알았다고도 말했다." 그러자 소개받은 사람들이 그녀를 훑어봤다. "모두의 얼굴에는 이제 내게 익숙한 표정이 떠올랐다"라고 한다. "저 여자가? 그럴 리가. 뭔가 실수가 있었겠지" 하는.

연애가 잘 되지도 않았다. 많은 사람이 연구실 동료인 빌을 의심했다. 너무나 밀접한 관련을 맺고 연구하는지라 모종의 관계가 있으리라 추측했다. 그러나 빌은 동료일 뿐이다. 만나는 남자가 있었으나 오래가지 못했다. 사람에게는 인연이 따로 있는 모양이다. 콜린트를 만났다. 같은 대학에서 같은 과목을 듣기도 했는데 몰랐다니 믿기지 않았다. 결혼했고 임신했다. 그런데 조울증이 문제였다. 6개월 동안 약을 먹을 수 없어 온몸으로 그 고통을 견뎌내야 했다. 심하게 구토하다 목욕탕 바닥에 쓰러져 헛구역질과 울기를 반복하다 기절해 버리고 싶어 벽이나 바닥에 머리를 부딪치기까지 했다. 아름다움, 고상함 따위는 어울리지 않는 삶이다. 연구나 일상이나 무엇 하나 편하게 풀려

나가지 않았다. 고투, 라는 낱말이 그녀에게 맞춤하다.

그녀의 고향은 미네소타다. 증조할아버지 때 노르웨이에서 집단이민했다. 1년에 9개월이나 눈이 쌓여 있는 동네다. 동네 사람들은 주로 베이컨을 만드는 공장에서 일했다. 아버지는 고향으로 돌아와 전문대에서 물리학과 지구과학 입문을 가르치는 교수로 일한 과학자였다. 그래서 그녀는 아버지의 실험실에서 자랐다. "어두운 겨울밤 아버지와 내가 공작과 왕처럼 과학관 전체가 우리 것인 양 누비고 다니던 기억이 아직도 생생하다. 아버지와 나는 우리의 성을 둘러보느라 너무 바빠 우리를 기다리는 바깥 왕국에는 관심도 없었다." 그리고 거기서 "나는 어린 여자아이에서 과학자로 변신했다. 피터 파커가 스파이더맨으로 변신한 것처럼. 내 경우는 반대 방향의 변신이기는 했지만." 다 아버지 덕이다.

엄마는 고학으로 대학에서 화학을 공부했다. 그러나 힘에 부쳐 고향으로 돌아와 결혼해 네 명의 아이를 낳았다. 막내가 유치원 갈 무렵 학사학위를 따겠다고 통신 과정으로 영문학을 공부했다. 엄마랑 종일 함께 있었던지라 어깨 너머로 영문학을 배웠다. 초서의 작품을 읽고, 『천로역정』에 나온 상징을 레시피 카드에 적었다. 어머니는 헤어롤을 머리카락에 감으면서 칼 샌

드버그의 시를 녹음한 테이프를 들었다. 시 감상하는 법도, 책 읽는 법도 만학도인 어머니한테 배웠다. 책 읽다 보면 빼어난 수사학이 인상 깊은데, 어머니의 영향을 받은 덕이다.

『랩걸』의 구조는 독특하다. 한 부분이 자서전적 성격을 띠는 대목이 나오면, 다음 대목은 반드시 나무에 대한 지식을 서정적으로 풀어놓는다. 단 한 알의 씨앗이 뿌리를 내리고 줄기를 키워 당당한 풍채를 자랑하는 거목이 되는 과정은 감동 그 자체다. 어쩌면 과학자로 성장하는 과정과 한 그루의 나무로 자라는 과장이 유사하다는 점을 강조하려고 그리한 모양이다. 내밀한 과학자의 일상적인 세계와 그 과학자가 사랑한 나무에 대한 예찬으로 가득한 책인지라, 한마디로 『랩걸』은 대단한 책이라는 말을 들을 만하다.

경쟁과 협력의
진화론적 관점

『진화와 협력, 고전으로 생각하다』

사람은 타고나기를 이기적이고 경쟁적일까, 아니면 협력을 바탕으로 부닥친 문제를 해결할까? 이 문제는 여러 차원에서 연구되고 논쟁해왔는데, 아무래도 진화론의 시각에서 던진 답변이 사회적 파장이 컸던 듯싶다. 왜 하필 진화론이 이 문제에 집요하게 관심을 보였는가는, 그리고 왜 많은 사람이 진화론의 답변에 응답해왔는가는 『진화와 협력, 고전으로 생각하다』의 서문에 잘 나온다. 지은이들에 따르면 "진화론은 우리가 가진 행동양식과 심리적 특성이 어떤 과정을 통해 형성되어왔는지를, 즉 우리 존재의 '역사'를" 다룬다. 그러다 보니 진화론은 "과거를 돌아봄으로써, 현재의 우리가 왜 특정 상황에서 경쟁이나 협력 같은 행동양식을 선택하는지" 잘 설명해 준다. 다음으로 진화론은 생명 전체를 다룬다는 점을 든다. "우리 행동과 마음은 전체 생명 집단을 이해할 때에 비로소 좀 더 정확히 알 수" 있는 법이다. 우리의 민낯을 스스로 볼 수는 없다. 생명 전체라는 거울에 비추어야 미루어 짐작할 수 있다는 말이다.

지은이들은 이 책에서 경쟁과 협력을 다룬 이름난 저서를 요약하고, 그 문제점을 드러내고 비판하는 방식으로 글을 썼다. 맨 앞을 장식한 책은, 익히 짐작하듯, 리처드 도킨스의 『이기적 유전자』다. 다음으로는 로버트 액설로드의 『협력의 진화』, 엘리엇 소버와 데이비드 슬로안 윌슨의 『타인에게로』, 로버트 프랭크의 『경쟁의 종말』, 린 마굴리스의 『공생자 행성』을 다룬다. 책의 편제를 보아도 알 수 있듯, 이 한 권을 읽는다면, 경쟁과 협력에 대한 이론적 성취를 조감하는 놀라운 경험을 하게 된다. 물론 이 책을 읽고 이 주제를 완벽하게 알았다고 장담하기는 어렵겠지만, 기본적인 이해를 충실히 했다는 느낌은 분명히 들 터이다.

진화론을 세 가지 열쇳말로 압축한다면 차이, 선택, 유전이라 할 수 있을 테다. 이런 관점에서 보면 진화론은 기본적으로 이기심이나 경쟁을 생명체의 본성이라 설명할 가능성이 크다.

반복하거니와, "진화를 '생존 및 번식 경쟁'에서 살아남은 개체가 가진 특성이 축적되는 과정으로 파악"하기 때문이다. 윌리엄 해밀턴의 포괄적 적합도(번식 성공 정도) 이론은 번식을 개체가 아니라 유전자 차원에서 보자고 제안했다. "번식에서 핵심은 내가 가진 유전자를 다음 세대에 널리 퍼트리는 것"이라 보는 것인데, 달리 표현하면 "내가 아들딸을 낳은 것도 중요하지만, 조카들이 많아지도록 기여하는 것도 중요하다는" 뜻이다. 이기적이고 경쟁적인 존재가 협력하는 듯 보이는 이유를 잘 설명하는데, 도킨스의 이기적 유전자론이 여기에서 비롯함을 알 수 있을 테다.

해밀턴과 도킨스의 이론은 영향력이 대단했다. 두 사람의 이론이 널리 받아들여지자 이에 맞서 많은 진화론자는 혈연을 넘어선 협력 가능성에 대해 말했다. 그 가운데 설득력 높은 이론을 제기한 이는 액설로드다. 그는 게임이론을 응용한 연구 결과를 바탕으로 "피 한 방울 섞이지 않은 관계에서도, 특정 조건이 충족되면 개체들 간의 협력이 나타날 수" 있다고 주장했다. 이름하여 팃포탯으로 눈에는 눈, 이에는 이라는 뜻이다. 그의 이론을 간단하게 정리하면 "첫째, 한번 만나서 상호작용했던 상대와 또다시 만날 가능성이 있을 것. 둘째, 다시 만난 상대를 알아보고 과거 그가 어떻게 행동했는지 기억하여 필요하면 복수할 것"이라는 조건이 충족하면 혈연관계가 아니어도 협력이 일어난단다.

경쟁이나 이기성보다 협력을 더 내세운 학자 가운데 마굴리스의 관점이 단연 돋보였다. 그녀는 흥미로운 예를 들어 공생진화를 설명한다. 아메바—박테리아 공생체에서 핵을 빼내 건강한 아메바에게 옮겼다고 한다. 이리하면, 예상과 달리, 건강했던 아메바가 병이 드는데, 주사기로 다시 아메바에 박테리아를 넣어주자 건강해졌다고 한다. 지은이들은 마굴리스의 이론을 다음처럼 설명하는 바, 무한 경쟁과 승자독식, 그리고 이기주의를 부추기는 시대에 시사하는 바가 크다.

"생물의 진화는, 하나의 조상에서부터 아래에서 위로 가지를 뻗으며 자라 나아가는 '나무' 모양이 아닙니다. 때로는 전혀 다른 조상을 갖는, 즉, 각자 다른 나무에서 자란 박테리아와 혐기성 생물이 만나서 새로운 나무를 만들기도 하니까요. 따라서 생명의 진화를 하나의 꼿꼿한 '나무'가 아니라, 가지끼리 만나서 새로운 줄기를 만들어 나가는 '덩굴'이라고 표현하는 것이지요."

성과와 실패
사이에서

『과학과 사회운동 사이』

　　불편할 때가 있다. 허튼 농담부터 진지한 주제까지 교양 있고 위트 있게 대화를 진행하다 어느 순간, 정색을 한다. 일부러 심기를 건드리려고 한 말이 아니다. 그 문제에 대한 나만의 생각을 가볍게 말했을 뿐이다. 그런데 정색을 하고 반론을 하며, 절대 양보할 수 없다는 전투 태세로 돌입한다. 이건 아니지 않은가. 정식으로 하는 세미나 자리도 아닌데 이런 식으로 반응하면 민망한 데다 그 사람을 다시 보게 된다. 나는 기본적으로 근본주의자나 환원주의자를 싫어한다. 그렇다면 이 사람도 내가 기피해야 할 사람 목록에 넣어야 하는 건가? 하는 생각이 든다.

과학자와 대화를 나누다가도 이런 상황에 놓이면 당황한다. 과학이란 모름지기, 존 백위드가 『과학과 사회운동 사이』에서 말했듯, "회의주의적 태도, 새로운 주장에 대한 개방성, 증거를 통한 이론 검증"의 정신을 모태로 하지 않던가. 그런데 어떤 유일한 진리가 있어 여기서 한 발짝도 벗어난 사유는 백안시한다면, 이거야말로 과학이란 이름으로 과학의 정신을 부정하는 것이 아니겠는가. 그런데 가만히 톺아보면, 과학자도 스스로 과학 정신을 배반하는 일이 잦은 듯싶다. 백위드의 과학적 우상이었던 자크 모노마저 "과학에 객관성의 윤리가 내재해 있으며, 이런 윤리는 종교와 철학이 사회의 근간으로서 누리던 지위를 대신하는 새로운 신념 체계의 기반을 제공한다고 주장"했다지 않은가. 이런 주장을 접할 때마다 나는 단 하나의 질문을 던진다. 과연 그럴까?

방금 인용한 존 백위드의 『과학과 사회운동 사이』는 흔히 길항작용을 한다 여긴 과학하는 것과 정치적 행동이 얼마든지 상승작용을 일으킬 수 있다는 점을 보여준, 감동적이면서도 탁월한 자서전이다. 물론 과연 "과학자가 생산적인 과학 경력을 쌓아가면서도 동시에 과학과 관련된 사회적 활동가가 될 수" 있느냐는 반론은 얼마든지 들 수 있다. 그렇지만 백 위드는 그 일을 해냈다. 정치 영역에는 관심 없던 동료 과학자가 혁명 운동에 뛰어들기도 했다. 그와 함께 과학의 사회적 오용을 경고했던 동료가 오로지 과학에만 헌신하는 모습을 보이기도 했다. 그러나, 그는 두 영역에 걸쳐 탁월한 업적을 일구어냈으니, 그의 또 다른 영웅인 프랑스아 자코브가 "한 인간이 그가 어떻게 세계 최정상급 과학자가 되고, 또한 과학의 사회적 역할과 기능에 관해 영향력 있는 사회적 행동주의자가 되었는지 보기 드물게 솔직히 고백한 책"이라 추천사를 써준 데서도 확인할 수 있다

생물학계의 별 볼 일 없는 인물이었던 백위드가 일약 주목의 대상이 된 사건이 있다. 첫 번째는 자코브와 모노의 연구 결과를 논박한 점이다. 이 논문으로 백위드는 위대한 과학자도 실수할 수 있다는 사실을 입증함으로써 거인을 흔든 우상 파괴자로 인정받았다. 이 사건은 백위드가 될성부른 떡잎이라는 사실을 보여준 일화다. 두 번째는 그와 동료들이 염색체에서 최초로 유전자를 분리하는 데 성공했다는 점이다. 그런데 이 업적은 곧바로 연구팀에 심각한 윤리 문제를 안겨주었다. "사람을 포함해서 다른 생물체로부터 특정 유전자를 추출할 가능성"이 커졌으며 궁극적으로 "유전자 조작이 어떻게 이용될 수 있을지" 상상할 수밖에 없었다.

기실, 이 연구 업적은 고민이나 고통이 되어서는 안 되었다. 백워드팀은 개별 유전자를 처음으로 관찰한 개척자였다. 처음으로 새로운 사실을 발견하고, 새로운 분자를 얻고, 최초로 착상한 사람으로 과학사에 기록될 일이었으니, "바로 이것이 과학을 하는 기쁨 중 하나"여야 마땅했다. 그럼에도 그의 고민은 깊어졌다. 이유인즉슨,

우리의 성과 덕분에 유전자 치료가 한 걸음 더 현실로 다가왔다고 생각되었다. 만약 유전자 치료가 성공한다면, 일부 사람들은 유전병 치료를 넘어서 이 기술로 인간의 다른 특성을 바꾸려고 시도하지 않겠는가? 과연 누가 이 기술의 이용을 감독할 것인가? 어떤 유전자를 변화시킬지 누가 결정하는가? 사람을 대상으로 한 유전자 조작, 즉 유전공학을 어떻게 통제할 것인가? 우리는 심지어 정부가 올더스 헉슬리의 멋진 신세계가 상상했던 것과 동일한 목표를 얻기 위해 유전공학 프로그램을 남용할 수 있는 사태까지 우려해야 하는가? 그렇다면 정말 이 연구를 계속 진행하는 것이 옳은가?

하는 고민 때문이었다. 결국 백워드는 결심했다. 연구 결과를

발표하되, 유전자 조작이 몰고 올 위험을 경고하기로 말이다. 기자회견을 열었고, 그의 경고는 받아들여져 전 세계에 타전되었다. 1969년, 그는 과학계의 이단아가 되기로 자처한 셈이다.

이 책을 읽으며 백위드의 성장 과정에 흥미를 느끼지 않을 수 없다. 도대체 어떤 학문적 배경을 두고 있기에 이런 용기를 보일 수 있을까 하고 말이다. 그는 청소년 시절 수학과 화학에서 재능을 보였고, 영어와 프랑스어 수업에 매료당했다. 대학 학부 때는 화학에 더 흥미를 느꼈지만, 인문학에 대한 관심은 줄어들지 않았다. 대학원에 진학해 화학을 전공했지만, 학자로서 계속 삶을 살아갈지는 결정하지 못했다. 그러다 친구 소개로 로웰 헤이거 교수를 지도교수로 삼으면서 큰 변화를 겪었다. 전공을 생화학으로 바꾼데다 파스퇴르연구소를 이끌던 프랑수아 자코브와 자크 모노에 매료당하면서 유전학에 관심을 기울이게 되었다. 이 과정에서 그는 당시 미국 대학가를 휩싸았던 사회운동의 열기가 미친 영향에 대해 말한다. 이때 그는 "주변화되거나 사회적 규범에 공공연하게 도전하는 하위문화에 이끌렸다." 파스퇴르연구소에서 보낸 시절도 그의 정치의식을 담금질했다. 두 영웅이 사회적 참여의 상징이었던 데다, 미국 사회의 모순을 객관적으로 볼 수 있는 시야를 확보했다.

백워드는 우생학과 사회생물학 논쟁에 참여하면서 자신의 과학관을 더욱 잘 벼렸다. 우생학은 케네스 러드머러가 쓴『유전학과 미국 사회』를 보면서 관심을 기울이게 되었다. 그는 특별히 이론적 성과가 대중에게 영향을 끼쳐 법제화까지 되는 과정을 주목했다. 더욱이 이 과정에서 보여준 과학자들의 침묵에도 주목했다. 과학계의 흑역사라 할 우생학을 통해 그는 다음과 같은 깨달음을 얻는다.

나는 부정적 결과들을 낳을 수 있다는 이유로 유전학에서의
새로운 발전들에 반대하기보다는 과학발전의 오용을 부채질
하는 이데올로기적 자세에 초점을 맞추기로 결심했다. 나는
대중과 동료 과학자들에게 다가가 사회적으로 특정한 가치를
내장한 주장들이 객관적 과학으로 위장해 있음을 폭로하는
작업을 수행하고자 했다.

사회생물학 논쟁은 익히 알려진 대로 에드워드 윌슨의『사회생물학』때문에 촉발되었다. 이 책을 읽어 보면 우리 사회에 윌슨이 지나치게 과대평가된 면이 있고, 그의 사상에서 이 점을 비판적으로 독해하는 것이 상당히 중요하다는 점을 알 수

있다. 특히 이 부분은 에드워드 윌슨이 『자연주의자』 제17장 사회생물학 논쟁에 자세히 기록해 놓았으니, 비교해 읽어 보면 훨씬 흥미롭다. 아무튼 벡위드는 윌슨이 그의 책에서 흥분하며 비판했던 리처드 리원틴과 함께 사회생물학의 문제점을 공유하고 널리 알리는 데 큰 역할을 했다. 그는 이 논쟁에서 윌슨이 "보수적이거나 혹은 심지어 퇴행적인 사회정책들에 대해 과학적 정당성을 부여하고 있는 것으로 보였다. 그리고 정당성 부여는 무시되지 않았었다"라는 점을 주목했다.

벡위드 삶에 큰 변화가 온 것은 1990년이었다. 인간 게놈 프로젝트와 연관된 윤리적 법적 사회적 함의ELSI를 다루도록 의뢰받은 실무 그룹에 임명된 참이었다. 이점은 상당히 의미 있는 일이었다. 그가 유전자 조작 문제를 제기했을 때 과학자 그룹은 냉소적 태도로 일관했다. 그의 회고대로 하마터면 하버드 의대 교수에서 쫓겨날 뻔했으며, 다양한 차원에서 불이익을 감수해야 했다. 하지만 그의 예언은 현실이 되었다.

1973년에 '재조합 DNA' 기법이 도입되자 이 기법의 사용에 대한 영향력 있는 학자들이 모라토리엄을 요구하는 일이 벌어졌다. 그의 예상대로, 유전자 조작을 가능하게 한 예상치 못한 획기적인 연구가 현실이 됐던 것이다. 결국 과학적 발견이나 성과가 사회에 미칠 현상에 대한 윤리적 고뇌는 과학자가 반드시 떠안아야 할 숙명이 된 셈이다. 그가 인간 게놈 프로젝트의 윤리 문제를 다루는 위원회에 임명된 것은 세상의 인식 변화를 반영한 상징적인 사건이었다. 물론 결과가 끝까지 좋지는 않았다. 초기에는 많은 성과가 있었으나 후반에는 과학자 그룹의 노골적인 견제에 시달려야 했다. 그는 그야말로 두 문화의 불화와 충돌을 목격한 셈이다.

『과학과 사회운동 사이에서』는 절대 자신의 삶을 미화하려 쓴 책은 아니다. 번뇌와 갈등, 그리고 성과와 실패, 성취와 후회가 고스란히 적혀 있다. 그래서 나는 읽는 내내 좋았다. 과학적 성취에 매몰되지 않으면서도 과학을 사랑하고, 내세울 만한 업적이 있음에도 과학의 사회적 효용과 오용 문제를 깊이 고민하고 비판했기 때문이다. 내가 과학에 불편할 때는 그 이론으로 모든 것을 다 해명할 수 있다고 덤벼들 때였던 듯했다. 가설의 정신으로 겸손하게 해명해 나가는 게 아니라, 유일한 진리로 무오류성을 들먹일 때 말이다. 그런 과학주의자에게 벡위드의 다음과 같은 말을 들려주고 싶다.

그러나 과학이 모든 것을 알고 있는 것은 아니며, 삶의 지침을 위해 우리가 참고해야 하는 유일한 원천인 것도 아니다. 완벽한 객관성이라는 신화는 과학을 실행하고 이를 대중에게 제시하는 데 영향을 미치려는 일단의 개인적 내지 정치적 의도들을 종종 감추고 있다. 개인적, 사회적, 이데올로기적 편견, 순진한 열정, 완고하고 때로는 맹목적인 몰입, 금전적 이해관계 등과 같은 비객관적 요인들은 과학의 진보가 나타나고 실현되는 과정에서 종종 통제된 실험의 규칙, 이론적 예측의 검증, 동료의 비판을 기꺼이 고려하는 태도만큼이나 중요한 역할을 한다.

모순의 쌍은
아름다운 법이다

『이중나선』

1953년 3월 마지막 주말, 드디어 논문 초고를 완성했다. 마침 타이피스트가 휴가 간지라, 여동생 엘리자베스에게 부탁했다. 그녀가 자판 두드리는 모습을 두 명의 과학자가 감격에 차 지켜보았다. 대략 9백 단어로 된 그 논문의 첫 문장은 "우리는 여기에 디옥시리보핵산DNA 염의 구조를 제창하고자 한다. 이 구조는 생물학적으로 대단한 관심을 불러일으킬 새로운 특징을 지니고 있다"였다. 한 쪽짜리 논문을 4월 2일 〈네이처〉로 발송했다. 다윈 이후 생물학계를 뒤흔든 가장 빛나는 업적이 완성되었다. 이때 왓슨은 비로소 "긴 머리의 아가씨들에게 더이상 한눈을 팔지" 않는 25세였고, 수다쟁이 무명 과학자였던 크릭은 37세였다.

　제임스 왓슨이 쓴 『이중나선』은 일면 DNA 구조를 발견한 과학사적 사건에 대한 빼어난 보고서이면서도 자서전의 미덕을 뽐내고 있다. 특히 이 책은 인류 지성사에 큰 영향을 끼친 과학적 발견을 둘러싼 과학자 집단의 협력과 갈등을 소상히 밝혀놓아 흥미가 배가된다(왓슨의 또 다른 저서 『DNA를 향한 열정』에 보면 『이중나선』 출간을 반대하는 목소리가 있었고 유명 과학자 사이의 분쟁을 염려하는 분위기도 있었음을 알 수 있다). 물론, 이 책이 DNA 발견을 향한 경쟁 관계를 자세히 기록한 데에는 이유가 있을 테다. 하나는 그만큼 과학자 집단에 DNA 구조를 발견할 수 있는 직전까지 다다른 성과가 있었고, 누군지는 모르겠지만 곧 실체를 밝히리라는 기대가 무르익었다는 말이다. 다른 하나는, 왓슨의 기질 덕에, 그러니까 경쟁에서 이겨 노벨상을 거머쥐고 싶었던 솔직한 심정을 가감 없이 밝히다 보니 이런 유의 글을 쓰지 않았을까 싶다.

　왓슨은 이 책이 "1951년에서 1953년까지 내가 체험한 전부"라 말했다. 그러면서 당시만 해도 DNA는 아직 신비에 싸여 있었고, 누가 DNA의 비밀을 밝혀낼지, 그리고 DNA가 가치 있는 연구주제인지 장담하지 못할 상황이라 했다. 그럼에도 새로운 지평은 열리고 있었다. 저명한 이론물리학자인 슈뢰딩거는 『생명은 무엇인가』에서 "유전자야말로 살아 있는 세포의 핵심 성분이며 생명이 무엇인지를 이해하기 위해서는 이 유전자들이 어떻게 작용하는지를 알아야 한다"라고 주장한 바 있다. 특히 미국의 세균학자인 에이버리는 박테리아의 유전형질이 순수하게 정제된 DNA 분자를 통해 다른 박테리아로 전달될 수 있음을 밝혀냈다. 이는 일대 사건이었다. "이 실험 결과는 모든 유전자가 DNA로 구성되어 있음을 실험적으로 증명할 수 있다는 것을 예견하는 것이었다. 만일 이게 사실이라면 진정 생명의 비밀을 풀어주는 로제타석은" DNA임이 확실했다. 그래서 경쟁이 붙었다. 당사자는 모리스 윌킨스, 로잘린드 프랭클린(이하 로지라 줄여 말함), 라이너스 폴링, 그리고 프랜시스 크릭과 왓슨이었다.

읽는 이는 그 경쟁의 승리자가 누구인지 알고 있는지라 당연히 왓슨과 크릭의 만남, 그리고 이들의 인간적 면모에 관심이 갈 법하다. 왓슨은 기대에 어긋나지 않았다. 책의 첫 장을 크릭에게 바쳤는데, 첫 구절이 다음과 같다.

내가 보기에 프랜시스 크릭은 그리 겸손한 사람이 아니었다.

왓슨에 따르면, 크릭은 중산층 가정에서 태어났고 유니버시티 대학에서 물리학을 공부했다. 대학원 들어갔을 적에 전쟁이 일어나자 해군과학기지에서 근무했다. 여기서 자기기뢰를 발명하는 데 이바지했다고 한다. 종전 후 물리학 대신 생물학을 택했다. 1949년 캐번디시 연구소의 페루츠와 켄드루의 연구팀에 합류했는데 박사학위 과정에도 등록했다. 이 점을 왓슨이 강조한 것은, 크릭이 학위 과정에 등록해서 얻은 예상 밖의 행운이 있음을 강조하기 위해서다. 연구소장인 브래그 경이 크릭을 탐탁하게 여기지 않아 여러 차례 위기 상황이 있었는데 학위과정을 밟고 있는지라 쫓아낼 수 없었단다.

크릭을 보고 왓슨이 겸손치 않다고 한 것은 그가 수다쟁이였기 때문인 듯싶다. 35세의 늦깎이 박사과정생이었지만, 크릭은 색다른 사실을 발견하면 흥분을 이기지 못하고 들어줄 만한 사람이면 누구나 붙들고 큰 소리로 떠들어댔다고 한다. "정작 실험 결과를 잘 해석하지 못하는 동료들을 찾아가 자기 나름의 해석을 예의를 갖추어 거침없이 피력하곤 했다. 그뿐만 아니라 단숨에 자신의 해석을 뒷받침할 실험방법까지 제시"할 정도였다니, 어찌 보면 오지랖 넓은 천재형이 아닌가 싶다. 크릭은 이론가인 브래그 경과 실험가인 페루츠의 중간형이라 할만했다.

자기가 떠벌린 이론이 먹혀들지 않으면 실험을 다시 시작하고, 실험이 지루해지면 다시 새로운 이론 해석에 집중했다고 한다. 왓슨을 만날 즈음, 크릭은 이미 단백질 결정학의 한계를 넘어서 유전형질의 결정 과정과 DNA의 상관성을 간파한 상태였다.

왓슨은 학부 시절에는 새에 관심이 많았다고 한다. 그런데 이유가 재미있다. 골치 아픈 물리학이나 화학을 피하고 싶어서였다니 말이다. 4학년 때 유전자의 본질을 알고 싶은 충동에 사로잡혔고, 인디애나 대학원 시절에는 화학을 배우지 않고 유전자 문제를 해결할 방법을 모색했다고 한다. 자기가 이렇게 된 데에는 지도교수인 이탈리아 출신의 미생물학자 살바도르 루리아의 영향이 컸다고 너스레를 떤다. 그 양반은 대부분의 화학자를 싫어했고, 대도시에 태어나 경쟁밖에 모르는 공부벌레를 혐오했다나. 아무튼 왓슨이 유럽으로 넘어온 데는 지도교수 덕이 컸다. 칼카르 밑에서 바이러스 증식에 관한 생화학 실험을 익힐 기회를 마련해 주었다.

왓슨이 DNA X선 연구에 관심을 기울이게 된 것은 1951년 봄 나폴리에서 열린 학술대회에서 만난 윌킨스 덕분이었다. 윌킨스는 강연을 하면서 해상도가 훨씬 높아진 DNA X선 회절 사진을 보여주었다. 윌킨스에 따르면, DNA의 구조를 나타내는 결정적인 사진이라 했다. 이때 왓슨은 유전자가 하나의 결정체로 도출될 수 있음을 알았고 "적절한 방법만 강구한다면 유전자의 규칙적인 구조를 알아낼 수 있을 것"이라 판단했단다.

왓슨은 윌킨스의 X선 사진을 잊을 수 없었다고 한다. 어쩌면 생명의 신비를 풀 수도 있겠다 싶었다. 호기심은 열정으로 번졌고, 연구 주제를 바꾸기로 했다. X선 회절 사진을 해석하는 방법을 배울 수 있는 장소를 물색하다 마침내 캐번디시 연구소의 페루츠 실험실에서 결정학을 연구하기로 했다. (이 연구소를 책임진 로렌스 브래그 경은 X선 결정학을 발견한 공로로 부친과 함께 공동으로 노벨상을 받았다.) 여기에는 큰 재정적 부담이 따랐다. 연구주제 바꾸는 것을 워싱턴의 특별연구원 위원회에서 불허했다. 당연히 연구비도 중단된다. 그래도 감행했다. 그리고 그 연구소에서 크릭을 만나게 된다.

『이중나선』에는, 앞에서 말했듯, DNA 구조를 밝히는 과정에서 발생한 경쟁 관계도 잘 드러나 있다. 이 과정을 지켜보면 과학자 집단도 상당히 정치적인 측면이 있음을 알 수 있다. 젊은 시절 뛰어난 과학자였던 사람도 나이가 들어 연구소를 책임지는 자리에 있으면 아무래도 관료화하기 십상이다. 유명한 과학자는 신출내기 과학자를 낮추어 보기 일쑤였다. 이 책에 등장하는 많은 인물이 이미 노벨상을 탔거나 탈 거라는 점을 감안하면 시사하는 바가 크다. 특히 여성 과학자는 아직도 정당한 대접을 받지 못했다. 연구비 지원 과정에는 개인적인 감정도 작용하는 듯싶었고, 서둘러 연구 결과를 내놓으라는 압박도 강했다. 더욱이 최초 발견이라는 타이틀을 따려는 욕망이 적나라하게 드러나기도 했다. 어찌 보면 당연하다 싶다. 인간사가 두루 그러는 법이니, 과학자 집단만 예외일 거라는 생각은 한낱 낭만적 환상일 뿐이다.

DNA 분야에서 자타가 인정하는 선두주자는 윌킨스였다. 물리학도 출신인 윌킨스는 런던 킹스대학에서 연구를 했고, 주요 연구 장비로 X선 회절법을 썼다. 그에게는 걸림돌이 있었다. 하나는 그가 너무 "느리게, 지나치게 신중한 태도로 접근"한다는 점이었다. 다른 하나는, 조수 격인 로지와 벌인 신경전이었다. 윌킨스는 노련한 결정학자인 로지의 힘을 빌려 연구에 속도가 붙기를 바랐다. 하지만 로지는 기대에 어긋났다. 자신은 조수가 아니라며 DNA 연구를 직접 하겠다고 나섰다. 두 사람의 갈등 양상은 책 곳곳에 나올 정도로 심각한 상황이었고 윌킨스의 발목을 번번이 잡았다.

캐번디시 연구소에는 라이너스 폴링의 아들 피터 폴링이 와 있었다. 폴링은 자신이 DNA 구조를 밝혔다는 소식을 아들에게 편지로 보냈다. 이 편지 내용은 곧바로 알려져 연구소 분위기를 침통하게 했다. 나중에 논문 사본을 보니, 오류가 있었다. 대가가 할 만한 실수가 아니건만 버젓이 저지르고 말았다. 안도할 수만은 없었다. "폴링이 다시 전심전력을 다하여 DNA 연구를 개시할 때까지의 시간은 많아야 한 달 반밖에 없었다. 우리가 폴링보다 앞설 수 있는 시간은 겨우 6주뿐인 셈이었다." 왓슨과 크릭이 아연 긴장하고 연구에 매달렸던 이유다.

물론 "폴링의 이름이 알파나선을 연상시키듯이 우리의 이름이 이중나선을 연상시킬 것"이라는 열망에 휩싸인 경쟁만 있었던 것은 아니다. 과학자들의 협력도 위대한 발견에 크게 이바지했다. 당장 경쟁 대상자였던 윌킨스의 도움이 컸다. 그는 왓슨에게 로지가 찍은 B형 X선 사진을 보여주었다. 사진을 보자마자 왓슨은 "B형의 X선 사진에는 한눈에 보아도 나선을 입증하는 결정적인 요소들이 뚜렷이 자리 잡고 있었다. 조금만 더 궁리해 보면 DNA 분자에 있는 사슬의 수도 쉽게 알아낼 수 있을 것 같았다"라고 회고했다. 그 사진이 이중나선구조를 밝히는 데 결정적인 도움이 되었던 셈이다. 왓슨은 도나휴의 공도 기렸다. 만약 그가 없었다면 염기는 같은 것들끼리 짝을 짓는다는 생각에 갇혀 헛수고만 했으리라고 말했다. 로지는 윌킨스처럼 이중 나선구조가 옳다는 것을 검증해 주었고, "뼈대가 분자의 바깥에 자리한다는 사실도 확인했으며, 염기들을 함께 붙드는 수소결합의 존재도 인정"해 주었다.

이 책에서 인상 깊은 것은 두 사람의 DNA 연구를 금지한 바 있던 로렌스 브래그 경이 서문을 썼다는 점이다. 왓슨은 등장하는 인물에게 초벌 원고를 보여주었던 모양이다. 읽어본 이들이 수정을 요구했지만, 자신은 왓슨이 많이 고치는 것을 원하지 않았다고 한다. "남다른 직관과 통찰력으로 사람들의 인간적인 약점을 찌르고" 있는 "저자의 솔직하고 생생한 표현을 뺀다면 이 책의 재미 또한 반감될 수 있다고 생각했기 때문"이란다. 왓슨이 책의 앞부분에 자신을 깎아내리는 내용의 글을 썼는데도 이런 말을 했다. 정말, 대인배다운 태도다.

로지에 대한 왓슨의 재평가도 인상 깊다. 이 책에 나온 인물은 대부분 노벨상을 받는다. 1962년 왓슨과 크릭이 노벨상을 받을 적에 윌킨스도 같이 받았다. 두 사람의 성취가 가능했던 선행연구를 높이 쳐주었기 때문이다. 그러나 로지는 DNA가 나선형으로 이루어졌다는 결정적인 사실을 두 사람에게 간접적으로 알려주었으나 1958년 37세의 나이로 사망한지라 영광의 대열에 끼지 못했다. 왓슨은 두 가지 점에서 그녀를 재평가했다. 먼저 "과학계라는 곳은 연구가 벽에 부딪혔을 때 흔히 여성을 단순히 기분전환이나 시켜 주는 존재로 생각하기 쉬운 곳이다. 이런 불합리한 상황에서 고도의 지성을 갖춘 그녀로서는 용감하게 맞서 싸울 수밖에 없었다는 점을 우리는 너무 늦게 깨달았던 셈이다" 그녀는 조수가 아니었다. 다음으로는 "자신이 불치병에 걸렸음을 알면서도 전혀 내색하지 않고 죽기 몇 주 전까지 고차원의 연구를 묵묵히 수행했다"라는 점이다.

노벨상 수상 이후 승승장구하던 왓슨은 인종차별 발언을 해 구설에 오르기도 하더니 끝내 과학계에서 추방당하는 불명예를 겪었다. 이 사건과 관계 없이 책을 읽고 난 소감은, 그가 크릭에게 했던 말을 돌려주면 될 듯싶다. "내가 보기에 제임스 왓슨은 그리 겸손한 사람이 아니었다." 그럼에도 과학에 대한 열정, 숱한 좌절 가운데도 포기하지 않는 집념, 협력과 경쟁을 통해 성과를 일구어내는 기지, 결정적인 상황에서 조급해 하지 않는 배포 등속은 배워야 할 바다. 그리고 보니, DNA만 이중나선으로 되어 있지 않은 모양이다. 서로 충동하는 성질의 가치 가운데 어느 하나로 쏠리지 않는 긴장감 넘치는 삶을 살아야 성숙한 인간이 되는 법이니, 삶의 지혜도 이중나선이로구나.

문제는
재미와 열정이다!

『프리먼 다이슨 20세기를 말하다』

    프리먼 다이슨의 자서전 『프리먼 다이슨 20세기를 말하다』를 읽고 나서 한동안 큰 감동에 휩싸였다. 수학자였던 그가 물리학을 익히고 도모나가, 슈윙거, 파인만의 이론을 종합해내는 출중한 업적을 이루고, 안전원자로와 핵 추진 우주로켓 개발에 열중하는 모습은 정말 흥미로웠다. 책 후반부로 오면 관심 영역이 더 확장하여 외계생명체와 우주로 이주하는 문제를 다루는 바, 읽으면서 그 박식함과 상상력에 혀를 내두르지 않을 수 없었다. 더욱이 연극 〈F6 등반〉에 비추어 오펜하이머의 운명을 평한 대목이나, 신의 왕좌에는 백일쯤 된 아이가 있었다는 꿈 내용으로 대미를 장식하는 장면에서는 다이슨의 섬세한 문학적 감수성을 느낄 수 있었다.

다이슨 자서전의 미덕으로 추켜세울 것은 더 많다. 그럼에도 나를 사로잡은 것은 자서전에 나오는 빼어난 물리학자 이야기였다. 다이슨이 영국에서 공부하다 미국으로 와서 코넬대학교 물리학과 대학원생이 된 것은 1947년 9월이었다. 그의 지도 교수는 한스 베터였는데, 그 인연 덕에 다이슨은 "순수 물리학의 르네상스"를 이끈 쟁쟁한 인물과 교류하며 자신만의 학문 세계를 펼쳐나갔다. 그러다 보니 지적으로 자극받은 내용을 비롯해서 논쟁을 한 장면, 물리학자의 개인적 성품, 그리고 일반에게 잘 알려지지 않았던 내밀한 삶의 이야기가 다채롭게 펼쳐진다. 다이슨 자서전을 일종의 물리학자 열전으로 읽으면 흥미가 배가 된다는 말이다.

먼저 한스 테너. 다이슨에게 "그의 전자 에너지 계산을 반복하되 아인슈타인의 상대성이론에 맞춰서 조금씩" 바꾸게 했다고 한다. 다이슨은 수백 쪽에 이르는 계산을 했다는데, 이 과정에서 이 분야에 필요한 도구의 사용법을 잘 익혔고 물리학에 대한 확신을 얻었다고 한다. 다이슨은 한스와 점심을 먹으며 물리학을 주제로 끝없이 토론했다. 주제는 물리학에 관련된 심오한 철학 문제를 비롯해 매우 전문적인 분야도 있었다고 한다.

한스는 세부 문제에 관심을 집중했는데, 철학적인 질문을 던지면 오펜하이머에게 물어보면 좋겠다고 말해 주곤 했다. 한스는 다이슨이 프린스턴으로 가도록 도와주면서 그곳 생활이 녹록지 않으리라고 도움말 주었다. 이유는? 오펜하이머는 "바보를 환영하지 않으며, 누가 바보인지 성급하게 판단하기도" 해서란다.

자서전에서 다이슨은 상당 분량을 오펜하이머와 맺은 인연 이야기로 채운다. 로스앨러모스에서 핵무기 개발을 이끌었던 위대한 물리학자에 대한 당연한 배려다. 다이슨은 무엇보다 로스앨러모스 사람들이 오펜하이머의 정신적 위대함을 상찬했다는 점을 강조한다. 그와 인연을 맺은 다음부터 무엇이 오펜하이머의 위대함인지 유심히 살펴보았는데, 말년의 그를 보며 자신도 동의하지 않을 수 없었다고 회고한다. 생애 마지막을 오펜하이머는 후두암을 앓으며 보냈는데, "육체가 나날이 쇠약해져도 그의 정신은 더 강해졌"고, "대쪽 같은 강직함과 불굴의 의지를 보여주었"으며, "무거운 짐을 지고도 여전히 유머를 잃지 않고 꼿꼿이 자기 일을 했다."

다이슨과 오펜하이머는 기질적으로도, 학문적으로도 맞지 않았다고 한다. 다이슨은 슈윙거, 파인만, 도모나가의 아이디어로 세워진 양자 전기 역학을 주제로 연구했다. 그런데 오펜하이머는 슈윙거와 파인만의 아이디어를 상당히 낮게 평가했다. 오펜하이머는 "물리학에는 근본적으로 새로운 아이디어가 필요"하다고 생각했는데, 두 사람의 양자 전기 역학은 "낡은 아이디어를 기이한 수학으로 기워서 만든 또 하나의 잘못된 시도"라 여겼다. 다이슨은 학문 영역에서 오펜하이머에게 판판이 졌다. 그런 그를 구해준 것은 스승인 한스 베테였다. 다이슨은 편지에서 이때 상황을 "마침내 베테는 결론을 맺었는데, 파인만 이론이 최고의 이론이고, 엉뚱한 말을 늘어놓고 싶지 않은 사람은 반드시 이 이론을 배워야 한다고 대놓고" 말했다고 썼다. 한스 베테의 지원사격을 받고 나자 다이슨의 앞길은 그야말로 탄탄대로였다. 다이슨의 발표를 오펜하이머가 귀담아들었고, 그를 마침내 프린스턴의 교수로 임용해 주었다. 하지만 학문적 기질은 화해하지 못했다. 오펜하이머는 자연의 가장 근본적인 의문을 풀기 위해 고투하는 형^型이다. 하지만 다이슨은 "아이디어의 창조자이기보다는 문제해결사"였고, 온정신을 기울여 문제의 핵심으로 다가가려 하기보다는 많은 분야에 관심을 보였다. 오펜하이머는 다이슨을 임용할 적에 젊은 보어나 아인슈타인을 찾아냈다고 생각했다. 그런 점에서 다이슨은 "전혀 그를 만족시키지 못했다"라고 인정했다.

코넬대학에서 다이슨은 파인만을 만났다(당시 코넬대학에는 로버트 윌슨과 필립 모리슨도 있었다고 한다). 파인만에 대한 평은 예상한 대로다. "목소리가 컸고, 정신이 기민했고, 모든 종류의 사물과 사람에 관심을 가졌고 미친 듯이 농담을 했고, 권위를 존중하지 않았다." 재치 있고 재미있고 기인인 물리학자였던 셈이다. 그러나 이게 전부라면 파인만이 뭇 물리학자의 영웅이 될리 없다. "매우 심오하고 독창적인 과학자였다. 그는 어떤 것도, 어떤 사람의 말도 그냥 받아들이지 않았다. 그는 물리학의 거의 모든 것을 순수 재발견하거나 재발명하도록 스스로를 닦달했다."

다이슨은 여름방학 때 파인만과 여행을 떠난 적이 있다. 여러 주제로 대화를 나누었는데, 둘은 과학 분야에서는 언제나 의견이 맞지 않았다고 한다. 파인만은 다이슨의 수학을 미더워하지 않았고, 다이슨은 파인만의 직관을 믿지 않았다. 상대방의 아이디어에 반대했고, 논쟁했고 이런 과정에서 많은 도움을 받았다. 두 사람은 앨버커키에서 헤어졌다. 홀로 여행하면서 다이슨은 비로소 물리학에서 벗어났다. 그러다 사흘간 버스를 타고 여행하다 갑자기 섬광 같은 아이디어가 떠올랐다. "파인만의 그림과 슈윙거의 방정식이 저절로 머릿속에서 이전과는 다른 방식으로 깨끗하게 정리되고 있었다." 그리하여 프린스턴에 도착하자마자 써야 할 논문 제목이 잡혔다. "도모나가, 슈윙거, 파인만의 복사이론."

에드워드 텔러. 수소폭탄의 개발자. 오펜하이머의 정치적 몰락에 결정적 역할을 한 배신자. 다이슨이 텔러와 깊은 인연을 맺었다는 사실을 확인하면서 뜻밖이라는 생각이 들었다. 텔러는 한스와 절친한 친구 사이였으나, 텔러가 청문회에 참석하기로 하면서 의절했다. 그런데도 다이슨은 "역사가 이 사람을 어떻게 심판하든, 나는 그를 적으로 볼 이유가 없다"라며 중요한 사업을 함께 했다. 텔러와 함께 수소폭탄 개발에 참여했던 호프만은 제너럴 다이내믹스의 투자를 받아 원자로를 설계하려는 계획을 세웠다. 이 사업에 다이슨이 텔러의 권유로 참여했던 것. 다이슨은 마치 파인만과 그러했듯 텔러와 싸웠다. 텔러의 "거친 구도를 부수고 그의 직관에서 방정식을 짜냈다." 이들이 만든 안전 원자로에는 트리가라는 이름을 붙였다. 텔러와 다이슨은 여기까지만 참여했다. 이 설계를 바탕으로 호프만은 고연혹연원자로를 개발했다. 이 원자로는 경수로보다 안전하고 연료도 적게 들었으나 결국 상용화에는 실패했다. 건설비가 비싸고, 정상 가동되더라도 방사능이 소량 샜기 때문이다.

1958년, 프린스턴을 방문한 호프만이 테일러를 소개해 주었다. 그가 핵 우주선이라는 "미친 아이디어"를 현실화하려는 오리온 계획을 진행한다는 소식도 전해 주었다. 테일러는 세 가지 믿음이 있었다고 한다. 첫째는 폰 브라운처럼 재래식 화학 로켓을 이용해서 우주로 가려면 비용이 터무니없이 많이 든다는 점이다. 둘째는 행성 사이를 비행하려면 핵연료를 써야 한다는 점이다. 셋째는 소수정예가 이 사업에 뛰어들면 최고의 화학 로켓보다 더 싸고 훨씬 더 우수한 핵연료 우주선을 만들 수 있다는 점이다. 테일러와 의기투합한 다이슨은 그때의 구호를 떠올렸다. "1970년까지 토성으로." 오리온 계획은 1959년 중단되었다. 이해 여름 비군사용 우주 계획에 핵 추진을 사용하지 않기로 했기 때문이다.

다이슨의 '물리학자 열전'을 읽으면 신이 난다. 스스로 뛰어드는, 난관을 만나도 좌절하지 않는, 마침내 문제를 해결해내는, 그 공을 독차지하지 않는 우리가 기대했던 바로 그런 유형의 과학자를 만난다. 그런데 책의 전체 문맥에서 물리학자 열전을 읽으면 좀 씁쓸해진다. 위대한 발견과 창의성은 어디에서 비롯하고, 그것을 무엇이 억누르는지 확실하게 알게 되어서다. 다이슨은 20세기의 과학을 이런 측면에서 회고하고 평가했다. 위대한 낭만의 시대에서 억압적인 관료의 시대로, 라고. 먼저 그가 그리는 물리학의 르네상스 시기를 보면 다음과 같다.

내가 얼마나 빠르고 쉽게 원자폭탄을 만들어낸 사람들과 어울리게 되었는지 나도 놀랄 지경이었다. 그들의 경험은 나와 완전히 달랐는데 말이다. 나는 그들에게 로스앨러모스 시절에 대해 끝없이 많은 이야기를 들었다. 그 수많은 이야기 속에 그들의 긍지와 향수가 반짝이고 있었다. 한 사람 한 사람에게 로스앨러모스 시절은 위대한 경험이었고, 고된 작업과 동료애로 둘러싸인 행복한 시기였다. 그들은 코넬대학교 물리학과에서 여전히 로스앨러모스의 분위기를 느낄 수 있어서 기뻐하는 것 같았다. 나도 그런 분위기를 생생하게 느낄 수 있었다. 젊고, 의욕이 넘치고, 격식을 따지지 않으며, 시기하거나 질투하지 않고, 명예를 다투지 않으며, 과학에서 위대한 것을 함께 성취하려고 노력하는 분위기였다.

돈이나 명예 따위가 과학하게 하는 힘이 아니었다. 억압적이고 권위적인 시스템이 있어 가능한 일도 아니었다. 우주의 근본 원리를 파헤치려는 지적 욕망이 서로를 자극했다. 재미와 열정이 이들을 상징하는 낱말이다. 파인만이 위대한 선배 세대에게 덤벼들었듯, 다이슨 역시 파인만에게 따져들었다. 싸우고 틀어지고 화해하고 다시 싸우며 검증해나갔다. 그러는 가운데 종합이 나오고, 새로운 착상이 싹터올랐다. 가장 순수했기에 가장 화려했다. 그러나 과학을 둘러싼 분위기는 바뀌었다. 안전원자로를 개발하면서 그는 거인의 시대가 가고 난쟁이 시대가 도래한 이유를 깨달았다.

1960에서 1970년 어느 때쯤에 이 사업에서 재미가 빠져나가버렸다. 모험가, 실험가, 발명가들은 추방되었고, 회계사와 관리자들이 그들의 자리를 차지했다. 개인사업자뿐만 아니라 로스앨러모스, 리버모어, 오크리지, 아르곤 등의 정부연구소에서도 매우 다양한 원자로를 만들고 발명하고 실험하던 똑똑한 젊은이들이 사라졌다. 회계사들과 관리자들은 똑똑한 사람들이 이상한 원자로를 갖고 노는 것이 비용면에서 효율적이지 않다고 결정한 것이다. 그래서 이상한 원자로들은 사라졌고, 기존 시스템이 근본적으로 개선될 기회도 없어졌다. 극소수의 원자로만 남았고, 살아남은 원자로 형태는 본질적인 변화를 불가능하게 만드는 거대한 관료조직 속에 얼어붙었다. 그래서 모든 원자로가 기술적으로 불완전한 채 개선되지 않았으며, 버려진 여러 가지 가능한 대안 설계보다 안전성도 떨어진다. 이제는 누구도 재미로 원자로를 만들지 않는다. 빨간 폐교의 정신은 죽었다. 내 생각에 이것이 원자력 산업이 잘못되어간 진짜 이유다.

과학에서 모험가, 실험가, 발명가가 추방되었다는 말은 가슴 아프다. 거대과학이 주도권을 잡으면서 한쪽은 실적이, 한쪽은 관리가 핵심어가 되는 분위기다. 거인의 목말을 타고 새로운 지평을 보아야 하거늘, 잔재주나 피우는 광대만 보는 듯싶다. 이것이 어찌 1970년대 미국 과학계, 그리고 현재 우리 과학계의 문제점일 뿐이겠는가. 우리 사회에 활력이 급격히 줄어들고, 노쇠해지고 관료화하는 분위기가 물씬 풍기는 이유도 여기에 있겠다 싶다. 숱한 실수로 범벅된 실험이 사라지고, 권위를 무시하고 도전하면서 자신만의 영역을 개척하려는 모험이 사라지고, 끈끈한 동료애로 난관을 헤쳐 새로운 발명을 이루어내는, 그야말로 극적인 상황은 현실에서 찾아보기 힘들다. 다시, 다이슨이 맞이했던 코넬대 대학원 시절로 작게는 과학계가, 크게는 우리 사회가 돌아갈 길은 없을까? 절대로 동화와 같은 시절로 되돌아갈 수는 없을 터라고 냉소한다고 해도, 근원을 파헤치려는 재미와 열정을 되찾는다면 가능할 거라 믿어본다.

정치가 과학에
해줄 수 있는 것

『창세의 비밀을 알아낸 물리학자 조지 가모브』

과학과 정치, 또는 국가는 어떤 관계를 맺어야 할까? 조지 가모브의 자서전『창세의 비밀을 알아낸 물리학자 조지 가모브』에는 이 주제를 고민하는 데 도움이 될 만한 이야기가 나온다.

가모브가 대학원 생활 3년 차에 들어섰을 때 오레스트 다비노비치 코프올슨 교수가 독일의 괴팅겐대학에서 여름 학기를 보낼 수 있는 추천서를 써주었다. 이곳에서 여름을 보낸 가모브는 귀국하는 길에 코펜하겐에 들러 닐스 보어를 만나려고 했다. 잘 아는 사이여서가 아니라, 우상을 '알현'하고 싶어서였다.

자서전 곳곳에서 발견하는 대목이지만 가모브는 자신의 인생을 개척하는 힘이 강했다. 조력자도 많았지만, 결정적인 순간에 특유의 배포와 기지로 행운을 얻어냈다. 이번에도 그랬다. 블레그담스베이에 있는 이론 물리학 연구소로 무작정 쳐들어가 보어의 비서인 플뢰켄 베티 술츠를 만났다. 그녀는 "보어 교수가 너무 바빠서 며칠 동안 기다려야 만날 수 있을 것이라고 말했다. 그러나 내가 고향으로 돌아가기 직전이고 이곳에서 하루를 묵을 돈밖에 없다고 설명하자 그날 오후에 면회를 할 수 있도록 주선"해 주었다.

보어는 이 혈기왕성하고 재기 넘치는 물리학자를 환대해 주었다. 가모브와 대화를 나누다 잠재력을 확인한 보어가 덴마크 왕립과학아카데미에서 주는 칼스버그 장학금을 마련해 주기로 했다. 여기서 잠깐 샛길로 새자. 칼스버그 장학금은 덴마크가 자랑하는 세계적인 맥주회사인 칼스버그가 과학 진흥을 위해 내놓은 기금이다. 서양의 상표명이 대체로 그러하듯, 칼스버그는 이 회사의 창시자 이름이다. 칼스버그는 유언으로 양조장에서 거두는 이익의 일정 부분을 덴마크 왕립아카데미에 기탁했다. 그리고 그의 저택을 덴마크의 가장 유명한 과학자가 연구하며 살도록 했다. 가모브가 덴마크 갔을 적에는 이 집에 탐험가

크누트 라스무센이 살았다. 나중에 닐스 보어가 살았고, 자서전을 쓸 무렵에는 천문학자 벵트 스트룀그렌이 살았다. 우리 맥주회사가 귀담아들었으면 한다. 세계적인 맥주회사가 되려면 이 정도는 미래를 위해 투자할 줄 알아야 하지 않겠는가.

2년 동안 물리학의 최전선에 있던 가모브는 소련으로 되돌아갔다. 그런데 주변의 반응이 뜻밖이었다. 반가워하기보다 왜 되돌아왔느냐는 분위기였다. 그래서 "아니, 왜 귀국하면 안 되기라도 하는가?"라 했더니 그간의 사정을 들려주었다. 가모브가 서유럽에 가 있는 동안 과학과 과학자를 대하는 소비에트 정부의 태도가 돌변했단다. 부흥기 초기에는 정부가 외국 과학계와 교류하는 바를 적극적으로 권장했고, 러시아 과학자가 외국 학회에 초대되는 것을 자랑스러워했다. 그런데 이제는 러시아 과학은 자본주의 세계와 싸우는 무기로 치부한다고 한다. 그 사정을 가모브가 회고한 바대로 들어 보면 이렇다.

스탈린은 자본주의적 과학과 프롤레타리아적 과학이라는 관념을 만들기 시작했다. 러시아의 과학자에게 있어서는 자본주의 여러 나라의 과학자들과 '친밀한 교류를 나눈다'는 것은 죄가 되며, 외국에 가는 러시아의 과학자는 프롤레타리아 과학

의 '기밀'을 누설하지 않으면서 자본주의 과학의 '기밀'을 알아
와야 하는 것으로 인식되었다. (중략) 과학은 마르크스와 엥
겔스, 그리고 레닌이 사회학적 문제에 관한 저작으로 집필한
변증법적 유물론이라는 (절대적으로 옳은) 국가 공인 철학에
종속되었다. 그리고 정통 변증법적 유물론이라는 교의로부터
의 어떤 일탈도 노동자 계급에 대한 위협으로 간주되어 심한
박해를 받았다.

가모브에 따르면, 소련에는 모스크바의 공산주의 아카데
미가 양성한 교수나 연구자를 과학 분야의 연구소에도 배치했
다. 가모브가 '정부 철학자'라 지칭한 이들은 해당 분야의 지식
을 한 학기 정도 훈련받았고 배치된 연구소에서 다루는 주제를
어느 정도 알고 있었다. 문제는 이들의 권력이 연구소 소장보다
높은지라 "올바른 이데올로기에서 벗어난 연구 제목이나 논문
에 대해서는 거부권을 행사"할 수 있었다는 점이다. 가모브가
직접 당했던 불쾌한 경험은 이러했다. 그는 '과학자회관'에서 새
로운 양자론을 주제로 일반인을 대상으로 강연해달라는 요청
을 받았다. 강연장에서 가모브가 하이젠베르크의 불확정성 관
계를 설명하자, 예의 '정부 철학자'가 갑자기 강연을 중단시키고

청중을 해산했다. 그리고 한 주 지나 대학에서 불확정성 관계를 주제로는 적어도 공개 장소에서는 발언하지 말라는 엄한 명령을 받았다. 이유는 간단했다. 공산주의 아카데미에서 하이젠베르크의 행렬역학이 반변증법이라고 선고하고, 이론물리학자는 슈뢰딩거의 파동역학만을 쓰라는 포고가 있었기 때문이다.

전조는 이미 있었다. "에테르의 존재는 변증법적 유물론의 철학에서 직접 도출된다"라며 세계 에테르를 부정하는 아인슈타인의 상대성이론을 금지했다. 1925년 가모브는 이 주제를 놓고 동료와 토론을 했다. 그때 화제가 되었던 내용은 『소비에트 백과사전』의 에테르 항목이었다. 집필자는 '정부 철학자'인 게센이었다. 이 인물에 대해 가모브는 "교사 출신으로 물리학에 대해 어느 정도 알고 있었지만, 주된 관심은 사진 촬영이어서 아름다운 여학생들의 멋진 사진을 많이 촬영했다"라고 평했다. 게센은 "물질적인 광 에테르의 존재를 증명하고, 그 참된 역학적 성질을 찾아내는 것이 소련의 물리학자의 주된 임무"라며 "아인슈타인이 상대성 이론의 기초로 삼은 관념론적 사상은 마르크스주의의 근본 원리에 위배되며, 따라서 이 이론은 배제되어야 마땅하다"고 했다. 청년들은 겁이 없었다. 게센을 조롱하기로 했다. 그의 얼굴이 고양이를 닮았다는 사실에 착안해 엽서에 풍자만화를 그리고 한때 유행했지만 새로운 이론의 등장으로 폐기된 이론연구의 선두주자가 되어달라는 글을 덧붙였다.

게센의 반발을 어느 정도 예감했으나 예상을 뛰어넘었다. 그는 엽서를 증거로 삼아 청년 물리학도를 "변증법적 유물론과 마르크스주의 이데올로기의 공공연한 반항자"로 고발했다. 엽서에 서명했던 다섯 명 가운데 일부가 소속한 연구소에서 비판 회의가 열렸다. 이 회의의 판정관은 연구소의 기계조립노동자가 맡았고, 이들이 반혁명 활동을 했다고 판정했다. 그리하여 연구소에 소속되었던 이들은 강사직에서 해임되었고, 대학원생은 장학금 지급이 중단되었다.

정치가 과학에 개입해 자유로운 연구와 객관적 진실 추구를 방해할 때 어떤 일이 벌어지겠는가? 당연히 그 나라를 떠나려는 열망을 부추기고 만다. 가모브는 아내와 소련을 떠나 서방으로 갈 계획을 짠다. 지도를 펴놓고 살펴보니, 크림반도 남단이 적격지로 보였다. 거기서 터기해안선의 돌출 부분까지는 대략 270㎞였다. 가능할까 고민하다 용단을 내렸다. 이름하여 크림작전. 강이나 호수를 탐험하는 데 쓰는 접이식 보트를 구입해서 개조했다. 나흘이나 닷새 정도 걸릴 항해를 위해 먹을거리도 챙겼다. 이런저런 인연을 활용해 크림반도에 갔고 드디어 결행했다. 시메이스 천문대에서 하루 묵고 올 예정이라고 말해놓았으니 의심 살 일도 없었다. 첫날 항해는 순조로웠으나 다음 날 저녁 기상이 악화하면서 계획이 다 뒤틀려버렸다. 바람과 파도의 저항을 이겨내지 못하고 표류하다 가까스로 해변에 도착했고, 브랜디를 몇 모금 마시고 기절했다. 다음날 눈을 떠보니, 출발지에서 110㎞ 떨어진 러시아령 어촌이었다. 외해에서 배의 성능을 시험하다 "밤바람 때문에 외해로 떠내려갔다"라는 설명이 공식 해명으로 승인되어 위기를 넘겼다.

예상하지 않은 기회가 왔다. 1933년, 보어가 힘을 써주어 브뤼셀에서 열리는 솔베이 핵물리학 국제학술회의에 소련 대표로 초청되었다. 이 기회를 살려야 했다. "점차 증대되는 변증법적 유물론 철학의 압력이 너무도 강해서 나는 에테르, 양자역학의 불확정성 원리, 그리고 염색체 유전학 등에 대한 내 견해 때문에 시베리아 강제 수용소로 가고 싶지" 않았다. 망명의 꿈이 되살아났다. 아내의 여권을 얻어내야만 했다. 이미 권력을 잃은 부하린에게 도움을 청했다. 그가 이어준 끈으로도 해결하기 어려웠다. 관료와 버티기 싸움을 했다. 아내 여권이 나오지 않으면 소련 대표로 회의에 가지 않겠다고 마지노선을 쳤다. 가까스로 여권이 나왔다. 희망이 보였다.

브뤼셀에서 미시간대학에 편지를 썼다. 초대해줄 수 있느냐고. 이 문제로 보어와 상의했는데, 러시아로 돌아가야 한다는 말을 들었다. 이유가 있었다. 프러 과학협력위원회 프랑스 측 대표이며 유명한 물리학자인 폴 랑쥬반이 보어의 보증을 대가로 가모브를 초청했다. 만약 가모브가 미국으로 가면 문제가 복잡해진다. 이러지도 저러지도 못하는데, 퀴리 부인이 만찬회에 가모브를 초대했다. 이 자리에서 사정을 자세히 털어놓았다. 다음 날 퀴리부인한테서 기쁜 소식을 들었다. 이곳에 계속 체류해도 된다고!

가모브는 미국의 대학에 간 다음 더 자유롭고 창의적으로 활발한 연구 활동을 펼쳤다. 맨해튼 프로젝트 후반 사업에 참여했고, 수소폭탄 개발에도 힘을 보탰다. 스승인 알렉산더 프리드만 교수를 이어 팽창우주론을 더 정밀화했고 빅뱅론의 선구가 되었다. 국내에도 일부 소개된 과학 대중서로 유네스코가 주는 칼링거상을 받았다. 그의 이력을 볼라치면, 러시아 출신의 미국 물리학자라고 한다. 분명히 러시아가 들어가 있으나, 가만히 보면 열매는 미국이 따먹은 셈이다. 그는 어디까지나 미국의 업적이었다. 이 모든 것은 정치나 국가가 과학에 개입해 그 자율성과 자발성을 방해한 대가이다. 가모브는 자서전에서 "나는 항상 내 모국을 떠나고 싶지 않았고, 또한 내가 소비에트 국경을 넘어 자유롭게 여행하면서 전 세계의 과학과 접촉을 계속할 수 있다면 언제나 고국으로 돌아오고 싶다고 생각"했다고 실토한다. 엥겔스도 부정한 에테르의 존재를 강요하지 않았다면, 불확정성에 대해 자유롭게 논의하도록 했다면, 소련은 위대한 물리학자를 놓치지 않았을 터다.

정치나 권력이 과학에 내릴 수 있는 최고의 명령은 네 멋대로 해봐! 가 아닐까 싶다. 마음껏 우주와 생명의 원리를 파헤치도록 내버려두는 것이다. 묶어놓고, 조종하고, 강요해봐야 소용없지 않던가. 굳이 가모브 자서전을 뒤적여보지 않더라도, 인류역사에서 그런 사례는 자주 나온다. 그럼에도 당장의 경제효과나 권력의 전시성 행정을 위해 미주알고주알 개입하고, 특정 정치 성향을 강요하는 것은 결국 과학 발전의 걸림돌이 될 뿐이다. 그러면 손해는 누가 보는지 가모브가 증명해준다. "국가 번영의 원동력은 강력한 리더십에 있음을 주목하고, 과학적·합리적 국정 운영을 펼치도록 적극 협조하고 노력하겠다"는 내용이 들어 있는 '과학기술 혁신과 미래 창조를 위한 우리의 다짐' 기사를 보며 떠올린 단상이다.

현대철학의
고갱이를 만나다

『현대철학의 최전선』

함부로 발을 디딜 데가 아니었다. 천천히 소요하면서 되새김질하는 여유를 부릴 수 없었다. 그곳은 치열한 전투가 벌어지는 전장이었다. 각 진지의 작전이 어떻게 펼쳐지고, 전황은 어떤지 짐작해야 대강이나마 판도를 읽어낼 수 있었다. 그래서 최전선이었다. 주로 고전만 읽다보니 우리 시대의 화두에 철학은 어떻게 대꾸하는지 궁금해 펴든 책이 『현대철학의 최전선』이었다. 만만히 보았다 큰코다친 격이다.

지은이는 현대철학의 진영을 다섯 구획으로 나누었다. 공정한 사회의 근거를 다루는 정의론, 어떻게 하면 타자와 서로 인정할 수 있을까를 고민하는 승인론, 자유의지는 환상인가를 묻는 자연주의, 인공지능이 결국에는 인간의 마음 작동까지도 습득하는 게 아니냐는 질문을 던지는 마음 철학, 요즘 부쩍 눈에 띄는 메이야수와 가브리엘이 포진한 새로운 실재론이다. 지은이는 백가쟁명식으로 각 진영의 철학을 풀이해준다. 대표적인 철학자를 소개한 다음 이에 맞서는 철학자가 등장한다. 그리고는 진영 내의 합종연횡을 보여준다. 흥미로울 수밖에 없는 이유다.

센델 덕에 널리 알려진 정의론만 보더라도 그렇다. 포문을 연 것은 롤스. 여기에 후생경제학파와 신자유주의, 그리고 공동체주의가 맹공을 펼친 것은 널리 알려졌다. 지은이는 여기에 그치지 않고 확산된 전투 양상을 보여준다. 아마르티아 센과 마사 누스바움이 '잠재능력'이란 신무기로 롤스를 맹공했다. 잠재능력이란 "개인이 기본재를 충분히 활용하여 자신의 행복을 추구할 가능성"을 뜻한다. 롤스가 말한 격차원리에 따라 재화를 나누더라도 잠재능력이 없으면 자신이 바라는 '선의 구상'을 추구할 수 없다. 센은 장애인을, 누스바움은 선진국과 개발도상국 여성을 비교해 입증했다. 예상치 못한 연합군의 형성이 특히 흥미로웠다. 롤스는 명확한 교리가 있는 종교를 포괄적 교설이라 하고, 그 교의를 바탕으로 공동체의 기본적인 가치나 정의의 구상을 공유하는 것을 일러 중첩적 합의라 했다. 공공적 이성을 공유한지라 가능한데, 바로 이 지점에서 하버마스가 우군으로 등장한다. 그이야말로 의사소통의 합리성에 따른 숙의정치론을 펼친 철학자이지 않던가.

지은이가 되풀이해서 강조하는 대목 때문에 현대철학의 골격을 어렴풋이나마 파악한 듯싶다. 그 하나는 플라톤과 아리스토텔레스의 영향이었다. 플라톤처럼 보편적인 이데아나 규범을 상정하거나, 아니면 아리스토텔레스처럼 보편과 특수 또는 이론과 실천 사이의 균형을 잡으려 했다. 달리 말하면, 원인과 이유 가운데 어디에 방점을 두느냐에 따라 철학의 물줄기가 갈라졌다. 원인은 "어떤 행위를 특정한 물리적 인과관계 속에 위치 짓는 것"이고, 이유는 "규칙, 관습, 규약, 타인의 기대 등 사회적 문화적 맥락에 위치 짓는 것"이다. 다른 하나는 자연과학의 최신 성과를 어떻게 수용하느냐 하는 점이었다. 이른바 물리주의는 이 성과를 유일한 잣대로 삼는데, 이를 둘러싼 논쟁이 치열하다.

사유의 등고선이 높다 보니 마치 고지전을 지켜본 듯싶다. 그러니 내용을 다 이해하기란 난망한 노릇이다. 그래도 보람은 있었다. 아는 척하는 오만과 알고자 하지 않는 게으름을 부끄럽게 여기게 되었으니 말이다. 철학은 그래서 '등에'인 모양이다.

대안은
걷기와 철도다!

『납치된 도시에서 길찾기』

무엇인가에 압도당할 적에 사람이 보이는 태도는 상반된다. 웅장하고 거대한 자연을 마주할 적에는 숭고미를 느끼지만, 극도로 위험한 상황에 옴짝달싹 못 하게 되면 외면하거나 체념하기도 한다. 인류의 미래를 파국으로 몰고 갈 기후위기에 대한 일반적 반응은 대체로 후자 쪽인 듯하다. 위기가 과장되었다는 선전에 더는 현혹되지 않지만, 한 개인이 이 위기를 막기 위해 할 일이 없다면서 체념하는 듯이 보인다.

전현우는 『납치된 도시에서 길찾기』에서 단호하게 이 위기를 외면하거나 체념해서는 안 되고, 직면해야 한다고 힘주어 말한다. 그때 비로소 할 일이 있다는 점을 인정하게 되기 때문이다. 과연 무엇을 할 수 있다는 말일까?

지은이는 탄소중립으로 가는 길에서 만난 복병을 들추어낸다. 세계 대부분 지역에서 교통분야에서 내뿜는 온실가스가 줄기는커녕 빠르게 증가해왔다는 점이다. 문제는 우리의 심성이다. 발전의 상징이 이동의 힘을 확대하는 것이라 여기며, 교통수단을 무한히 확장하는 데 기꺼이 동의했다. 이를 지은이는 '자동차 지배'라고 부른다. 자동차 중심의 신도시를 기획한 국가와 지방정부, 쇼핑몰을 고속도로 주변에 짓는 유통대기업, 교외에 카페나 공장을 짓는 지주나 기업이 바로 자동차 지배를 몰고 온 '혼종'이다. 그 결과 걷기 공간은 '납치'되고 말았고, "지구의 온도조절 시스템은 뒤흔들리고 있다."

지은이가 내세우는 대안은 '15분 도시'이다. 이 도시는 "보도, 자전거나 개인용 이동수단을 통해 15분 내로 일상적인 서비스에 접근할 수 있는 삶"을 지향한다. 자동차 주행거리는 대폭 줄이고, 주된 이동수단은 걷기다. 이 '15분 도시' 수십 또는 수백 개를 하나로 묶어 광역권을 형성하는데, 그 사이를 잇는 광역교통은 철도다. 자동차에 납치된 걷기를 해방하고, 에너지와 탄소효율이 자동차보다 훨씬 높은 철도를 우선하고, 이동거리를 적정 수준에서 억제해야 한다는 시대정신에 걸맞다.

지은이가 소개한 '코펜하겐의 손가락 계획'도 참고할 만하다. 도심은 손바닥에 해당하고, 위성도시는 손가락처럼 길게 이어지는데, 손가락 사이는 녹지로 조성된다. 손가락 뼈대에 해당하는 교통수단은 철도가 맡는다. 자동차 지배를 깨고 이동을 다시 설계하도록 촉진하는 제도 방식으로 "망각되거나 주목받지 못한" 오래된 원칙의 재평가를 주장한다. 이른바 원인자 부담원칙으로 주행세, 혼잡통행료, 주차료, 고속도로 통행료를 더 높여 징수하자는 것이다. 특히 전기자동차나 자율주행 자동차가 대안이 될법하다는 주장에 대한 지은이의 반박도 눈여겨볼 대목이다.

지은이가 기후위기 시대를 직면하는 시민이라면 쉽게 동의할 주장을 공들여 설명하는 데는 이유가 있다. "모든 사람이 각자 지키고 있는 자신의 성채에 기후문제를 진입시키려면 결국 자신이라는 문지기를 설득해야만 한다"고 여겨서이다. 이 파멸적 위기의 시대에 개인이 할 수 있는 일이 분명히 있다. 한마디로 하면, 자동차를 버리고 걷다가 마을버스를 이용하고 먼 길떠날 적에 기차를 타면 된다. 우리가 이동방식을 바꾸면 "대멸종과 생태계 빈곤화"를 피할 수 있다니, 망설일 필요가 없지 않은가.

무엇을
할 것인가?

『브레이킹 바운더리스』

만시지탄이나 이제는 기후위기를 부정하는 경향은 크게 줄어든 듯하다. 그런데 문제는 지구 차원에서 벌어지는 엄청난 일이라 한 개인이 무엇부터 해야 하는지 모르겠다는 반응이 많다는 점이다. 불안과 좌절, 그리고 무력감이 피어나는 이유다. 지금 어떤 상황인지를 설명하고, 이른바 티핑포인트는 어디인지 뚜렷하게 제시하고, 이를 넘어서지 않으려면 무엇을 해야 하는지 널리 알려야 한다. 『브레이킹 바운더리스』는 바로 이런 시대적 요구에 걸맞은 과학계의 응답이다.

먼저 지은이는 지구 위험한계선이라는 개념을 내세웠다. 이 한계선을 넘지 않아야 비로소 "미래세대가 현세대와 동등한 행복권을 추구할 수 있는 안전지대"가 확보된다. 지구환경의 한계선은 아홉 가지로 분류되는데 기후변화, 생물권 보전, 토지사용의 변화, 담수 사용량, 생물-지구화학적 순환, 해양 산성화, 대기중 에어로졸 농도, 성층권의 오존층 파괴, 신물질이 그것이다.

중요한 것은 이 한계선 항목 사이에 일정한 위계 구조가 있다는 점이고, 기후와 생물 다양성이 그 위계 구조의 정점에 있다. 만약 두 항목의 한계선을 지키지 못한다면 지구생태계는 괴멸하고 만다. 지은이의 분석에 따르면 "기후, 생물 다양성, 토지, 영양소의 한계선은 이미 벗어났"다. 빗대어 말하자면, 인류는 "지난 2세기 동안 지구를 대상으로 젠가 놀이"를 해왔으니, 이 놀이에서 인류는 "오존층, 해양, 숲, 빙하 등의 젠가 블록들을 다 빼 버려 이제 지구라는 탑은 뒤뚱거리며 무너지려 하고 있다." 지은이는 묻는다. "이 놀이를 계속해야 할까? 아니면 어서 새로운 블록으로 보강해야 할까"라고.

지구 위험한계선을 넘지 않으려면 대대적인 시스템 전환을 서둘러야 한다. 지은이는 6개 항목에 걸쳐 무엇을 해야 하는지 구체적으로 제시했다. 먼저 에너지 전환은 2050년 탄소중립을 목표로 해야 한다. 식량은 지속가능한 식량 생산방법을 개발하고, 자연생태계의 감소를 0으로 만들어야 하며, 채식 위주의 식단을 짜야 한다. 불평등문제의 해소는 "지구 위험한계선을 지키기 위한 가장 중요한 정치적 경제적 해법"이다. 평등지수가 높아질수록 연대의식이 강해지고 공통목표에 대한 책임감도 형성되게 마련이다. 전세계 탄소배출량의 70퍼센트는 도시에서 발생한다. 도시의 무분별한 확장을 막고 자원의 순환과 재생을 촉진하는 도시 시스템을 구축해야 한다. 코펜하겐의 사례가 상당히 인상 깊다. 지구가 감당할 만한 최대치의 인구는 100억 명 정도로 짐작된다. 공중보건, 가족계획, 여성교육에 관한 과감한 투자가 요구된다. 끝으로 친환경 녹색기술과 지구공학으로 시스템 전환을 위한 기술적 교두보를 마련해야 한다.

긴급한 상황이기는 하나 종말론적 공포에 떨 일은 아니다. 인류는 위기상황을 돌파해낸 경험이 있다. 오존층 파괴를 막아냈으며, 산성비를 통제했고, 핵전쟁의 가능성을 낮추었으며, 감염병도 잘 대처했다. 그러나 시간이 얼마 남지 않았다. 2050년까지 온화하고 안정된 지구를 회복하기 위해 총력을 기울이는 지구 청지기 활동을 펼쳐야 한다. 인류는 지금 "슬기로운 사람이라는 우리 종의 명칭이 적절한"지를 판명하는 역사적인 시험대에 오른 셈이다.

네 가지 열쇳말로 읽은
세계 근대사

『세계는 어떻게 번영하고 풍요로워졌는가』

재레드 다이아몬드의 『총·균·쇠』나 유발 하라리의 『사피엔스』를 읽으면서 상당히 인상 깊었던 것은 책의 구성 체계였다. 방대한 인류사를 대중에게 쉬우면서도 재미있게 풀어내는 일은 난감하기 짝이 없다. 그럼에도 두 저자는 이를 빼어나게 해냈고, 독자의 열렬한 반응을 받았다. 개인적으로 그 비법 가운데 하나가 인류사라는 대양에 세 가지 열쇳말로 짠 그물을 건져 역사적 교훈이라는 대어를 낚아챈 것이라 본다. 다이아몬드는 총과 균, 그리고 쇠라는 열쇳말로 인류사를 톺아보았고, 하라리는 인지혁명, 농업혁명, 과학혁명이라는 프리즘으로 빅히스토리를 재구성해냈다.

대중적으로 성공한 책의 구성은 본뜰 만하다. 김대륜의 『세계는 어떻게 번영하고 풍요로워졌는가』에 관심이 간 것은 부제가 '생산·소비·과학·기술의 세계사 강의'여서다. 국내 저술가도 대하의 역사를 뚜렷한 관점을 내세워 정리하고 대중적으로 전달할 만한 역량이 쌓였나 확인하고 싶었다. 이 책은 굳이 비교하자면 『사피엔스』의 '제4부 과학혁명'의 시기에 해당한다. 18세기 영국에서 일어난 산업혁명을 기점으로 오늘에 이르는 근대세계사를 다룬다. 지은이는 자본주의 문명의 기원과 확산이라는 주제를 엄청난 생산의 증대, 그리고 이를 이끈 과학과 기술의 발전, 자본주의 체제를 지탱하는 호모 콘수무스^{Homo Consumus}의 출현이라는 열쇳말로 살펴본다.

지은이의 장점은 일종의 비교사적 접근이다. (이전에 펴낸 책이 『역사의 비교』라는 점을 떠올릴 필요가 있다.) 일례로 생산의 비약적 발전을 불러온 산업혁명을 설명하고 나서 두 가지 질문을 던진다. 그 하나는 '전통사회는 왜 경제 성장에 한계가 있었을까.' 지은이는 전통사회는 태양에너지에 전적으로 의존한지라 한계가 있었다고 지적한다. 전통사회가 성장과 수축이 반복되는 '맬서스 함정'에 빠진 결정적인 이유다. 두 번째는 '중국은 왜 산업혁명에 성공하지 못했을까.' 만약 중국이 영국처럼 식민지를 개척하고 석탄을 에너지원으로 활용했다면 역사는 다시 쓰였을 터다. 하지만 일종의 쇄국정책을 펼쳤던 중국이 식민지를 개척할 수 없었고, 석탄산지와 경제중심지가 너무 멀리 떨어져 있었고, 농민이 분업체계에서 이탈하면서 산업혁명에 실패했단다.

자본주의 문명을 분석하는 프리즘으로 소비를 포함한 것은 탁견이다 싶다. 가라타니 고진도 『세계사의 구조』에서 소비를 상당히 비중 있게 다룬 바 있다. 지은이는 소비가 악덕으로 취급되다가 외려 미덕이 되는 과정을 밝히면서 중요한 문제를 던진다. "과연 소비가 우리를 행복하게 만들어주는가" 그리고 경제구조가 기술과 플랫폼 중심으로 전환하면서 소비환경이 바뀌었는데 이 과정에서 노동조건이 더 나빠진 현실을 어떻게 보아야 하는지 묻는다.

근대는 분명히 물질적 풍요와 번영의 시대였다. 하지만 작금 인류는 극심한 불평등과 양극화 문제를 겪고 있으며 기후위기에 맞닥뜨렸다. 과연 이 상황도 자본주의 문명을 일으키고 퍼트린 과학기술의 혁신으로 해결해나갈 수 있을까? 인류가 18세기 들어 대분기를 겪었다면, 오늘 다시 '거대한 전환'의 시기를 살고 있다. 우리가 맞이할 미래가 기존체제의 지속인지 새로운

체제일지는 "우리의 능동적 선택에 달려 있다"는 지은이의 말에
동의한다.

전력인프라를
재발명하라

『그리드』

이렇게 흥미로울 수 있단 말인가! 시간 가는 줄 모르고 읽어 제쳤다. 흡인력 강한 소설에 비견한다면 과장이겠지만, 빼어난 다큐멘터리를 보고 나서 느끼는 지적 포만감을 누렸다. 처음에는 겁을 먹었다. 당최 모르는 얘기가 튀어나오면 어쩔까 싶었다. 기우였다. 복잡한 역사를 요령껏 정리해 주고, 원리를 잘 설명해 주었다. 지루해질 법할 때마다 터져 나오는 지은이의 세련된 수사는 읽는 재미를 더해 주었다. 아무리 호사가라 해도 그 촉수에 도저히 걸리지 않을, 미국 전력망의 역사와 문제점, 그리고 대안을 다룬 『그리드』를 읽고 난 소감이다.

문외한이지만, 전기는 생산과 소비가 균형을 이뤄야한다는 점, "오늘날의 성배"는 전기 저장기술이라는 점은 알고 있었다.

하지만, 전선에 너무 많은 전력이 걸리면, 과부하가 걸려 회로가 차단된다는 점은 미처 몰랐다. 블랙아웃(대정전)하면 큰 소동이 난다는 생각만 했지, 그 자체가 더 큰 사고를 막는 방법이라는 것을 비로소 알았다. 미국에 국한해서 볼 적에 "걷잡을 수도, 관리할 수도, 저장할 수도" 없는 과잉전기가 발생한 이유는 빠른 속도로 성장한 재생에너지 때문이다. 이 에너지가 "지난 한 세기 동안 유지되었던 절묘한 균형이 깨질 만큼 강력한 충격"을 그리드에 주고 있다. 이제, 이 책의 주제가 또렷해진다. 그리드의 전면적인 개편이 요구된다는 것이다.

개인적으로 전력 인프라의 회복력을 다룬 대목을 가장 주목해서 보았다. 허리케인 샌디와 해안 대폭풍으로 블랙아웃을 겪고나서 미국 해안지역은 회복력을 가장 중요하게 내세웠다. 극한상황이 발생했을 때 시스템이 한꺼번에 무너지지 않고, 복구나 재구성을 신속하게 해내는 능력을 이른다. 회복력을 강화하려면 그리드를 "더 작고, 더 유연하며, 더 많은 것을 자급자족하고, 오염이 더 적으며, 집에서 더 가까이 있는 형태로 재구성"해야 한다. "분산된 에너지원과 여러 전력부하 및 수용가를 에너지 시스템으로 통합하는 네트워크"라는 뜻의 마이크로 그리드가 확산된 것도 같은 이유다. 샌디가 휩쓸고 지나갔을 적에 뉴욕주립대 스토니브룩캠퍼스와 사우스오크스병원이 피해를 받지 않은 것은 전적으로 마이크로 그리드를 보유한 덕이었다. 이제, 그리드는 하나의 거대한 심장을 원하지 않는다. 햇빛과 바람을 연료 삼아 뛰는 작고 흩어진 수많은 심장과 긴밀히 연결되어 있으면 된다.

책을 읽다 보면 전기 저장기술이 얼마나 중요한지 거듭 알게 되는데, 그런 점에서 기왕에 활발히 논의된 수소와 함께 양수발전을 대안으로 삼아 보면 어떨까 싶었다. 언론에 종종 가상발전소라는 말이 나오는데, 지은이도 "분산된 전력자원을 한데 연결해 활용하는" 플랫폼의 가능성을 높이 치고 있다. 재생에너지하면 블랙아웃의 공포를 내세우는 사람이 많지만, 이를 막을 현실적인 대안은 제시된 셈이다.

기후위기는 모든 에너지의 전기화를 요구한다. 그리고 그 전기는 재생에너지로 생산되어야 한다. 기존의 그리드는 철저하게 화력과 핵발전에 맞춰 편성되어 있다. 이에 재생에너지의 가변성과 분산성이라는 특징에 걸맞게 그리드 시스템을 재발명해야 한다. 자칫 늦으면, "전기의 바다에서 살아"가는 꼴이 된다. 아무리 넘쳐나도 마실 수 없는 게 바닷물이다. 우리도 서두르자, 모두의 미래가 달린 일이잖은가.

함께 읽은 책

나와 공동체
역사와 세계

게 가공선 | 코바야시 타끼지 지음/서은혜 옮김, 창비, 2012

경청 | 김혜진, 민음사, 2022

공부도둑 | 장회익, 생각의 나무, 2008

과학과 사회운동 사이 | 존 벡위드 지음/김동광, 김명진 옮김, 그린비, 2009

과학수다 | 이명현 외 12명 공저, 사이언스북스, 2015

관광객의 철학 | 아즈마 히로키 지음/안천 옮김, 리시올, 2020

구원의 미술관 | 깅상중 지음/노수경 옮김, 사계절, 2016

군함도 | 한수산, 창비, 2016

그리드 | 그레천 바크 지음/김선교, 전현우, 최준영 옮김, 동아시아, 2021

기사단장 죽이기 | 무라카미 하루키 지음/홍은중 옮김, 문학동네, 2017

나의 1960년대 | 야마모토 요시타카 지음/임경화 옮김, 돌베개, 2017

납치된 도시에서 길찾기 | 전현우, 민음사, 2022

네가 나라다 | 김상봉, 길, 2017

노동가치 | 박영균, 책세상, 2009

녹색 계급의 출현 | 브뤼노 라투르, 니콜라이 슐츠 지음/김지윤 외 4명 해설, 니콜라이 슐츠, 이음, 2022

양의 노래 | 가토 슈이치 지음/이목 옮김, 글항아리, 2015

에드거 스노 자서전 | 에드거 스노 지음/최재봉 옮김, 김영사, 2005

우리는 차별에 찬성합니다 | 오찬호, 개마고원, 2013

이광수, 일본을 만나다 | 하타노 세츠코 지음/최주한 옮김, 푸른역사, 2016

이중나선 | 제임스 왓슨 지음/최돈찬 옮김, 궁리출판, 2019

인생 | 위화 지음/백원담 옮김, 푸른숲, 2023

조지 가모브: 창세의 비밀을 알아낸 물리학자 | 조지 가모브 지음/최동광 옮김, 사이언스북스, 2000

죄와 벌 | 표도르 도스토예프스키 지음/김연경 옮김, 민음사, 2012

주기율표 | 프리모 레비 지음/이현경 옮김, 돌베개, 2007

진화와 협력, 고전으로 생각하다 | 박정은, 너머학교, 2016

찰리 채플린, 나의 자서전 | 찰리 채플린 지음/이현 옮김, 김영사, 2007

파인만씨, 농담도 잘하시네 | 리처드 필립 파인만 지음/김희봉 옮김, 사이언스북스, 2000

파타고니아, 파도가 칠 때는 서핑을 | 이본 쉬나드 옮김/이영래 옮김, 라이팅하우스, 2020

폐허를 보다 | 이인휘, 실천문학사, 2016

프랭클린 자서전 | 벤자민 크랭클린 지음/강주헌 옮김, 김영사, 2001

프리먼 다이슨 20세기를 말하다 | 프리먼 다이슨 지음/김희봉 옮김, 사이언스북스, 2009

피터 드러커 자서전 | 피터 F. 드러커 지음/이동현 옮김, 한국경제신문사(한경비피), 2005

필링의 인문학 | 유범상, 논형, 2014

하와이 원주민의 딸 | 하우나니 카이 트라스크 지음/이일규 옮김/주강헌 해제, 서해문집, 2017

한 명 | 김숨, 현대문학, 2016

현대철학의 최전선 | 나카마사 마사키 지음/박성관 옮김, 이비, 2022

호모 히스토리쿠스 | 오항녕, 개마고원, 2016

황구의 비명 | 천승세, 책세상, 2021

후쿠자와 유키치 자서전 | 후쿠자와 유키치 지음/허호 옮김, 이산, 2006

발견의 책읽기

발행일 초판 1쇄 발행 2024년 2월 5일
지은이 이권우 | **펴낸이** 최현선 | **펴낸곳** 오도스 | **주소** 경기도 시흥시 배곧4로 32-28, 206호(그랜드프라자) | **전화** 070-7818-4108 | **이메일** odospub@daum.net

ISBN 979-11-91552-27-0(03800) | Copyright ⓒ 이권우, 2024

odos 마음을 살리는 책의 길, 오도스

이 도서는 한국출판문화산업진흥원의 '2023년 중소출판사 출판콘텐츠 창작 지원 사업'의 일환으로 국민체육진흥기금을 지원받아 제작되었습니다.